インタビューズ

堂場瞬一

DOBA Shunichi

河出書房新社

インタビューズ

原　昭一（64歳　会社会長）
嶋　康夫（49歳　無職）
三沢孝志（18歳　高校生）
海老沼宏（52歳　銀行員）
狭間栄美（27歳　雑誌編集者）
石川安治（30歳　証券会社社員）
吉井若奈（19歳　専門学校生）
江沢友晴（39歳　商社マン）
西野悦郎（35歳　都庁職員）
紺野貞子（71歳　無職）
麻生浩二（44歳　会社員）
志村貴之（19歳　予備校生）
安田玲子（35歳　主婦）
矢島昌美（22歳　大学生）
安岡道也（40歳　会社員）
浜田一郎（72歳　無職）
浜田一郎（73歳　無職）

柏木康恵（32歳　会社員）
浜田泰道（52歳　大学教授）
鷹西　仁（29歳　新聞記者）
高見康夫（65歳　無職）
竹山康之（32歳　スポーツライター）
久保晴恵（44歳　主婦）
伊藤一樹（46歳　建設会社社員）
高木絵美里（24歳　会社員）
前川富子（65歳　会社役員）
橋田大輔（33歳　中学校教諭）
大原芳佳（33歳　会社員）
柳原　初（15歳　中学生）
富田永幸（25歳　会社員）
岡本大翔（20歳　大学生）
井瀬亜樹子（32歳　ＳＥ）
村井孝雄（75歳　元会社会長）
萩原　稔（37歳　会社員）

内村泰子（45歳　小学校教員）
玉田武治（58歳　作家）
中野貴美（22歳　大学生）
本橋尚紀（38歳　出版社勤務）
一岡和馬（40歳　会社員）
濱口　透（26歳　会社員）
上原雅代（42歳　主婦）
ロバート・ブラウン（60歳　無職）
大岡建人（42歳　カメラマン）
時田恵那（43歳　学習塾職員）
松島元康（53歳　輸入雑貨商）
大沢安代（80歳　無職）
内川舞子（43歳　タウン誌編集者）
浦田浩二（58歳　制作会社役員）
青山泰樹（31歳　家電量販店勤務）
河本　武（33歳　ＩＴ会社勤務）
大塚康太（28歳　会社員）

新聞記者になって三年目の俺は、すっかり仕事に慣れ、少し疲れて、少しだけやる気をなくしていた。今年も新潟支局で雪に悩まされながら、本社へ上がる時だけを夢見る日が続いている。

平成元年十二月三十一日。元号が変わった年だったが、改元自体は俺にはあまり関係がなかった。そもそも一月七日の天皇崩御《ほうぎょ》の日、俺は日常の中にいた——殺しの取材をしていた。予《あらかじ》め「その日」のために割り振られていた取材を終え、後は県警本部の記者クラブでテレビを見ながらしんみりと昭和を振り返ろうと思っていたところに、殺しの一報が飛びこんできたのだ。結局俺は、昭和最後の日を殺しの取材で終えることになった。

捜査は長引き、平成も殺人事件の取材で始まった。

元号が改まったせいではあるまいが、今年の日本は激動の中にあったと言っていい。東京ではリクルート事件が大問題になり、秋には巨人が日本シリーズで三連敗から四連勝で日本一になり……とにかく騒がしい一年だった。

ただし新潟の片田舎で事件記者をやっている俺には、ほとんど関係なかったが。全て、ニュースで見た出来事である。全国紙の記者になった人間は誰でも、入社直後の地方支局での「修業」時代から、中央での取材活動を目標にする。政治の中枢に食いこみ、財界人と懇意《こんい》になり、世界の要人にインタビューする。事件記者だって同じだ。やはり、東京で派手派手しい事件を取材したい——しかし新潟にいたのでは、事件取材の腕を磨く機会さえあまりなかった。

「視野が狭いねえ」

からかうように言ったのは、大学の同期で、出版社に就職した友人の本橋尚紀《もとはしなおき》だった。同期でマスコミ業界に就職したのは二人だけとあって、「同志」の感覚は強く、卒業後も毎年年末か正月に会って酒を酌《く》み交《か》わしている。今年は渋谷、センター街にある居酒屋に午後から腰を落ち着けていた。ここは俺たちが学生時代を過ごした街で、この店にも何度か来たことがあるのだが、今日は何だか妙に居心地が悪い……卒業して三年しか経っていないのに、この街との距離感が急に開いてしまったように感じた。

「視野が狭いって何だよ」俺はビールを一口呑んで反論した。

「さっきから、事件の話ばっかりしてるじゃないか。しかも新潟の事件。ローカル過ぎて、俺が知らない話ばかりだよ」

「お前みたいな週刊誌の記者には分からない取材なんだよ。お前らは、面白そうなのをつまみ食いしてるだけじゃないか」

「面白そうだと読者が感じるものを取材するだけさ。お前みたいに何でもかんでも、じゃない」

「とにかく……新潟で仕事してるんだから、視野が狭くなるのはしょうがないじゃないか」

「作家志望者として、そういうのはどうかと思うね。目の前のことだけ追いかけてるようじゃ、いい作家にはなれないぜ」

「週刊誌の編集者に何が分かるんだよ」

「週刊誌で仕事してれば、作家の先生方ともやりとりはあるのさ。いい作家っていうのは、絶対に視野が広いぞ。一つのモチーフを深く掘り下げてるだけのように見えて、実は周辺もよく観察してる」

「だったら俺も、視野を広くして取材してやるよ」俺はついムキになって反論した。「この世の中全部をさ」

「世の中全部って……」本橋が苦笑した。「そもそも、視野を広くする取材って、どうするつもりだよ」

「例えば、こういうのはどうだ？」俺はあぐらをかき直して提案した。「毎年一回、大晦日《おおみそか》に渋谷のスクランブル交差点で取材して、その年一番印象的だった事件や出来事について聞く。それをまとめて……ちょうど今年、平成元年じゃないか。平成がいつまで続くか分からないけど、毎年このインタビューを続けていけば、平成を全部網羅することになるんじゃないか？」

「それを小説にするのか？」本橋が疑わしげに言った。

「どんな小説になるか、想像もできないな」

「俺は視野が狭いかもしれないけど、行動力はあるんだよ。何ができるか分からないけど、取《と》り敢《あ》えずやってみる」

　我ながら無茶だと思ったこの発言は、何故か速やかに俺の頭に染みついた。

　店を出た直後、平成最初の大晦日の夕方、俺はスクランブル交差点に立っていた。今日の話——平成全てのインタビューを、いつかまとめて本橋に渡してやろう。

一九八九年　原《はら》昭《しょう》一《いち》（64歳　会社会長）

うちは、大晦日に明治神宮へ行くのが昔からの習わしでね。正月は混むでしょう？　一年の計は元旦にありって言うけど、大晦日に一年の反省をして、翌年に向けて気持ちを新たにするのもいいもんでしょう。今、その帰りです。今年は感慨もひとしおだね。昭和が終わったんだからねえ……平成っていう元号には、未だに慣れないね。

――失礼ですが、昭和元年生まれですか？　お名前、『昭和の一年』、ですよね。

そうそう。昭和元年は一週間ぐらいしかなかったけどね。今年はどうだろう。平成元年生まれの子は、どんな名前が多いのかね。平一《へいいち》ってわけにはいかないだろうしねえ（笑）。しかし、自分の年齢を意識しますよね。まさに昭和とともに生まれて、次の元号まで生き延びたんだから。幸い病気もないし、もしかしたら次の元号まで生きて、三つの時代を経験するかもしれないね。昭和の思い出？　まあ、私の年齢だと、やっぱり戦争ってことになるんだろうね。同級生も何人か亡くなりましたよ。私は幸い――幸いと言っていいかどうか分からないけど、兵隊には取られなくて、工場に徴用されましてね。毎日毎日、油まみれになって旋盤《せんばん》を回してました。こんな話、つまらないでしょう？

――いえ、興味深いです。

でも、このインタビューのテーマは今年一番の事件なんでしょう？

――それはそうですけど、お話は参考になります。

せっかくだから、平成の話をしましょうかね。といっても、この一年だけだけど……私にとっては、なかなかの怒濤《どとう》の年でしたよ。会社を実質的に息子に譲って、会長になりました。まだまだ元気なんだけど、人間、引き際っていうのがあるからね。うちみたいに小さな会社は、創業者の社長がいつまでも元気で威張っていたら、後が続かない。なるべく早く後継者に渡す方が、長続きするんですよ。幸いというか、三人いる孫は全員女の子で、たぶんうちの会社には入りもしないだろうから、次の社長になったら、家族経営からも脱するでしょうね。

——職種は何なんですか？

工作機械を作ってます。また昭和の話に戻るけど、戦時中に旋盤工をやってるうちに、自分の器用さに気づいたんですよ。ものづくりの楽しさも覚えたし。それで、終戦後に必死に働いて大学へ入って、今の会社を起こしたのは三十歳の時でした。それから一生懸命仕事に打ちこんで……私のような年齢の人間に昔の話を聞くと、戦争のことが主だと思うんだよね。でも私は、戦後に会社を作って育ててきたことが、一番の想い出です。楽しかったねえ。海外でも仕事をしたし、高度成長期には社員の給料をどんどん上げて喜ばれたし。そのせいで、私自身の報酬はいつも低く抑えざるを得なかったけどね。ただ、長くやり過ぎたな……三十年以上だ。去年ぐらいまでは長いなんて全然思っていなかったんだけど、昭和天皇の御病状が悪化されてから、いろいろ考えるようになっちゃってね。我々の世代は——少なくとも私は、天皇に対してはいろいろ複雑な思いがあるんですよ。でも、戦後の苦しい時期に、国民に寄り添ってくれたのは間違いない。その天皇が闘病生活に入られて、とうとう亡くなられて……今年の一月七日、崩御の時には急にがっくりきちゃってね。大袈《おおげ》裟《さ》に言えば、自分の時代——自分の役目も終わったみたいな感じでした。いろいろ後づけの理屈はありますけど、元号が平成に変わって、会社も一気に新しくなるべきかなと思ったのが本心です。

——まだまだ経営を続けたかったんじゃないですか？

いやあ、昭和元年生まれの人間には、最近はついていけないことも多くてねえ。会社の金の使い方もおかしくなってきたし……うちの息子なんか、社業とは関係なく土地を物色してるんですよ。

これからは多角経営の時代だから、ゴルフ場やリゾートホテルの開発にも乗り出して、時代に乗り遅れないようにしないといけないって言うんですけどね……昔の私だったら、『馬鹿なこと言うな』って一喝《いっかつ》してただろうけど、今はそういう時代なんですかねえ。言い返す気力がなくて、こっちも歳を取ったもんだなって思って、がっかりですよ。最終的に、社長を降りた本当の理由はそれですね。元号が変わるなんて、手続き的なものだけだと思ってたんだけど、案外自分の中では重いことだったんですねえ。昭和元年生まれの人間として、昭和が終わると同時に、自分が背負っていたものを平成の人たちへ引き継ぐ感じです。まあ、寂しいと言えば寂しいけど、人生八十年時代ですからね。これからは老後の楽しみを見つけて、数年後には完全に会社から手を引きますよ。

一九八九年　嶋《しま》康《やす》夫《お》（49歳　無職）

酔ってる？　そりゃ酔っ払いたくもなりますよ。理由？　言いたくないね。

——会社で嫌なことでもあったんですか？

会社ねえ……会社員だったよ、三日前までは。十二月二十八日付で解雇されたんだよ。御用納《ごようおさ》めの日に馘《くび》ってのは、ひどくないかい？　年末年始は、酒でも呑まないとやっていけないよ。

——失礼ですが、どうして馘に？

あんたもしつこいねえ。答える義務なんかないだろう。いや……憂《う》さ晴《ば》らしに話してやるかな。セクハラって知ってるだろう？

——ええ。今年の『新語・流行語大賞』にも入ってましたよね。もしかしたら、辞めたのはセクハラ絡みだったんですか？

大した話じゃないよ。こう見えても俺は、誰でも名前を知ってる商社で課長をやってたんだ。自分で言うのも何だけど、仕事はできたよ。それが、ちょっとしたことで全部終わり、水の泡……いや、本当に大したことはしてないよ？　法律に触れるようなことは何もなかったんだから。

――セクハラはモラルの問題で、法律とは直接関係ないと思いますが。

そうだよ。そんなことは分かってるよ……だけど何が問題なのか、未だに分からない。俺はね、目をかけてた若い娘《こ》をきちんと育てようとしただけなんだ。最近、うちみたいな男社会の会社にも普通に女性社員が入ってきて、男並みの仕事をするようになったわけだよ。女性の社会進出とか言ってさ。こっちは、そういうのは大歓迎なわけよ。女性ならではの視点でビジネスもできるだろうし、細かい気遣いとかは、俺らみたいな男にはない部分じゃない？　だから立派な戦力にしようと、一生懸命育てたんだ。それこそ、接待での酒の呑み方まできちんと教えた。男の社員と同じように仕事ができるようにさ。それが急に、『セクハラだ』って訴えてきやがった。

――何があったんですか？

いや、それは……それがよく分からないから困ってるんだ。向こうが言うには酒の席での話……接待に同行させた後は、だいたい二人で反省会をやるようにしてたんだよ。鉄は熱いうちに打てって言うだろう？　だから接待で何が悪かったか、どこがよかったか、直後に必ず反省会をやってたんだ。こっちはちゃんと教えてたんだよ？　だけどあの女に言わせれば、二人きりの酒の席で体を触られたとか、卑猥《ひわい》なことを言われたとか……冗談じゃない。

――何もしてないなら、馘にはなりませんよね？

酒を呑んでる時のことなんか、一々覚えてないよ。ところがあの女、記録してやがったんだ。ウォークマン？　あれで勝手に録音してたんだ。で、俺がスケベなセリフを囁《ささや》いたのがしっかり録音されていて、それが動かぬ証拠になりました、というわけさ。あの女はそれを人事部に持ちこんで、俺はいきなり犯罪者扱いだよ。それで、二回事情聴取された後で、いきなり馘宣告だ。こっちの方がはるかに問題じゃないかね。人権侵害だよ。だいたい、会社も弱腰なんだ。今年、福岡の方でセクハラ裁判が起きただろう？　あれがあったせいで、面倒なことに巻きこまれたくなくて、俺を馘にして一件落着させようとしたんだよ。しかし、あの女も馬鹿だよな。こんなことをしたら、扱いにくい女だって評判が立って、会社の中でも取引先でも敬遠されるに決まってる。これから、まともに仕事なんかできるわけがないんだ。そもそもサラリーマンってのは、ちょっと苦しいことがあってもぐっとこらえて、顔で笑って心で泣いて、じゃないのかね。もう滅茶苦茶《めちゃくちゃ》だよ。あの女も会社も、ぶっ潰れちまえばいいんだ。

――今後は、社会全体がそういう動きに向かうかもしれませんよ。

セクハラ撲滅《ぼくめつ》とか？　冗談じゃない。あんなの、仕事の本質とは何の関係もないじゃないか。そもそも女だって、男社会の中に入っていけばどんなことが起きるか、覚悟の上なんじゃないのか？　それが分からないで、お姫様扱いしてくれ、給料もちゃんともらうなんて言い分がまかり通ったら、会社は間違いなく崩壊するね。女は、黙って家で飯でも作ってればいいんだよ。

――それもセクハラ的発言になりますよ。

うるさいなあ。あんたはどうなんだよ。普通に女と仕事できるか？　仕事の潤滑油になるように、ちょっとした冗談を言うことぐらいあるだろう。それが少し下半身の方に触れたって、何の問題があるんだよ。こんなことがまかり通る世の中は、絶対におかしいぜ。まあ、いいけどな……厄介な女と会社から逃げられて、さっぱりしたよ。景気もいいし、新しい年には新しい仕事を探すさ。一からやり直しだ。

一九八九年　三沢《みさわ》孝志《たかし》（18歳　高校生）

このスニーカーっすか？　ニューバランスのM１３００です。値段？　えーと、三万円……もうちょっとするかな。

——スニーカーに三万円？

高いですか？　でもこれだと、仲間内で威張れるんすよね……ジーンズは、リーバイスの５０１です。これは無難で、うちのチームでは制服みたいなもんすね。買ったばかりですけど、今年はこういう濃い色が流行《はや》ってるんですよ。あまり洗濯しないで、色落ちさせずに穿きたいですね。これは一万円ぐらいでした。セーターはインバーアランで、ダウンジャケットはウールリッチ……こっちは五万円ぐらいだったかな？　今日、最高気温十二度ぐらいだから、ダウンジャケットだと暑いんですけど、新品のお披露目《ひろめ》です。ちょっと地味っすかね？

——いやいや、とんでもない。でも最近、こういう格好をよく見るね。

いわゆる渋《しぶ》カジってやつですよ。別に自分たちでは、そう言ってないんですけどね。渋カジって呼び方、何だかダサくないですか？

——まあまあ……それより、高校生には結構な値段だと思うけど、バイトで稼いだ？

まさか。バイトしてる暇なんてないですよ。年が明けたらすぐに受験ですしね。これはストレス解消です。そういう名目なら、親も服を買う金ぐらい出してくれますから。

——小遣いにしては高いよね。親御さん、仕事は何を？

それ、何か関係あるんすか？　別に変な商売してるわけじゃないです。普通の会社員っすよ。毎日真面目に働いて、ちゃんと金を稼いでるんです。俺はそれをもらってるだけで、何も問題ないでしょう。

――今日は大晦日だけど……。

受験のストレス解消です。たまに渋谷に出て来る時ぐらい、好きな格好をして楽しみたいですよね。ここに来れば必ず誰かいるし……うちの高校の連中の溜まり場があるんです。同級生と馬鹿話をしたり、いらなくなった服を交換し合ったり、後輩をからかったり。別に大したことはしなくても、仲間といると面白いでしょう。

――でも今は、受験で大変じゃない？

うーん、大変なんでしょうけど、全然ピンとこないんですよね。でも七校ぐらい受ける予定なんで、一つか二つは引っかかるでしょう。大学なんて、どこへ行っても同じですしね。そもそも今は、大学の名前で勝負する時代じゃないっすよ。

――何か、将来の夢は？　ファッション関係にずいぶん詳しいみたいだけど。

いや、こういうのって単なる礼儀っていうか……周りに合わせてるだけってこともありますよね。大学生になったら、こんな格好をしてると子どもっぽいでしょう？　まあ、大学生になったら大学生っぽい服を着るでしょうけど、別にファッションを仕事にするつもりはないですよ。デザインの才能とかないし。服を売るのも、何だか疲れそうじゃないっすか。まあ、その時々に流行りそうなものを探す能力はあると思いますけど、それってファッション関係の仕事には関係ないですよね。どっちかっていうと、ファッション業界に踊らされてる感じ？　でも、大学ではちょっと他の連中に教えるつもりですよ。

――服の選び方について？

そうです。修学旅行で京都に行って分かったんですけど、関西の高校生って、何だかもっさりした格好をしてるんですよね。雑誌か何かで見て服を揃えるんだろうけど、俺らの格好を真似《まね》してるだけで、どこかピントがずれてるんすよ。同じ服を着るだけじゃなくて、着こなしも大事なのに、分かってないのかなあ。髪型なんかも含めて、全体が大事ですよね……京都であんな感じだと、他の地方なんかもっとダサいでしょう？

——いやあ、それはどうかな（笑）。今は情報時代だから、地方にも情報は遅れず伝わると思うけど。

大学にはあちこちから人が集まって来るけど、大学デビューしたいっていう人には、何でも教えてあげますよ。あ、それでアドバイス料を取ったりしたら、これもファッション業界の仕事ってことになるのかな？　よく分からないけど。とにかく、日本の中心が渋谷なのは間違いないですね。

——渋谷が大好きなんだね。

大好きですよ。大学生になっても、渋谷には来るでしょうね。子どもの頃から遊び慣れてるし、今、日本のファッションの中心は、渋谷なんですよ。びっくりするぐらいセンスがいい奴もいるから、勉強になります。よく行くショップも、だいたい渋谷か原宿にあるし。ここを出て行ったら、俺の方がよそ者になるから、居心地悪いでしょうね。こういう格好には飽きるかもしれないけど、一生渋谷にはいますよ。

一九八九年　海老沼宏《えびぬまひろし》（52歳　銀行員）

そう、つい先月でしたね。まさに歴史的な事件の最中に身を置いていたわけで……今考えても興奮しますよ。でもあの時は、不穏《ふおん》な感じの方が大きかったかな。

——やはり、危険だったんですか？　私はニュースで見ていただけなので、東西ベルリン市民が集まって大騒ぎしていた様子しか知らないんですが。

私、銀行の仕事で、西ベルリンには何度も行きました。ベルリンの壁が崩壊する時も、ちょうど現地にいたんです。何となく不穏な雰囲気があって、テレビに齧《かじ》りついていたんですけど、ポイントは東ベルリン――東ドイツがどう出るか、でした。西ベルリンでも東ドイツのテレビは見られたんですが、突然東ドイツ政府の会見で、出国規制緩和が直《ただ》ちに発効すると発表された後は、まあ、大騒ぎですよ。本当に一気に、まさに一瞬で、雪崩《なだれ》を打ったように壁が崩壊したんです。あれは想定外でした。その数時間後には、物理的にも壁の打ち壊しが始まったんですけどね。このニュースを聞いて、私もすぐに壁まで行きました。まさに単なる野次馬根性だったんですけど、いろいろ心配もありまして……それまで西ベルリンでは普通に仕事ができていたんですけど、壁が崩壊したら、東西ドイツが統一される可能性もある。そうなった時に、これまでと同じようにビジネスを続けられるか、それとも一度引くべきなのか、その場の雰囲気を感じて確認したい――肌で感じたいと思ったんです。

――それが不穏な感じだったんですね？

暴動が起きるかもしれないと思いましたよ。東から西へ移動しようとする東ベルリン市民が押しかけて、強引に検問所を突破するんじゃないかと……そうなったら撃ち合いになるかもしれない。東側から壁を越えようとして射殺された人が、過去に何人もいましたからね。それは検問所の前にたくさんの人が集まっていました。西側から東側へ行こうとする人もいたんですね。行ってみたらそうでしょう、壁ができたせいで、家族や友人と長年会えなくなっていた人も大勢いたんですから。それでも、騒ぐでもなく声を上げるでもなく、大勢の人が無言でじっと待っている。ちょっと異様な光景でした。ドイツ人は日本人とメンタリティが似ているから、ああいう状況でも我慢できるのかもしれませんね。ただそれは、日付が変わる頃まででした。検問所の周辺で渦を巻くように人が流れていたので、東と西の両方から人が流れこんできたんだって分かりました。しばらくびくびくしていましたけど、結局危ないことは何も起きませんでした。若者が多かったようですが、彼らも何をどうしていいか、分からなかったんじゃないかな？　これまで行けなかった場所に行って、恐る恐る様子を確かめているみたいな感じでした。もちろん興奮した若者たちもいて、壁の上によじ登って騒ぎ始めましたけどね。あれを見て、多くの人たちが、これでドイツは一つになると信じたんじゃないでしょうか？　実は私も、ずっと遅い時間になって東側に行ってみたんです。日本のパスポートで通れるかどうか心配だったんですけど、実質的にはもう、誰もチェックしていませんでした。あれだけ強固に存在していた壁は何だったんだ、と唖然《あぜん》としましたよ。おっと、この話は他言無用でお願いできますか？　何もなかったからいいですけど、銀行というのは信用第一、行員が無茶なことをするのは許されませんからね。

――分かりました……これで本当に、東西ドイツは統一されると思いますか？

いずれは――近い将来にはそうなるでしょうね。ベルリンの壁は、あくまでベルリン市内のものですけど、東西分離の象徴だったのは間違いありません。それがなくなって、ドイツ市民の心理的な重石のようなものは消滅したはずです。政治的・経済的な統一には、また別の壁があると思いますけど、時間の問題でしょうね。さらにこれが、世界的な流れになるかもしれませんよ。『東』の消滅――共産主義体制の見直し、最終的には崩壊が進むと思います。ソ連でもペレストロイカが進んでいますし、この動きはもう止められないでしょう。だから我々銀行員は、これからますます忙しくなりますよ。大変な時代がきますけど、喜ばしいことだとは思います。第二次世界大戦後の不自然な国際関係が、少しずつ解消されていくんですから。それより何より私は、壁を越えて東西ベルリン市民が行き来を始めた時の光景を、一生忘れないでしょうね。時代が変わるその瞬間を目の当たりにできる機会は、多くはないですからね。あの静かな夜、私は間違いなく、歴史が変わる瞬間をこの目で見たんですよ。

一九九〇年　狭間《はざま》栄美《えみ》（27歳　雑誌編集者）

五キロ太ったのが、今年の最大の事件ですね（笑）。

――何かあったんですか？

担当する雑誌で『食』の担当になったんです。レストランの紹介とかがメーンなので、今年は特に、イタ飯をずいぶん食べました。今流行《はや》ってるでしょう？　イタリア料理って、とにかく量が多いんですよね。記事として紹介するために、毎回前菜からパスタ、メーンにデザートまでちゃんと食べないといけないので、当然太りますよ。あ、デザートって言えば、ティラミス、美味《おい》しいですよね。食べました？

――一度だけ。それこそ、イタ飯屋で食事をした時に。どうでした？

――何とも言えません。甘いもの、あまり好きじゃないんですよ。

もったいないですね。フランス料理やイタリア料理と、中華料理の最大の違いって、何だか分かります？

――そもそも作り方も味も違うでしょう。

私は、デザートだと思ってます。中華料理のデザートって、種類が限られてるじゃないですか。どこでも、杏仁豆腐やタピオカミルク、胡麻団子が出てくるぐらいでしょう？　それに比べて、フランス料理やイタリア料理のデザートって、無限にあるじゃないですか。トラディショナルなものだけじゃなくて、新しいデザートもどんどん開発されてるし。ティラミスもこんなに流行ってますけど、比較的新しいデザートなんですよ。

——そうなんですか？

ええ。特に流行るとは予想してなかったけど、実際に流行ってみたら納得ですね。あれって、考えてみればレアチーズケーキなんですよ。材料がマスカルポーネチーズで、焼かずに作るところは同じですからね。

——チーズケーキなら、日本でも昔から人気ですよね。でも、ティラミスって、急に爆発的に人気が出ましたよね？　何ででしょう。

やっぱりイタ飯ブームのせいじゃないですかね。イタ飯って、気楽じゃないですか。フランス料理ほど高くないから、若い人でも入りやすいし。

——確かにそうですね。フランス料理は、やっぱりハードルが高い。

ある程度年齢が上の人が外食するなら和食でしょうし、フランス料理はやっぱり特別なハレの日の食べ物じゃないですか。いくら景気がいいと言っても、毎日食べるようなものじゃないでしょう。

——マナーも難しいですしね。

イタリア料理の方がずっと気楽だし、安いのが嬉しいですよね。それに変な話だけど、イタリア料理の方がお腹一杯になりません？

——その分、若者向けな感じですよね。

流行に敏感な若い人が飛びつく方が、世間一般に知れ渡りますからね。お店だって、若い人に来てもらった方が宣伝になるから、営業努力で無理してでも値段を下げますし。それに、イタリア料理店のカジュアルな雰囲気は、若者には入りやすいんですよ。マナーもそんなに気にする必要はないし。

——いつの間にか、外食にお金をかけるのは普通になりましたよね。我々独身男子の外食っていうと、未だにラーメン屋かカレー屋ですけど。

普段は私もそうですけど、今後はお洒落《しゃれ》な店で外食するのも普通になるんじゃないですか？　日本人のシェフのレベルって、世界でも高い方だと思いますしね。今年、イタリアとフランスに取材に行ったんですけど、日本で食べても遜色《そんしょく》ないですよ。それとスイーツに関しても、これからどんどん新しい物が入ってくるんじゃないですかね。

――スイーツ？

あ、最近はデザートとか言わなくて、甘いもの全般をスイーツって呼ぶんですよ。ちなみに、イタリア風に言えばドルチェです。

――勉強になります（笑）。今後はどんなものが流行りますかね。

イタリアのものだと、パンナコッタっていうのがありますよ。プリンみたい感じですから、やっぱり日本人に馴染《なじ》むんじゃないかなあ。あと、これはフィリピンのものですけど、ナタ・デ・ココ。寒天《かんてん》みたいですけど、歯ごたえが独特で面白いんです。イカの刺身みたいな感じですね。

――これからは、男もそういうものに詳しくならないといけないんですかねえ。

というか、詳しくなるのが普通じゃないですか？　日本の外食文化が成熟してきた証拠なんですから。これからは、日本にいながらにして、世界中のスイーツが食べられるようになると思います。悪くないですよね。ダイエット的には大問題ですけど（笑）。

一九九〇年　石川安治《いしかわやすはる》（30歳　証券会社社員）

あなた、不動産持ってます？

――いや、持ってないです。独身ですし。

ああ、そう。持ってたら危ないところだね。

――どういうことですか？

これから、日本の経済はガタガタになるからね。その時、土地が足かせになるかもしれない。俺にとって今年最大の事件は、十月一日の、日経平均株価の二万円割れだった。

――三年七ヶ月ぶりの安値でしたね。

去年の大納会の時には、四万円近くつけたんだよね。今はその半分だから、まさに暴落だよ。今月になって、十月の景気動向指数が発表になったけど、あれがピークになるんじゃないかな。

――これから不況になると？

間違いないね。まあ、十一月の景気動向指数を見てよ。確実に下がってるから。

――株の暴落の影響ですか？

それだけじゃないけどね……昭和の終わりぐらいから、ずっと景気がいいって言われてたけど、そういう実感、あった？

――言われてみればピンときませんね。マンションを買ったわけでもないし、車も普通の国産車です。

何か、『景気がいい』っていう曖昧《あいまい》な噂に、皆が浮かれてただけじゃないのかな。確かにうちみたいな証券会社は、イケイケでしたよ。同僚の中には、給料が極端に上がったわけじゃないのに、ポルシェなんか買っちゃった奴がいてね。ところが、マンションの駐車場が高過ぎて、少し離れたところに露天《ろてん》の駐車場を借りたってのがこの話のオチなんだ。シートを被せても、露天にポルシェを停めるなんて、怖いでしょう？　ちょっと傷がついただけでも、修理費うん十万円になるんだから。夜中に何度も見回りに行って寝不足になって、馬鹿だよねえ。

――確かに、変な贅沢《ぜいたく》をした人はいますよね。家賃五万円のアパートに住んで車はベンツとか。

結局、土地が値上がりし過ぎたんだよ。ほら、日本って『土地神話』があるでしょう？　地価は絶対に右肩上がりし続けるっていう……狭い国で、人口は増えるばかりだから、確かに土地の取り合いで値上がりはずっと続いてきたよね。

——確かにそうですね。

今のところはまだ、地価が下落する気配はないけど、これからはくるね。来年……再来年ぐらいには、間違いなく地価が下がる。もしかしたら、戦後初めて、『土地が安くなる』時代がくるかもしれない。俺も、ちょっとミスったかな。

——というと？

去年、マンションを買っちまったんだよね。自分で住むんじゃなくて投資用だけど、地価が下がったら資産価値も当然下がる。そうすると、ローンが重荷になってくる可能性が高いんだよね。だから今、手放すタイミングを狙ってるんだ。できたら来年……そうしないと、個人的な不良債権になって苦しめられることになりそうだから。

——簡単に家も買えない時代になるんですかね。

今までは、高過ぎて買えなかった。これからは、どこが底値になるか分からなくて手を出しにくくなる——そんな時代になるよ。まあ、いずれにせよ、これで日本の本当の姿が見えてくるんじゃないかな。景気がいいって言っても、そんなのは見せかけだけだったんじゃないかと思う。実際には資産も溜まっていないし、ほんのちょっと贅沢して、少しだけ金持ち気分を味わった人がほとんどだったんじゃないかな。化けの皮が剝がれたら、いろいろなものが崩れるよ。そこからどうなるかは、まったく読めないね。俺は、一時的には不況になってもすぐに立て直すと思ってるけどね。

今までもそうだったから。

——そう上手くいきますかね。

いやいや、そうじゃないと困るでしょう。特に俺らみたいな証券会社の人間は、景気の影響をもろに受けるからさ。景気が持ち直してもらわないと、死活問題なんですよ。これからは、経費も絞られそうだしなあ。ここ何年かは、いくらでも経費が使えたから、接待なんかで結構美味しい思いをしたんだよね。自分の給料では行けないような店も、会社の金で行けたし。美味い料理、美味い酒を経験しない人生っていうのは、ちょっと侘しいでしょう?

――バブルは幻だったんですかね。

いやいや、やっぱり現実だな。幻だったら、こんなに太らないからね。接待、接待で、入社してから七年で十二キロ増えたよ。この贅肉《ぜいにく》が幻だっていうの? それはあり得ないでしょう(笑)。

一九九〇年 吉井若奈《よしいわかな》(19歳 専門学校生)

バンド始めたんですよ。名前は『シルキー』です。女の子っぽいでしょう?

――バンド? こんなこと言うと何だけど、あまりバンドをやるような感じに見えないですね。

そうですか?

――どっちかというと、アイドルとかそっち系かな?

あ、実はそれを売りにしようと思ってるんですよ。うちのバンド、可愛い子揃いですから。というより、可愛い子ばかり集めてバンドを組んだんです。大変でしたよ。楽器屋さんやスタジオで『メンバー募集』の紙を貼っておくとすぐに集まるけど、実際にどんな人が来るかは分からないでしょう? 顔を見て『あーあ』っていうこともありました(笑)。

――でも最終的には、綺麗どころが集まったんですね。

ええ。あの、『イカ天』観てます?

――何度か。

あれに出たいんですよ。それで上手くいったらデビュー……ライバルが多くて大変なんですけどね。

——確かに、あの番組がヒットして、バンドを組む人が増えたよね。僕らの若い時もそうだったけど。僕もやってたし。

それっていつ頃ですか？

——中学生から高校生にかけて……七〇年代半ばから後半ぐらいかな。でもその頃は、女性のアマチュアバンドはほとんどいなかったな。

そうなんですか？

——当時は、バンドをやるのは女の子にモテたい男って決まってたから。だから、いかにもモテそうにない奴が多かった（笑）。

不純な動機ですね（笑）。

——今は違う？

いやあ、だって男の子に騒がれてもねえ。どっちかというと、女の子に聴いてもらいたいです。それこそ、アイドルと一緒ですよ。女性アイドルって、同性から人気が出た方が売れるんですよ。

——そこまで考えてるわけだ。

あ、もちろんそれは、デビューできてからの話ですけどね。でも、とにかく何か特徴がないと、デビューもできないでしょう。

——それこそいい曲を書くとか、演奏が上手いとか。

演奏は、あまり関係ないと思いますよ。聴く人も、そこはあまり重視してないんじゃないですか？

——昔は、演奏の上手い下手は結構重要な要素だったんだけどね。

演奏にミスがなくて、ドラムが変に走らなければ、一応聴けるんですよね。うちはちょっとパンクの要素が入ったポップスだから、技術は関係ないし。

——それで、差別化にはルックス、ですか。

ルックス、大事ですよ。昔から、売れるバンドってルックスもいいじゃないですか。今はそれに加えて、男性のバンドでも化粧したりして、見た目重視でしょう。

——女性バンドとして、どういう見た目で勝負？

可愛い、かな。

——可愛いとバンドは、あまり合わない感じだけど……。

だからいいんじゃないですか。ミスマッチで受ける、みたいなところもありますよ。小さくて可愛い女の子が出てきて、ちゃんと演奏したら、それだけで絶対大受けですよ。ライブハウスなんかでは、ちゃんと手応えがあります。ルックスだってバンドの個性だと思いますから……ロックが好きな人って、バンドの個性を大事にするじゃないですか。それで私たちは、『可愛い』を選んだんです。あ、ちなみにバンドメンバー全員、身長は百五十五センチ以下です。ベースの子は百五十センチしかないから、ベースがものすごく大きく見えて、そのギャップが面白いんですよ。その子が一番人気があるかな。

——本格的にデビューできたら、そういうのは色物扱いされるかもしれないけど……。

でも、何も特徴がないよりは、どんなことでも目立った方がいいじゃないですか。ロックは、目立った者勝ちですよ。だいたい、目立ちたくてバンドをやってるんですから。

——それはよく分かるけどね。

あの、何でバンドやめちゃったんですか？

——そんなに上手くならなかったからかな……まあ、解散することになったら、いつの時代でも通じる言い訳がありますよ。

何ですか？

――もちろん、音楽性の相違（笑）。

一九九一年　江沢《えざわ》友晴《ともはる》（39歳　商社マン）

今日？　これから会社なんだけど。

――大晦日にですか？

大晦日も正月も関係ないよ。とにかく、クリスマス以来フル回転で……さっき、一週間ぶりに家に帰って、着替えだけ取ってきたんだ。

――商社の仕事は、やはり大変なんですね。

いや、今は特別中の特別。百年に一度のビジネスチャンスだからね。この機会を逃したら絶対に損するから、ここは頑張って、一刻も早くチャンスを摑まないと。年明けには、すぐにロンドンへ渡ることになると思う。

――ロンドンで何か、急用ですか？

違う、違う。あのさ、あんたも新聞記者なら、もう少し世界情勢を見ておいた方がいいんじゃない？　ソ連がなくなったんだよ？

――ああ、でも、まだ今後の情勢は分からないですよね。

だからこそ――どうなっても動けるように、ちゃんと情報収集して準備をしておくのが、商社の仕事なんだよ。今、ソ連――いや、ロシアかな――にすぐに入るのは危険な感じもするから、まずロンドンで情報収集してからモスクワに飛ぶつもりだよ。

――聞いた話だと、それほど混乱はしていないようですね。一つの政治体制が崩れる時って、もっと大変な混乱になると思ってましたけど。

そうだよねえ。でも、東西ドイツが統一されても、結果的にはそれほど大きく混乱しなかったよね。もちろん、二つの国が一つになったんだから、国内ではいろいろ軋《きし》みもあるんだろうけど、今のところ大問題にはなってないみたいだね。うちのベルリン駐在の人間に話を聞いても、大きなトラブルはない……何だか、二つの国に分かれていた歴史なんか、なかったことになってるみたいだよ。

――ドイツは二つに分かれていたのが統合されたけど、ソ連の場合は逆……連邦を構成していた国が独立するわけですよね。

だから、ドイツよりもソ連の方が、トラブルが起きる可能性が高いと思うんだよね。ロシアは独立しても大国だし、核兵器なんかもほぼそのまま引き継いでいる。そういう危険性もあるけど、共産主義を完全に放棄して自由主義経済になったら、今後の世界経済の一つの軸になるかもしれないよ。

――ソ連――ロシアが経済の軸と言われても、あまりピンとこないですけどね。

いやいや、ロシアの持つ経済資源はすごいんだよ。石油や石炭、天然ガスも豊富だから。そして今の世界では、資源を持っている国が強いのは自明の理でしょう?

――だったら、これからロシアがどんな方針で経済発展を進めていくかが重要なポイントですね。

そう。そこの見極めを間違えず、上手く乗って金儲け、というのが俺たちの商売なわけでね。当面は、やっぱり資源ビジネスに注力したいね。とにかく規模が桁《けた》違いだから、そこに一枚嚙めればこれから何年も――何十年も安泰だから。

――最初が肝心、ということですか。

そう。ただ、不確定要素が多過ぎてね。ロシアはともかく、他の国は大丈夫なのかとか……数年後には、旧ソ連邦内の国の間で、経済格差が広がっているかもしれない。そうなると、いろいろなことが不安定になって、またこっちのビジネスに悪影響が出る恐れもある。

——一つの国がなくなるというのは、大変なことなんですね。

八〇年代後半からは、本当に大変だったよ。これからは、東欧の他の国がどうなっていくかも見極めていかないと。さらに何年か後には、ヨーロッパ全体を一つの国に見た商圏を念頭に置く必要があるかもしれないね。それにしても、自分が生きているうちに、教科書が書き換わるとは思ってもいなかったな。

——確かにそうですね。

高校の世界史だと、戦後までいかないで終わるパターンが多いんだけど……あんた、何年生まれ？

——一九六三年です。

俺は五二年。世界史の教科書では、東西冷戦がデフォルトだったよね。こういうのって、永遠に続くようなものだと思ってなかった？

——確かに。

俺の親の世代なんかは、戦争のせいで一晩で価値観がひっくり返ることを経験してきたんだけど、俺たちは、そういうのには縁がない……アメリカとソ連が核兵器で脅し合って、恐怖の均衡《きんこう》で何とか戦争が起きないのが普通だと思ってたじゃない。八〇年代後半の緊張緩和は、もちろん悪いことじゃなかったけどね。少しずつ緊張がなくなって、もうちょっと商売もしやすくなる——そういう予想が一気に崩れたことが意外でしょうがないよ。

一九九一年　西野悦郎《にしのえつろう》（35歳　都庁職員）

今年は何と言っても、四月の都庁移転が一番の事件でしたね。私は丸の内の庁舎には十二年いただけですけど、あそこが長かった先輩たちは感慨深げでした。

――庁舎は豪華過ぎると批判も浴びましたね。

本当にそう思います？　豪華といえば豪華かもしれないけど、旧庁舎は古くて手狭で、首都の顔としては相応しくない、という意見も多かったんですよ。

――都庁内部でも？

いえいえ、世論です。東京の――いや、日本の顔としては、あれぐらい当然じゃないですか？　日本で一番高いビル……『バブルの塔』とか『タックス・タワー』なんて揶揄《やゆ》する人もいるけど、正直言って頭にきますね。そんなものじゃないんです。

――知事室が豪華過ぎる、という話ですよね。

そんなことないですよ。旧庁舎よりも十四平方メートル広くなっただけですから。八十四平方メートルっていうのは、マンションの大きな部屋程度でしょう。一般の事務室と違うのは、天井が高いことぐらいじゃないですか？　六・四メートルでしたかね。いや、私はまだ入ったことがないので、何とも言えませんけど。

――シャワー室があるのも批判の対象でした。

そういう声があるのは知ってますけど、仕事が遅くなることは珍しくないですし、泊まりこみもありますからね。効率よく仕事を進めるためには、こういう設備も必要じゃないですか？　でも、都庁移転と知事選が重なって、鈴木知事が実際に知事室の椅子に座ったのは四月九日ですから、何だか変な感じでしたね。

——庁舎としての使い勝手はどうですか？

ああ、それはもう、新しい分、全然使いやすいですよ。東京の新しい観光名所にもなってますしね。四十五階の展望室は、いつも修学旅行生で一杯です。ただ、エレベーターがなかなか来ないのと、食事には困りますね。

——西新宿だと、丸の内に比べて食事できる店は少ないですよね。

弁当を持ってきたり、皆いろいろ工夫してます。春や秋には、外で弁当やサンドウィッチを買って、新宿中央公園で食べるのも悪くないですよ。ちょうど昼休みの気分転換になりますしね。でも、食べ物に関しては、時々丸の内時代が懐かしくなりますね。

——新宿という街はどうですか？

とにかく朝と夜が大変ですね。新宿駅のラッシュなんか、物凄いですよ。一日当たりの乗降客数が二万人も増えたわけですから……職員だけじゃなくて、見物の人も集まるからでしょうね。とにかく、朝晩は押したり押されたりで、夕方なんか、駅員に押してもらって、何とか電車に乗りこむ感じです。朝は、電車を降りた瞬間に、一仕事終えた気分になりますね。

——これで西新宿の開発も一段落した感じですよね。

でも、まだ地価は上がり続けているみたいですよ。オフィスの賃貸料も、三年前は坪二万円ぐらいだったのが、今は三万円とか、三万五千円とか……十万円なんて法外なところも出てきたようですよ。やっぱりその辺は、都庁効果というか影響なんでしょうね。これから丸ノ内線の新駅もできるそうですから、まだまだ地価は落ちないんじゃないですかね。我々も多少は便利になると思いますよ。

——でも、永遠にここにいるわけじゃないでしょうね。

さすがに私が現役でいる間は、新宿にいるでしょう。実際、都庁の移転に合わせて家を買ったんですよ。今まで杉並で借家に住んでいたんですけど、都庁が新宿に来て、もう少し西へ行っても十分通えるから……。

――どちらですか?

吉祥寺です。吉祥寺から新宿駅まで二十分ぐらいですから、楽なものですよ。井の頭線で渋谷にも一本で出られるから、何かと便利なんですよね。一戸建て、三十五年ローンですから、繰り上げ返済して、何とか定年までには返し終えたいですね。

――吉祥寺もいい街ですよね。

まだ引っ越したばかりなんで、分からないところも多いんですけど、これからいろいろ探すのも楽しみです。子どもの教育にもよさそうですしね。来年小学校なんで。

――東京の地図自体が大きく変わるでしょうね。

これから変わるのは、臨海副都心でしょうね。ずいぶん遠いし、私の仕事とは直接関係ないんでピンとこないんですけど……開発が始まったばかりだから、これからですよね。私、東京生まれ東京育ちなんですけど、何だか子どもの頃に見てた光景は、ずいぶん変わりましたよね。新宿は……そうでもないかな。七〇年代にはもう超高層ビルが建ち始めていたから、都庁ができても、ああ、また増えたな、ぐらいの感じです(笑)。

一九九一年 紺野貞子《こんのさだこ》(71歳 無職)

もうね、貴花田《たかはなだ》、大好きなの。立派よねえ。あんなに若いのに頑張ってて。今年、一番凄かったのは、千代の富士《ちよのふじ》に勝った金星よね。すごい大相撲だったでしょう? テレビの前で大声を上げて、主人に怒られちゃったわ。

――史上最年少の金星でしたね。

あれで千代の富士が引退を決めて、世代交代になったのよね。すごく新鮮な風が吹いた感じ。たぶん、来年には初優勝するわね。大関、横綱も間違いなし。本当に、これから十年ぐらいは、貴花田を応援して楽しめそうでよかったわ。

――若花田《わかはなだ》も頑張ってますよね。

そうそう、若貴兄弟。お兄ちゃんも順調よね。来年の初場所は前頭筆頭《まえがしらひっとう》？　競い合うみたいに出世して、頼もしい限りだわ。私ね、もう相撲は五十年ぐらい――それこそ戦前、NHKの和田信賢《わだのぶかた》さんが中継している頃にラジオで聞き始めて、すっかり相撲ファンになっちゃったのよ。和田さんの中継もよかったわよね。あなた、ご存じない？

――残念ながら……。

ああ、そうね。あなた、今何歳？　二十八歳？　じゃあ、和田さんは、あなたが生まれるずいぶん前に亡くなってるのね。そうそう、最初に覚えてるのは、双葉山《ふたばやま》の連勝が六十九で止まった時よ。もう、あの放送がすごくてねえ……あら、ごめんなさいね。古い話で。

――いえいえ、昔の話は楽しいです。それにしても、筋金入りの相撲ファンなんですね。

昔は、よく蔵前国技館にも足を運んでたわ。新しい国技館にも何回か行ったんだけど、膝を悪くしちゃってねえ。相撲も、ずっと座って見てると膝に悪いから。膝が治ったら、また行きたいわね。

――今まで一番好きだった力士は誰ですか？

貴《たか》ノ花《はな》も、初代の若乃花《わかのはな》も好きだったわ。若乃花は立派だったわね。若乃花、知ってらっしゃる？　若貴の伯父さん。小兵なのに立派な取り口で、土俵の鬼って言われてたのよ。貴ノ花も素敵だったわね。本当にハンサムで、すごい人気だったわ。

――貴ノ花は覚えてます。相撲はあまり熱心に観てませんでしたけど、人気があったのは覚えてますよ。

その息子二人が、今は大相撲で活躍しているっていうのも、ドラマみたいでしょう？　でも、親子の縁まで切って、師匠と弟子として厳しくやっているのは、ちょっと可哀想な感じもしますけどね。二人とも若いし、まだまだ親の助けが必要な年頃でしょう？　おかみさんの胸の内を思うと、本当に辛いわ。勝負の世界は厳しいわよねえ。でも、そういう親子のドラマが続いていくのも、相撲のいいところよね。あ、でもね、一番記憶に残っているのは大鵬《たいほう》かしら。

――巨人・大鵬・卵焼き。

あら、ご存じなのね(笑)。戦前だったら双葉山、戦後は大鵬ね。大鵬は本当に強かったわ。幕内優勝三十二回なんて、もう絶対に破られない記録じゃないかしら。その大鵬の最後の取り組み相手が、貴ノ花だったのよね。大相撲には、そういう歴史が脈々とあるのよ。やっぱり日本の国技だから、長い歴史の中でいろいろなドラマが生まれるのね。これからもいい力士が出てくると思うと、死ぬまで観るしかないわ。とにかく今は、若貴ブームで若い人も相撲を観るようになって、嬉しい限りですね。今までも、それこそ巨人・大鵬・卵焼きなんていうのが流行ったけど、私の記憶では、ここまで相撲人気が盛り上がったことはないわね。空前絶後のブームじゃないですか。あ、それと、おかげで一ついいことがあったんですよ。

――何ですか？

孫がね……今年中学三年なんだけど、赤ちゃんの時から私が相撲を観せていたから、いつの間にかすっかり相撲好きになって。高校は、相撲部のあるところへ行って、自分でもやりたいって言い出したのよ。体は大きいのよ？　十五歳でもう百八十センチもあるし、がっしりしてるし。たくさん食べてちゃんと稽古すれば、必ず力士になれると思うわ。

──それは楽しみですね。

でも残念ながら、息子たち──あの子の両親は反対してるのよ。何も、危ないことをやらなくてもいいって。親の気持ちとしては分からないでもないけど、せっかくこれだけ大相撲が盛り上がっているんだから、いいじゃない、ねえ？　私は応援してるから、こっそり小遣いを渡してるのよ。たくさん食べて、体重を増やして、頑張って欲しいから。本当に力士になったら、それこそ、どんなに膝が悪くても日本中回って応援するわよ。それを見届けたいから、まだまだ元気でいなくちゃいけないわね。

一九九二年　麻生浩二《あそうこうじ》（44歳　会社員）

何か、微妙に追い詰められた感じがするんだよね。山手線の各駅が分煙になったでしょう？　これからは、煙草《たばこ》も自由に吸えなくなるんじゃないかな。もしかしたら将来、『あれが終わりの始まりだった』なんて言われるようになったりしてね。

──八月でしたね。私も喫煙者ですから、あれは結構ショックでした。

でしょう？　私、営業をやってるんだけど、外回りの途中で休んでる暇もない時に、駅で缶コーヒーを買って煙草で一息つくのが、唯一の安らぎだったんだよね。しかし、何であんなことをしたのかね。おかしいでしょう？　成人男子の六割以上は煙草を吸ってるんですよ？　女性も入れるともっとでしょう。半分以上の人が煙草を吸うのに、吸える場所を減らすっていうのはどういうことなのかね。だいたい、喫煙者は非喫煙者よりも税金を多く払ってるってことも、考慮して欲しいよねえ。あれじゃない？　嫌煙権運動のせいかな。確かに吸わない人にとっては、煙草の煙は辛いよね。俺もガキの頃は、親父が吸う煙草の臭いが大嫌いだった。それが、いつの間にか自分が吸うようになってるんだから、変な話だけどね。親父は禁煙して、今では逆に、俺が吸うと鬱陶《うっとう》しがってますよ。

――嫌煙権運動が一般的になったのは、八〇年代でしたね。

そうそう。その前、俺が働き始めた頃に、東海道新幹線に初めて禁煙車ができたんだ。七〇年代の終わりぐらいだったと思うけど……その時は『へえ』って思ったぐらいだけど、それがいつの間にか広がってきた感じだよね。こういう動きは、今後も続くんでしょうけど、飛行機とかが全面禁煙になったら、えらいことになりますよ。

――海外へはよく行かれるんですか？

年に一、二回は出張があるので。中国とかアジアの国へ行くぐらいだったら我慢できるけど、アメリカやヨーロッパへ行く時はきついんじゃないかな。十時間以上も煙草を吸うなっていうのは、死ねと言われるようなものですからね。

――ずっと寝てるわけにもいかないですよね。

酒でも呑めれば、酔っ払って眠れるだろうけど、俺、酒はあまり呑めないんだよね。それに飛行機に酔いやすいから、フライトの時は呑まないようにしてるんです。それに、煙草を吸ってると、飛行機酔いが抑えられる感じがするんだよね。

――何となく分かります。

まあ、そういうのもニコチン中毒の一種なのかもしれないけど……煙草を吸わない人には関係ないですよね。

――迷惑なのは分かってるけど……。

なかなかやめられない、と。あ、それを言えば新幹線も厳しいね。名古屋ぐらいまでは我慢できるけど、それより長い距離だと相当きついな。そもそも、どういうわけか乗り物に乗ると煙草が吸いたくなるんだよね。タクシーなんかもそうじゃない？　行き先を言って、ホッとした時に煙草に火を点《つ》けるのは習慣みたいになってますね。

——タクシーまで禁煙になったら……。

いや、さすがにそれはないんじゃないの？　だいたい、タクシーの運ちゃんなんか、ほとんどの人が吸ってるんじゃないかな。タクシーに乗ると、だいたい煙草臭いでしょう。

——確かにそうですね。

とにかく営業の人間にとって、移動の時間っていうのは大事なんですよ。資料を読みこんだり、睡眠不足を解消したり、次の商談に向けて気合いを入れ直したりしてね。それに、仕事の区切りにもなるんです。そこで煙草が持つ意味は大きいですよ。

——分かります。でも、最近は喫煙派が嫌われて肩身が狭くなってるのは間違いないですよね。禁煙を考えたことはないですか？

ないねえ。俺はマイルドセブンを吸ってるんだけど、今二百二十円でしょう？　コーヒー一杯飲むより安い値段で一日楽しめるんだから。気分転換に、こんな安くてありがたいものはないでしょう。

——そうですよねえ。酒なんて、ストレス解消で毎日呑んでいたら、財布があっという間に空になります。

もしも、もしもだけど、禁煙するとしたら、煙草がうんと値上がりした時だろうね。外国みたいに、一箱五百円とかになったら、さすがに考えますよ。でも、喫煙者が減ったら、それはそれで政府も困るでしょう？　間違いなく税収が減るんだから。煙草って、けっこういろいろな人の思惑が絡んでるんですよね。喫煙者としては、これからも肩身の狭い思いをせずに楽しんでいきたいものだけどね。

一九九二年　志《し》村《むら》貴《たか》之《ゆき》（19歳　予備校生）

忙しいんですけど、時間かかります？

――いや、五分だけ……今年一番の事件を教えて欲しいだけです。

事件っていうか、ああ……やっぱりセンター試験ですね。現役で受けたんですけど失敗して、今、予備校に通ってます。

――今度のセンター試験も受けるんですか？

そのつもりです。だから今、ちょうど追いこみなんですよ。浪人生には、暮れも正月もないですから。

――大変だよね。

堂場さんも共通一次とか、受けたんですか？

――いや、私立一本だったから。

楽ですよねえ。

――今思うと楽だったね。文系だから、国語、英語、社会だけで。共通一次を受けるのは、国公立の志望者だけだった。

こっちだって、そのつもりで準備はしてきたんですよ。うちの高校、二年の終わりには、もう大学受験の指導が始まるし。新しい試験が導入されるっていう話は聞いてましたけど、初めてだし、どんな内容になるか、全然分からないじゃないですか。

――初めてだと、何かと心配だよね。

学校でも塾でも、まったく情報がなかったんですよ。文部省も、もっと宣伝とかしてくれればいいのに、ひどくないですか？

――試験自体は難しかった？

いや、そんなこともないです。予想していたよりも点は取れたんですけど、それが裏目に出ちゃって。

――というと？

元々私立志望で準備してきたんですけど、思ったよりもセンター試験の成績がよかったんで、国立の方に色気が出ちゃったんです。

――私立志望から急に国立へ変更するのは、ちょっと無理があるよね。

そうなんですよ。それで、センター試験から本番の試験までの間にペースが乱れちゃって。結局、国立と私立、両方の志望校で落ちました。ま、実力が足りないからしょうがなかったといえばそれまでだけど。

――今年のセンター試験対策は？

それはもう……しっかりやってきましたよ。でも、本番になってみないと分からないな。あれって、平均点が六十点ぐらいになるように問題を作ってるそうなんですけど、去年は『簡単だった』っていう意見が多かったみたいですから、今年は少し難易度を上げてくるかもしれません。

――となると、対策も簡単じゃない……。

予備校で、去年の問題を徹底して分析してるんですけど、まだ二回目ですからね。傾向と対策なんて、何回も試験をやってからじゃないと無理でしょう。

――それで今度は、また国立狙い？

いや、基本は去年と同じです。センター試験の成績次第で、国立か私立か、どちらを第一志望にするか決めますよ。

——去年失敗してるのに？

さすがにそこは対策しました。今年はちゃんと臨機応変にやるつもりです。だけど、迷惑な話ですよねえ。

——制度が変わると、受験生は全員迷惑だよね。

本当ですよ。何でこんな風にややこしくするんですかね。共通一次試験にも問題があるとか、私立の入試が重箱の隅をつつくような問題ばかりだとか、マイナスも分かりますけど、しょうがないじゃないですか。別に大学入試の準備なんて、人生のうちで一年か二年だけでしょう？　深刻に考える受験生がいるのも分かるけど、ほとんどの人は、過去の入試問題の傾向と対策で受験勉強してるんだから……大人の勝手なやり方であれこれ変えられたら、たまらないですよね。

——ずいぶん悟ってるんだね。

ああ……高校受験の時に失敗してますから。大学までエスカレーター式でいける高校を受験したんですけど、落ちたんです。あの時受かっていたら、今、こんなに苦労してないんですよねえ。そう考えると、一年を無駄にしちゃった感じです。親に申し訳ないですよ。

——でも、国立に行けば、授業料の点では親孝行じゃない。

そうなんですけど、この一年の浪人生活で、また負担をかけちゃいましたからね。でも、高校が私立だったら、その分はまた負担になってただろうし、面倒臭いですよね。大学受験って、いつからこんなに大変になったんですかね。

——戦後はずっとこうだったと思うよ。戦前は、大学へ入れる人なんて、本当に限られていたから。

ありがたいような、そうじゃないような、よく分からないです。この制度もそのうち変わって、また受験生が迷惑するんでしょうね。

一九九二年　安田玲子《やすだれいこ》（35歳　主婦）

伊藤《いとう》みどりちゃん、すごかったですよね。興奮しちゃった。

――アルベールビルオリンピックですね。

フィギュアスケート初の、日本人オリンピックメダリストですもんね。テレビ、録画して何十回も観ちゃいました。

――トリプルアクセルを決めたシーンは、鳥肌が立ちましたよね。

フリーのね……本当は二回飛ぶ予定だったのよね。最初は失敗したでしょう？　でも、二回目でちゃんと成功して、あれ、立派だったわよねえ。フィギュアでは、一度失敗したら、演技全体の予定を変えちゃうこともよくあるでしょう？　でも、敢えてトリプルアクセルに再挑戦して成功させちゃう精神力はすごいわよね。

――普通は臆病《おくびょう》になるところですよね。

あれ、本当にアスリートっていう感じだったわ。女性のフィギュアの選手って、運動選手というよりバレリーナみたいな……美しさや優雅さを競う感じでしょう？　私、カタリナ・ビットが大好きで、あの綺麗な滑りにはいつも溜息をつかされてたけど、みどりちゃんはその優雅な世界に登場した革命家みたいよね。

――あくまで運動選手、という感じですよね。

でも、愛嬌《あいきょう》もあるのよね。カルガリーオリンピックで、演技中に思わずガッツポーズが出ちゃった時があったでしょう？

――ありました。満面の笑みで。

あれなんか、フィギュアらしくなかったでしょう？　でも、それがまた新鮮だったのよね。でも、アルベールビルでは、そういうスポーツ選手らしさに加えて、ちょっとしっとりした感じが出てきて、新しい選手になったみたいでした。

――確かにそうですね。ジャンプの失敗がなかったら、金メダルもいけてたと思います。実際、オリンピック前は優勝候補だったわけですし。

それぐらい、オリンピックのプレッシャーってすごいんでしょうね。跳べるはずなのに跳べなかったり、逆に練習でできていなかったことができたり。今回はみどりちゃんを観て、本当にフィギュアファンになりました。だから、現役引退は残念でしたね。

――オリンピックが終わって、春になってすぐでしたね。

でもプロになって、アイスショーに出るようになったでしょう？　私、何回も観に行きましたよ。競技会とは違うけど、あれはあれで楽しいものですね。娘もすっかりはまってしまって。

――娘さん、何歳なんですか？

五歳です。五歳でも、すごいものはすごいと分かるんでしょうね。自分もフィギュアをやりたいって言い出したので、練習に通わせるようになりました。

――フィギュアの練習ができる場所なんて、そんなにありませんよね。

うちからだと、新しくできた新横浜のアリーナが近いんです。そこで教室をやっているんで……送り迎えが大変ですけど、本人が楽しくやってるからいいかなって。周りには、バレエをやらせてるお母さんが多いんですけど、みどりちゃんの活躍を観て、スケートを始める人も増えました。流行ってるから飛びつく感じでもあるけど、フィギュアをやっている人は少ないですから、チャンスですよね。

――チャンス？

オリンピックに出られるかもしれないじゃないですか。出て、メダルを取る……日本のフィギュアは、今までそんなに強くなかったけど、これからは変わるかもしれないでしょう。いえ、みどりちゃんのおかげで変わると思います。一人強い選手が出ると、後に続けって始める子どもも増えるでしょう？　そういう子が増えれば、底上げされて競争も激しくなるし。それに、上の方も指導を強化するんじゃないですか？

――実際、どうですか？　筋はいいですか？

さすがにまだ分かりませんよ。運動神経は悪くないから、もう普通に滑れますけど、ジャンプなんかはこれからですね。でも、とにかく本人が、滑ることが楽しいみたいですから、よかったです。早いうちに好きなことを見つければ、将来役に立ちますよね。

――そうですね。趣味になるか、本当に競技生活に入るか……。

本格的になったら、それはそれで大変でしょうけどね。どこで練習させるかも大事だし、試合があると大変なんですよ。移動も、衣装も自前みたいですから。今からそんな心配をしてもしょうがないけど、自前で衣装を用意できるように、私も洋裁を習おうかな。

一九九三年　矢島《やじま》昌美《まさみ》（22歳　大学生）

あまり時間がないんですけど……これから実家へ帰省《きせい》するんです。

――どちらまで？

岡山です。今、友だちと相談していて、ちょっと遅くなってしまって。

――大丈夫ですか？　あまり顔色がよくないけど。

顔色だって悪くなりますよ。大晦日なのに、まだ就職が決まってないんですから。

――ああ、『就職氷河期』なんて言われてますからね。

本当に氷河期ですよ。去年就職活動した先輩に話を聞いた時は、大丈夫だって思ったんです。景気が悪いって言いますけど、そういう実感はあまりないし、企業側だって、急に採用方針を変えるはずがないって思うじゃないですか。それなのに今年は、軒並みひどい状況なんですよ。あれって、裏で業界の密約でもあるんじゃないんですか？

――そういうことはないと思うけど、同業他社の採用状況を横目で見て、ということはあるでしょうね。

内定開始が十月一日だったじゃないですか。大学の友だちも軒並みアウトで……大手の採用実績は、例年の二割、三割減だそうですね。景気の状況によって採用人数を変えて、将来は大丈夫なんですかね。大学の就職課で聞いたんですけど、極端に採用が多い時代と少ない時代があって、企業の世代別の社員数をグラフにすると、ひょうたん型になってしまうみたいですね。

――くびれたところの世代は、ライバルが少ないから早く出世できるかもしれませんよ。

でも、上が詰まってるじゃないですか。それにそういうことは、無事に就職できてから考えるべきだと思います。

――失礼、その通りです。それで、何社受けたんですか？

二十二……二十三社です。

――そんなに？

今年はこれが普通ですよ。やっぱり女子の方が、就職では不利なんです。とにかく、落とす理由が滅茶苦茶ですからね。『実家暮らしじゃないと駄目』とか、実家暮らしでも会社から遠いと『通勤に時間がかかるからＮＧ』とか。そういうのって、落とすための言い訳で、女性差別ですよね。特に私みたいな私立の女子や短大生は不利なんです。十月末で、確か四割は就職先が決まっていないんですよ。だから、このまま就職浪人になるんじゃないかって心配で。昔はどうだったんですか？　新聞社の就職も大変だったんですか？

——就活してたのは八五年だったけど、新聞社は律儀に就職協定を守って、試験は十一月に一斉解禁でしたよ。

ええ？　じゃあ、本当に一発勝負だったんですか？

——少なくとも僕はそうだった。

それも大変ですね。そうすると、受けられる会社の数も限られますよね。

——四社で一杯一杯……でも、試験の後に決まるのは早かったですけどね。

羨《うらや》ましいって言うべきか、大変でしたねって言うべきか、分かりません。とにかく、いつまでも就職が決まらないから、親が心配しちゃって。

——それは分かりますよ。

年末年始も、帰省するつもりはなかったんです。何とかこっちで頑張って、就職活動しようと思ったんですけど、さすがに会社も休みですからね。それに、どうしても帰って来いって親がうるさくて。

——心配するのも当然だと思いますよ。

でも親は絶対、地元で就職させようとしているんですよ。田舎の小さな会社だったら、コネで滑りこませることができると思ってるんじゃないですか？　でも、自分の希望でもない職種で就職しても、意味ないですよね。

——本当の希望は？

メーカーです。理系なんで、技術職として……でも、そういう専門職でも、就職が厳しいのに変わりはないんですよ。親と話はしなくちゃいけないけど、決別したら、就職浪人も覚悟した方がいいかもしれないですよね。たぶん、決別することになると思いますけど……地元の会社って言われても、全然ピンとこないんです。

——親御さんとしては、地元に帰ってきてもらった方が安心、というのもあるでしょうね。

冗談じゃないですよ。うち、岡山市だからそんなに田舎じゃないんですけど、やっぱり息が詰まるんですよね。それが嫌で、頑張って受験して東京の大学に入ったのに、四年でUターンじゃ意味ないです。会社だけじゃなくて、親とも戦わなくちゃいけないんだから、もう、本当に嫌になりますよ。

一九九三年　安岡道也《やすおかみちや》（40歳　会社員）

一生の不覚とはこのことですね。いやもう、どうしていいのやら……もちろん、ニュースでも何十回、何百回となく流れたし、後でビデオでも確認したけど、ああいうのは生《なま》で観ないと意味がないですよね。

——『ドーハの悲劇』ですか……どうして観られなかったんですか？

それが、風呂に入っちゃってたんですよ。言い訳になるけど、深夜の中継だったでしょう？　次の日も仕事があったし、取り敢えず風呂に入っておかないと、と思って……正直、あの時点で『勝った』と思ったんですよ。中山《なかやま》が勝ち越しゴールを決めた時点で、もう七十分近くだったでしょう？　イラクの運動量は落ちてたし、このまま1点差は守りきれると信じてたんですよ。それで、上機嫌で風呂に入って……そうしたら、息子の悲鳴が聞こえてね。息子は十三歳で、中学校でサッカーをやってるんだけど、風呂場に飛びこんできて、『同点だ！』って真っ青な顔で叫びましたからね。もう、素っ裸で飛び出しましたよ。そうしたら、日本の選手がピッチに座りこんじゃってるじゃないですか。終わったなって思って、私も素っ裸のまま、その場にへたりこんじゃいましたよ。息子なんか、泣き出しちゃって。

――あの同点ゴールは、一瞬の隙を突かれた感じでしたよね。

あそこでショートコーナーっていうのはねえ。でも、イラクの方が冷静だったっていうことなんでしょうね。日本の選手も走れなくなっていたから、あの一瞬のプレーについていけなかったんだと思うけど、あれは何度見返しても悔しいなあ。それに、同点にされたって、へたりこんでる場合じゃなかったでしょう。すぐにでも再開すれば、まだチャンスはあったと思うんだ。結局、あそこで時間を食ったのが痛かった。あの後は、キックオフからワンプレーでホイッスルが鳴ったんじゃないかな。

――確かにそうでした。

あの時は、とにかく勝たなくちゃいけない状況だったわけですよ。負ければ予選敗退、引き分けたら、ほかの試合の条件次第でワールドカップ出場が決まるなんて、ヒヤヒヤものじゃないですか。ただし、試合開始前には、日本に分があると思ってたんですよね。何しろ今年Jリーグが始まって、日本全体でサッカー人気が盛り上がったでしょう？　世間の後押しがある時っていうのは、やっぱり勢いがつくんですよね。

――分かります。

ま、ワールドカップ出場にはまだ早かったということなんでしょうね。プロサッカーのリーグが発足したからといって、必ず出場できるとは限らないわけで……長い目で見るのが、正しいファンの態度ですよ。

――ずいぶん冷静なんですね。日本中のサッカーファンが、全員絶望してるかと思ってましたよ。

私みたいにファン歴が長い人間は、諦めるのに慣れてるんですよ（笑）。私は六八年メキシコオリンピックの銅メダルを、中学生の時に観ているからね。あなた、『三菱ダイヤモンドサッカー』って知ってる？

――ああ、昔やってたサッカーの情報番組ですよね？

今年、Jリーグの情報番組として復活したけどね。昔は、ワールドカップを全試合中継したりしてました。それを観て、ヨーロッパのサッカーのレベルの高さにびっくりしましたよ。日本も、オリンピックでは銅メダルは取ったけど、ワールドカップに出場して、ましてや勝ち上がるなんて、遠い世界の話だと諦めてましたよ。それが、何とか手が届くところまで来たんだから、ここで焦ることはないでしょう。長い目で見ないとね。まあ、どんなスポーツでも、がっかりしたり喜んだり、そういう繰り返しが普通ですしね。それがファンの醍醐味《だいごみ》かもしれない。古い先輩ファンなんて、オリンピックで日本がスウェーデンに勝った『ベルリンの奇跡』を未だに持ち出す人がいるぐらいだし。五十七年前の試合を生《なま》で観た――当時はラジオですね？　聴いた人が、どれぐらい生きているると思います？

――結構いるかもしれませんよ。当時二十歳なら、まだ七十七歳です。

じゃあ、私もせいぜい長生きして、ドーハの悲劇を後世に伝えないといけないかもしれないね。もっとも、次回のワールドカップには出られる可能性があるから、ドーハの悲劇のことなんか、すぐに忘れられるかな？

――長い目で見るんじゃないんですか？

そうだけど、ワールドカップがただの夢じゃなくなってきたのは間違いないでしょう。そう思うと、どうしても期待しちゃうんですよね。まあ、期待する分、しっかり応援もするつもりですけどね。

一九九三年 浜田《はまだ》一郎《いちろう》（72歳 無職）

どうなるかねえ。正直、先行きはまったく見えてないですよ。自分の一票で選挙の結果が変わるわけじゃないけど、多少なりともこの結果につながっていると考えると、微妙な気分だね。

――元々の支持政党はどこなんですか？

社会党。八九年の参院選の時の『土井ブーム』とは関係ないよ。そのずっと前から……それこそ、戦後すぐ、社会党が設立された時からのシンパだから、五十年近くになるんですよ。ところが、その土井ブームが問題でね。あれで党は、かえって頑《かたく》なになっちまったんじゃないかな。湾岸戦争の時も、自衛隊の派遣に反対するだけで、何も対案を示せなかったでしょう？　数が増えた時こそ、具体的な政策で勝負できるチャンスなのに、今までと同じように反対のための反対しかしないんだから。野党第一党で、自民党の暴走を止めることが主な役目だった時代ならそれでよかったんだけど、本格的に政権を狙える時になっても、ずっと同じままというのはねえ。

――今回の選挙では、どこに入れたんですか？

日本新党。正直言って、まだ実態がよく分からない政党なんだけど、何かやりそうな期待は持てるでしょう？　というより、自民党は一度下野すべきだよね。五五年体制が成立してから、もう四十年近く経つでしょう？　バブル崩壊で景気が後退している時期だし、何かカンフル剤が必要だと思ったんだ。今回の選挙結果は、私と同じように政権交代を望んだ人が多かったからじゃないかな。もちろん、選挙前に自民党から分派した連中が新党を作ったせいで、自民党が第一党でも過半数割れという状況ができたことが、今回の連立政権の根本にあるわけだけど。

――新党ブームでしたよね。

そうそう。社会党も議席を大きく減らしたし、結局今回の選挙は、五五年体制を支えてきた二大政党の凋落《ちょうらく》だったわけですよ。

――元社会党シンパとしては、複雑な気持ちじゃないですか？

多少はそういう気持ちもあるけど、これまでの実績を見ると、どうもねえ。

――日本新党についてはどう思いますか？

日本新党が正式に結成されたのって、去年の五月だよね？　去年の参院選で当選したのは四人……今年の衆院選だって三十五人だ。衆院の勢力図から見ると、まだ野党第四党ですよ。その弱小政党が連立政権のイニシアチブを握るんだから、政治は面白いよね。いや、面白いなんて言っちゃいけないんだけど、こういうこともあるんですねえ。

――連立内閣の政策についてはどうですか？

政治改革一点張りだからねえ。まずは選挙制度改革だけど、参議院ではなかなか審議に入れなかったでしょう？　参議院は自民党と社会党が強いからしょうがないんだけど、これじゃ先行き不安だよね。もちろん、政治改革は当然やるべきだと思うけど、どうなるか、読めないな。そもそもこの連立政権がいつまで続くかも分からないでしょう。政治改革の一点突破でしばらくは持つだろうけど、本当にやるべきは不景気対策だしね。バブル崩壊の実際の影響はこれからじゃないかなあ。株や土地の商売をやってる人はあたふたしてるけど、我々普通の市民に影響が出てくるのはもうちょっと先でしょう。政府がその対策を早め早めにやらないと、しわ寄せは結局一般市民に来るんですよね。

――この政権、いつまで持つと思いますか？

まあ、次の選挙までだろうね。私は社会党に反発して日本新党に投票したけど、他の人の投票理由なんて、『何となく』じゃないかな。選挙であれこれ真剣に考えて投票してる人なんて、ほんの一握りでしょう。党員や党の支持者は何も考えないで投票するだろうし、そうじゃない人はほぼその場の雰囲気だけで投票先を決めてる。細川さんの妙な説得力が効果的なんだね。やっぱり見た目も大事だし。言っちゃなんだけど、あの人はお殿様なんだな。今の時代、脂ぎった政治家を見慣れてるせいか、ああいう人の方が新鮮に感じられるよね。あれ？　結局私も雰囲気に流されて投票しちまったかな。

——連立政権が長続きしないとなると、また自民党政権になりますかね。

そうだと思いますよ。悔しいかな、あの連中、選挙には強いからね。社会党は危ないな……新党ブームの割を一番食ったのは社会党だし、今後、盛り返す要素が見当たらないんだよね。本当は、イギリスやアメリカみたいな二大政党制が健全なのかもしれないけど、今回の反動で、自民党の天下が蘇るんじゃないかな。まあ、こっちは老い先短い身ですから、この先どうなるかを気にしてもしょうがないけどね。あなたたちの方が大変じゃない？　若い人は、これから年金や医療問題で苦労するだろうねえ。

一九九四年　浜田《はまだ》一郎《いちろう》（73歳　無職）

あれ？　あんた、去年もここで私と話したよね？　毎年やってるの？

——ええ。浜田さんを見つけたので、今年も是非お話を伺いたいと……去年は、細川内閣のことでお話ししていただきました。

ああ……あれの続きね。今年の一番の事件は、やっぱり自社さ連立政権だろうね。

——そういう話ができると思って、お声がけしたんですよ。元々社会党支持の人としては、どんなお気持ちなんですか？

さすがにちょっと複雑だね。こっちは、この前の選挙で社会党を見限った立場だから、この連立政権には賛成しかねるんだけど、やっぱり気にはなる。

——首相になった村山さんについてはどうですか？

あの人はいいんですよ。土井たか子さんみたいに前へ前へ出て行く人じゃないけど、理論家で慎重派なのがいいね。基本は大分市議から叩き上げの田舎の人——ちょっと地味ではあるけど、昔から社会党支持者の間でも、評価は高かったんですよ。でも、まさか、だよねえ。仮に社会党の単独政権になったとしても、あの人が総理大臣っていうのは、まったくイメージできなかった。社会党首班内閣は、片山内閣以来だけど、あの時とはまったく状況も違うしねえ。

——自社さ連立政権……自民党と社会党が手を組むというのも、ちょっと前だと考えられないことでした。

日本新党はどこへ行った、という感じですよ（笑）。私みたいに日本新党に投票した人間は、今頃全員苦笑いしてるんじゃないかな。細川さんの投げ出しっぷりも、我々一般市民には理解できないね。いや、政治家でも理解できないかな。政治家っていうのは、徹底的に粘る人種でしょう。一度手に入れた権力は絶対に手放したくないはずだから。でも、社会党はこれでかえって危なくなるんじゃないかな。支持者の中にも『自民党と手を組むなんてあり得ない』と怒ってる人が多いからね。

——政権を取ったからといって、喜んでいるわけじゃないんですね。

だってさ、所信表明演説で、いきなり『自衛隊合憲』『日米安保堅持』ですよ？　社会党のそれまでの政策が根本的にひっくり返って、こっちはテレビの前でひっくり返りましたよ（笑）。あのコペルニクス的転換は、党内でどこまでコンセンサスが取れてたのかね。もう少し時間が経てば、評価されるかもしれないけどね。社会党も現実的になって、これから政権を担う権利を得るきっかけになったのが、この所信表明演説だった、とかさ。ナポリサミットでも、クリントンと結構仲良くしてて、これもびっくりだったね。アメリカと社会党の関係なんて、水と油みたいなものだったじゃない。村山さんの人徳だろうけど、とにかく、元社会党支持者としてはびっくりですよ。

――これまでの社会党と正反対とは言いませんけど、八〇年代後半の『土井ブーム』の時ともまったく違う政党になったと言っていいかもしれませんね。

それが心配でもあるんだよね。五五年体制での社会党には、反自民の受け皿としての役割もあった。『反対のための反対』と馬鹿にされてたけど、目指すべき理想とそのための政策もあったからね。でもこの連立政権がきっかけで、社会党らしさは失われていくかもしれない。本来は、政策によって支持政党を選ぶべきなんだろうけど、私たち有権者も、どこを見て投票していいか、困るようになるんじゃないかな。もちろん、政治家は権力を追求するものだし、政党は政権を獲得したいと思うものだろうけど、それはあくまで政策を実現するための手段であるべきだと思うんですよね。これからは、もっとその時々の雰囲気で投票先を選ぶ時代になるかもしれないよね。何だかふわふわした感じになりそうで、それは怖いですよ。

――政策で選ぶんじゃなくて、その時々の雰囲気で選ぶ……。

村山さん個人は、総理大臣になりたかったわけじゃないだろうけど、政党はね……一度権力の味を知ってしまったら、二度と手放したくないと思うのは、人間の性《さが》なんだろうね。これから政治や選挙がどうなっていくか、考えるとちょっと怖い気もします。こういう不安定な連立政権が、いつまでも続くわけはないからねえ。そうなると、やっぱり強いのは自民党でしょう。次の選挙では、自民党がぐっと盛り返してくるんじゃないかな。その時に社会党がどうなるかは、まったく読めない。去年も同じようなこと、言ったね（笑）。意外と、この自社さ連立政権が、社会党そのものが消滅するきっかけになったりするかもしれないよ。

一九九四年 柏木康恵《かしわぎやすえ》（32歳 会社員）

今年一番印象に残ったことって、ムカついたことでもいいんですよね？

——いいことでも悪いことでもOKです。

じゃあ、やっぱり10・8かなあ。ホント、まだムカついてるんですよ。あの試合、絶対勝てたんです。その前——十月六日の試合で、中日は楽勝だったし、巨人は斎藤《さいとう》と槙原《まきはら》まで使って負けてるでしょう？ 圧倒的に、勢いはドラゴンズにあったんですよ。

——結果的に、巨人と中日が同率で首位に並んで、最終戦で優勝が決まる、痺《しび》れる展開になりましたよね。

痺れてたの、巨人ファンだけじゃないんですか？ こっちは本当に、左うちわだったんです。地元名古屋での試合だったし、先発の今中《いまなか》はホームの巨人戦で十一連勝だったし。負ける要素が見当たらなかったんですよ。ただねえ……結局は投手起用の差かな。槙原はすぐにノックアウトしたけど、その後斎藤でしょう？ それで抑えに桑田《くわた》なんて、滅茶苦茶——やり過ぎじゃないですか。うちは今中が誤算でしたけど、その後、郭源治《かくげんじ》だって山本昌《やまもとまさ》だっていたのに、どうして投げさせなかったのかなあ。確かに山本昌は二日前に投げていたけど、本当に優勝が決まる天王山でしょう？

あの時の投手起用については、ファンの間でも、今だに激論になってますよ。

——暴動が起きるんじゃないかと思いましたけどね。

甲子園だったらそうなってたかもしれないけど（笑）、中日ファンって、少し甘いんですよね。選手を身内みたいに見ちゃうっていうか。だから、ちょっとしたミスなら許しちゃうし、負けても罵声を浴びせたりすることはないんです。私も球場にいましたけど、本当にあの試合、甲子園だったら外野に物が投げこまれて、暴動になったと思いますよ。うん……でも、あの時はそれぐらい騒いでもよかったかな。甘やかすから、選手がいつまで経ってもピリッとしないんですよ。ファンが怒ってるところも、見せた方がいいんじゃないですかね。

——ずっと中日ファンなんですか？

生まれた時からだから、ファン歴三十二年です。本当にファンになったのは、小学校六年生の時かな？　巨人のV10を阻止して優勝した時です。あれは、痺れましたね。野球がちゃんと分かる年齢になって、贔屓《ひいき》チームが優勝したから、一生応援していくぞって決めました。今年は、六年ぶりの優勝のチャンスだったんですけどねえ。

——どの選手のファンですか？

立浪《たつなみ》。あ、最初にファンになったのって、高木《たかぎ》監督なんですよ。高木監督の現役時代。守備のいい内野手が好きなんですよね。今でも高木さんのファンですから、優勝させてあげたかったなあ。でも、10・8の采配は——ピッチャーの交代は、やっぱりちょっと疑問ですよね。あれ、やっぱり長嶋《ながしま》さんのマジックに引っかかった感じ、しませんか？『国民的行事』って、引きがある言葉ですよねえ。マスコミもそれに乗っかっちゃって、試合前から巨人が押せ押せの感じだったでしょう？　結局、マスコミは巨人が勝った方が美味しいんですかね。

——そんなこともないと思いますけど……。

それ、東京の人の見方じゃないんですか？　とにかく名古屋の人間にすれば、『歴史的悲劇』ですよ。こんな展開、野球漫画でもないですよね。

——やっぱり悔しいですか？

当たり前じゃないですか。これは一生忘れませんよ。黒歴史になるかもしれないけど、私たちファンがこの悔しさを忘れちゃいけないと思うんで。でも、あの試合には、野球の魅力が全部詰まってましたよね。ドラゴンズファンじゃなくて野球ファンとしてみれば、プロ野球史上最高の試合だったと思いますよ。あ、でも、やっぱり悔しいなあ（笑）。これからは、もっと厳しく選手のお尻を叩きます。

——でも、いいシーズンだったと思いますよ。それで今日は？　大晦日にわざわざ東京へ来たのは、お仕事ですか？

いいえ、今日は彼のところへ。

——遠距離恋愛ですか。

名古屋の会社に勤めてるんですけど、今、東京支社勤務なんです。もう丸三年なんで、そろそろ名古屋に帰して欲しいですね。

——彼もドラゴンズファンなんですか？

ああ……それが……元々はそうなんですけど、東京で暮らしているうちに、巨人ファンになっちゃって。環境が人を変えるんですねえ。これからどうしましょう？

一九九五年　浜田泰道《はまだやすみち》（52歳　大学教授）

——地下鉄サリン事件を初めとしたオウム真理教事件は、犯罪心理学を専門とする立場からはどう分析されますか？

宗教団体による事件というのは、それだけで一つのジャンルが成立するほどたくさんありますよ。ただ、ほとんどの場合は、『自滅』で終わりますね。一番有名なのは、人民寺院事件かな。

——ジム・ジョーンズが設立した宗教団体が、南米のガイアナで集団自殺を起こして、九百人以上が死亡した事件ですね。

極めて簡略にまとめると、そういうことです。ただあれは、集団自殺というより、大量殺人に分類すべきかもしれない。議論が分かれるところです。

——オウム真理教の事件についてはどうですか？

私は宗教が専門でないので、その方面での分析は専門家にお任せします。犯罪心理、犯罪史の専門家としてみれば、あれは日本では数少ない、民間人による民間人に対するテロ事件と定義すべきだと思います。行為そのものが、明らかにテロです。

——アメリカなどで頻発《ひんぱつ》する大量殺人にも似ています。

ただし、アメリカの大量殺人で使われるのは、多くの場合は銃です。有名なのは、一九六六年に発生した、テキサスタワー乱射事件ですね。

——死者十四人でしたか。

あの事件の場合、犯人は、家庭の問題を抱えて精神的に不安定になった若者でした。銃が手に入りやすいアメリカだからこそ起きた事件です。最近の例だと、今年発生したオクラホマシティ連邦政府ビル爆破事件も、同列に考えていいでしょう。

——銃撃と爆破では違うと思いますが……。

共通の重要なポイントは、犯人が一人ないし二人と少人数だったことです。そして武器が入手しやすい環境が、こういう事件を引き起こしたわけですね。それに対して、オウム真理教の一連の事件は、組織が起こした事件ということで、特異ケースと言えます。世界的に見ると、二十世紀のテロは、無政府主義者、共産主義者など政治的な組織によって引き起こされたもの、宗教団体によって引き起こされたものの二種類に大別されます。最近は、イスラム過激派の活動が活発ですね。日本の場合はずっと、過激派によるテロが主流でした。

——このところは静かですけどね。

高齢化やメンバーの減少などによって、自然にそういう流れになったのでしょう。世界的に見ると、自国ではなく、他国を狙った国際テロが目立ちます。その中で、オウム真理教の一連の事件は、日本国民を直接危機に陥れたということで、事件史の中では極めて特殊なものとして記録されると言っていいでしょう。

——あくまで特殊な事件なんでしょうか？　今後は、起こり得ないでしょうか？

起きないという保証はないですが、少なくとも近々はあり得ないでしょう。宗教団体において、思想的・行動的に過激化する人は過去にもいましたが、大きな失敗があれば、簡単には危険な行動に出られなくなります。つまり、教訓ということです。そういう意味では、警察の捜査は一定の効果を上げげたと評価していいと思います。

——将来的には……。

あり得ますね。テロが起きる原因の一つは、抑圧です。過激派、宗教団体、いずれも現代国家や経済システムの中で、自分たちが抑圧されていると考えがちです。それが爆発して、テロにつながるんですね。だから国家は、不満分子が生まれないように上手くコントロールする必要があるんですが、それは必ずしも成功するとは限らない。

——不安ですね。

不安ですが、我々個人にできることは限られています。日本でもテロの可能性があるということを、頭の片隅に置いておくべきですね。何が起きたか分からないと、人はパニックになりがちです。でも、「もしかしたらテロかもしれない」と頭の片隅にあれば、対処する方法も思いつくものです。

——なるほど、勉強になりました。常に意識しておくことが大事なんですね。

なかなか難しいですけどね。私も、四六時中警戒しているわけではありません。しかし、テロの芽は、どんな時代にも、どんな場所にもあるということですよ。それにしてもあなた、事件に詳しいですね。人民寺院と聞いて、ジム・ジョーンズの名前がずっと出てくる人は、そうはいませんよ。

——事件記者は卒業しましたけど、事件の観察は続けています。

だったら私のところで勉強し直しては？　犯罪史を専門にする人は少ないいんですよ。

一九九五年　鷹《たか》西《にし》仁《じん》（29歳　新聞記者）

神戸の現地には、前後合わせて二十日ぐらいいましたね。

——災害の応援取材にしては長いですね。

いや、あれだけの大災害だから当然です。ちょっとこっちもむきになっていた感じはありますけどね。大阪へ異動するかって言われたぐらいです。

——むきになっていたとは？

あんなにひどく街が壊れた様子って、見たことがなかったんですよ。我々の年齢だと、都市部であそこまで大きい地震は経験してないじゃないですか。少なくとも俺の場合、自分が住んでいるところが地震で大きな被害を受けたことはなかった。日本は地震大国だし、いつどこで大きな地震が起きるか分からないっていう覚悟はあったんですけど、実際にこの目で被害を見ると、その覚悟は甘かったと思いましたね。最初に神戸入りしたのは、地震発生の二日後だったんですけど、唖然《あぜん》としました。

——それだけ被害が大きかった。

最初の様子で覚えているのは、熱なんですよね。

——熱？

火災がひどかったでしょう？　焼け跡にまだ熱が充満していて、靴底が焼けるんじゃないかと思うぐらいでした。見たというより、体感した感じですね。今でも夢に出てくるぐらいです。俺がひどい目に遭ったわけじゃないけど、一種のＰＴＳＤ（心的外傷後ストレス障害）かもしれません。

――取材者もショックは受けるからね。

そんなこと言ってる場合じゃないんですけどね。ただ、現地の人が予想外に元気だったんでびっくりしました。空元気だったのかもしれないけど、とにかく地震に負けたくないっていう気持ちが前面に出て、つくづく人間は強いと思いました。変な話、個人的には悲観主義者なんで、人間は弱い……すぐに折れる存在だと思っていたんですけど、その感覚が否定された感じです。

――もちろん、苦しんでいる人はたくさんいたわけだけど。

こういうことを言うと怒られるかもしれないけど、俺にとっては収穫でしたね。普段取材する時は、なるべく淡々とやろうと意識しているんです。変に感情移入しないで、客観的になるのが理想だから……阪神淡路大震災の取材でも、そうするつもりだったんですよ。俺は被災者じゃない、地震発生から二日後に、東京から取材に来た第三者に過ぎない――でも、地元の人と話しているうちに、だんだん他人事とは思えなくなってきて。神戸の人も、東京の人間と話していると、意外に気が楽だったのかもしれませんね。一種のストレス解消みたいな感じだったんじゃないですか？　記事にならない取材も多かったけど、記事を書くこと以外で人の役に立てたという実感はあります。

インタビューの力、みたいなものもあるんですかね。

――そうかもしれない。僕も、渋谷で大晦日にインタビューを始めて七年になるけど、悩み相談みたいになったこともあるよ。

ですよね……人間って誰でも、自分のことを聞いてもらいたいんだと思います。それが震災の時というのは、悲劇でしかないんだけど。新聞記者の仕事って、嫌われがちじゃないですか？　不幸な目に遭った人に話を聞くなんて、あってもなくてもいいような仕事ですよね。でも今回は、初めて新聞記者として世の中の役に立てた感じがします。あとは、インターネットの威力を思い知りましたね。当時知り合いになった人とは、今もメールでやりとりしているんです。これが郵便だったら、時差があって苛々すると思うんですけど、メールなら瞬時ですし、手間もかかりませんからね。冗談みたいな悪筆なんで、手紙だと相手に迷惑をかけますし（笑）。

――震災時の情報発信方法としても、注目されたしね。

もちろん、停電したり、他のインフラが壊れたらネットも駄目になるんですけど、つながっていれば、確実にすごい武器になりますよ。日本ではいずれまた、大きい地震がくるのは間違いないんだから、被災した時にネットをどう使うか、よく考えておくべきだと思います。電気、水道、ガス……インターネットがそういうものに続くインフラになるのは間違いないですね。

――とにかく、記者としてはいい経験になったわけだ。

そうですね。年が明けたら、『震災から一年』の企画をやるんですけど、その取材には手を上げるつもりです。東京の記者として、ちょっと取材の手伝いをしただけなんですけど、思いは現地の人と同じですから。その思いが一年経ってどんな風に変化したか、自分で確かめる取材にもなるんじゃないかな。

一九九五年　高見康夫《たかみやすお》（65歳　無職）

そりゃあやっぱり今年は、ウィンドウズ95だね。それと、あの大騒ぎね。たかがＯＳを売り出しただけなのに、まるで祭りだったじゃないか。マイクロソフトも販売店も、上手くしかけたもんだね。まあ、こっちも夜中に秋葉原にいて、その祭りに参加してたわけだけどさ（笑）。

――十一月二十三日午前零時に、全国一斉発売でしたね。どうしてわざわざ夜中に買いに行ったんですか？

だって、あれは革命だったからね。こっちは、ＭＳ－ＤＯＳのバージョン1からパソコンを使ってきたけど、まあ、昔はひどいもんでさ。とにかくまともに仕事ができないんだから……八〇年代はＭＳ－ＤＯＳをずっと使い続けて、九〇年代になってウィンドウズの３・０、それに３・１になってからはずいぶん使いやすくなったけど、95はまさに革命だったね。

――もう仕事は引退されてるんですよね？

今は、パソコンは趣味さ。使いにくいって文句ばかり言ってたけど、パソコンには無限の可能性があるって信じてたから文句も出たんだよ……仕事だけじゃなくて、世界につながるような使い方ができるようになると思っていたんだ。とにかく95は、ネットワーク機能が圧倒的に使いやすくなったから、いよいよ本格的にインターネットの時代がくるね。これはすごいことになるよ。俺みたいなジジイも、家にいながら世界とつながるんだから。

――ちょっとイメージが分かりにくいんですが……。

あんた、何歳？　三十二歳？　若いのに想像力が足りないんだねえ。世界中、どこの国の人とも簡単にメールでやりとりできるようになるし、いろいろな情報を見られるようになる。これからはパソコンの前に座ったまま、世界各地の観光地の様子なんかを楽しめるようになるよ。文章だけじゃなくて写真も――将来は音声や動画も楽しめるからね。

――テレビのようなものですか。

いやいや、テレビだと、向こうから流れてくる情報を一方的に観るだけでしょう？　インターネットは、個人でも情報発信できるんだ。自分しか知らない情報を、世界中の人に伝える――言ってみれば、俺たち個人がテレビ局と同等の存在になるってわけだよ。あんた、新聞記者だって？

――ええ。このインタビューは個人的な記録のようなものですけど。

あ、そう。じゃあ、これも記事にはならないわけね？

——どういう形で表に出すかは決めていませんが。出さないかもしれません。

何だ、せっかく話してるんだから、ちゃんと書いてよ。でね、とにかくこれからは、全世界の人たちがフラットにつながるようになるんだ。おかしな話に聞こえるかもしれないけど、アメリカの大統領にメールを送ることだってできる。向こうが読むかどうかは分からないけどね（笑）。まったく、すごい時代が来るよねえ。これまで情報ってのは一方通行で、俺たちはそれをありがたく受け取るしかなかった。今度は、こっちが与える情報が誰かの役にたつかもしれないと思うと、なかなか感慨深いねえ。だからあんたも、新聞社に勤めているからって、うかうかしてちゃいけないよ。当事者が直接情報を発信できるようになるわけだから、新聞やテレビの役目は相対的に低下していくんだよ。あんたも、失業しないといいけどね。

——まさか……そういうことにはならないと思いますが。

いやいや、分からんよ。俺たちみたいに肩書きがなくなったジイさんや、力や金のない若い連中は、今までは黙ってるしかなかったけど、これからは違う。声を上げる方法がなかった人間が情報を発信できるようになって、世界は確実に変わるよ。95は、そのきっかけになるんだ。俺ね、まずホームページを作ろうと思って、今勉強しているんだよ。これからは、もっと積極的に情報を発信していかないと。

——ホームページを作るなんて、難しいんじゃないですか。

いやいや、ホームページ作成用のソフトもあるし、別に難しいことじゃないよ。あんたもワープロぐらいは使うだろう？　ワープロが使えたら、パソコンなんて簡単だ。ホームページも楽勝だよ。ただし問題は、あんたの方で世界に向かって言うべきことがあるかどうかだね。俺？　俺は盆栽《ぼんさい》だね。盆栽の魅力を世界に伝えたい。盆栽がつまらない？　おいおい、馬鹿言っちゃいかんよ。あの奥深い世界が理解できないのは、日本人としてどうなの？　まず、俺のホームページを見て勉強しなさい。これでも写真の腕には自信があってね。いい写真、たくさん載せるよ。

一九九五年　竹山康之《たけやまやすゆき》（32歳　スポーツライター）

何でお前にインタビューされなくちゃいけないわけ？　せっかく冬休みで、久しぶりにアメリカから帰って来たのにさ。だいたいライターがインタビューされるなんて変だろう。

——まあまあ、事情はおいおい説明するから。高校の同級生のよしみで、今年一番の事件について聞かせてよ。

そりゃあ、やっぱり野茂《のも》だね。

——野茂番の記者として、一年ずっと追いかけてきたわけだしね。

さすがに疲れたねえ。まさかの大リーグ挑戦……そうか、正確に言えば、野茂とのつき合いは一年以上になるんだな。本格的に取材を始めたのは、契約で近鉄と揉めた時からだから。それで大リーグ挑戦にまでつき合うことになるわけだから、人生、分からんよな。

——英語もろくに話せないのに。

それは野茂も同じだよ。でも、野茂の取材はいつも日本語だから、問題はなかったよ。ドジャースの他の選手に話を聞く時にはちょっと困ったけど、まあ、現地にいれば何となく慣れるもんだね。ロスはいいぞぉ。物価が高いのは困るけど、とにかく気候が最高だ。自腹でアメリカ暮らしはチャレンジだったけど、行ってよかったよ。

——記者の俺が言うのも変だけど、日本のマスコミは掌返しだったよな。

しょうがねえよ。最初に球団と揉めた時には、やっぱりわがままな面も見えたから。それで直後の常識だよ。逆にあれだけ活躍されたら、賞賛しないわけにはいかないだろう。
ルがないんだから、あれこれ揉めるのは当然だったけどな。揉めれば批判的に書くのは、ライター
ら、野茂が何を考えているかも分からなかったしな。大リーグに移籍するためのちゃんとしたルー
に大リーグ挑戦だろう？　あの時は、なかなか厳しかったねえ。何しろ本人に取材できないんだか
——言い訳がましいね。
うるさいな。ま、とにかくこれで新しい時代がくると思うよ。野茂の移籍は特例みたいなものだったけど、一人動けば次も続くんじゃないかな。今後は、海を渡る日本人選手もどんどん出てくるだろうね。やっぱり、野球の本場はアメリカなんだよ。稼げる金も桁違いだし、あの雰囲気がね……あれは、実際に経験してみないと分からないぜ。とにかく空が高く抜けてるんだよ。野球はこういう場所でやるもんだ、とつくづく思ったね。ドーム球場とか人工芝とかは、まがい物だ。
——今後は日本の選手がどんどん流出する？
流出とかいう言い方はやめて欲しいな。アメリカの方が間違いなく野球のレベルが高いし、トップレベルのスポーツ選手なら、さらにレベルの高いところで自分の腕を試したいと思うのは本能みたいなものだろう。たぶんこれからは、移籍の方法も整備されて、トラブルなく海を渡る選手が増えるんじゃないかな。もしかしたら、高校や大学から直接大リーグ入りする選手も出てくるかもしれない。
——それじゃ、日本の野球のレベルが下がるんじゃないか？
向こうでプレーする選手も、いずれ日本に帰って来るだろう。そういう時に向こうの様子を伝えれば、アメリカ流のやり方がリアルタイムで日本に入ってくるんだぜ。新しいトレーニングや戦術が……それは結果的に、日本の野球レベルを底上げするんじゃないかな。『大リーグの植民地化』なんて言う人も出てくるだろうけど、もしも選手を引き止めたいなら、日本球界ももっと年俸を上

げるとか、積極的な手を打たないと駄目だよ。金と手間をかけないで、ただ『残ってくれ』なんて頼んでもね……外圧みたいなものだけど、それで選手の待遇が変わってプレーの質が向上すれば、日本のファンにとってもいいことだろう？　もう、大リーグは遠い世界じゃないんだ。アメリカ人は日本の選手なんてまったく知らなかったんだけど、野茂の活躍で日本に興味を持つ人も増えてる。とにかく、いい選手は高いレベルでプレーすべきなんだ。それがいずれ、日本にも跳ね返ってくるんだから、いいことずくめじゃないか？

——野茂が渡米する前からそう考えてたか？

いや、正直言うと、野茂が全然駄目だったら、ずっと悲観的になっていたと思う。やっぱり日本人はアメリカでは通用しないだろうってね……俺は素直に、野茂の実力と努力を受け入れたよ。野茂は、日本人が大リーグでプレーするチャンスをこじ開けた。これからは、日本の野球の質も変わるんだ。変な話、今年は日本の野球にこそ革命が起きたと言える年だったんだと思う。野球だけじゃなくて、他のスポーツへの影響も大きいぞ。これからは、海外で活躍する日本人選手はどんどん増えるだろうね。

一九九六年　久保《く》《ぼ》晴恵《はるえ》（44歳　主婦）

今日ですか？　娘の買い物のつき合いです。

——娘さん、何歳ですか？

十六歳です、高一。でも今日は疲れちゃって……私も買い物は好きですけど、あの年齢の子にはついていけませんね。それで、ちょっとお茶でも飲んで休もうかと思って、別れたんです。

——大晦日にまで買い物ですか？

ホント、大変なんですよ。アムラーって、知ってます?

――はい、安《あ》室《むろ》奈《な》美《み》恵《え》の……。

娘がもう、安室ちゃん大好きで。上から下まで真似して困ってます。

――ああ……お金がかかりますよね(笑)。

学校で禁止されてるバイトまでしてますけど、間に合わなくて。今日は、お年玉の前借りをして、買い物に来たんです。

――年明けまで待てばいいのに。

せっかちなんですよ。女の子だから、ファッションに興味を持つのは当然ですけどね。自分もそうだったから、あまり強いことも言えないんです。

――娘さんが、アムラー的なファッションをするのに、抵抗はないですか?

それは、特にないですね。そんなに露出が多いわけでもないし、派手でもないでしょう? どちらかというと、健康的でナチュラルじゃないですか。

――はあ……。

分かりません?

――女性のファッションのことはさすがに……疎いもので。

私の感覚だと、先祖返りみたいな感じもあるんですよ。私が娘の年齢の頃は六〇年代後半……ちょうど日本で、ミニスカートが流行り始めた頃でした。

――あの頃のブームはすごかったらしいですね。

足が丸出し……衝撃でしたよ。学校で、『私服はミニスカ禁止』って言われたけど、皆隠れて穿いてました。今考えると、あんなに足が太かったのに、何も考えてませんでしたね(笑)。

――アムラーファッションも、スカートは短いですよね。

そうそう、あとはブーツね。ブーツも、私が若い頃に流行って……七〇年代の初めには、結構なブームでした。あれ、なかなか辛いんですけどね。

——女性のブーツは、足に負担がかかりそうですよね。きつい上に、ヒールも高いから。

今の、厚底ブーツっていうんですか？　ああいうのは、私たちの若い頃にはなかったですね。歩きやすいのか歩きにくいのか、よく分かりませんけど。

——確かに、結構なお金がかかりそうですね。

娘は、毎日みたいに渋谷に来てますよ。買わなくても、物色だけしてるみたいですね。でも、こういうのも珍しいですよね。

——こういうのって？

安室ちゃんがファッションリーダーみたいになってるじゃないですか。今までも、アイドルやタレントのファッションを真似することはあったけど、上から下までっていうのは、あまりなかったと思いますよ。

——確かに、髪型を真似するぐらいだったかもしれません。

ある意味、揃えやすいのかもしれないけど。基本的に、手に入れるのが難しい服じゃないんです。だから、中学生ぐらいでも真似できる——頑張れば真似できるんだと思いますよ。ただ、服だけじゃないから。

——茶髪のロングヘアに、ちょっと黒い肌……メイクも独特ですよね。

細眉メイクぐらいはいいんですよ。でも、茶髪は学校の方でうるさいですからね。私も、目をつけられないように、それはやめた方がいいって言ってるんですけど、肌を焼くのはどうしてもやりたかったみたいで。十月ぐらいかな？　帰ってきたら、結構な日焼けをしてたんですよ。

——日焼けサロンですか？

高校生が日焼けサロンっていうのは、ちょっと問題ありますよね。あの時は散々喧嘩しました。でも『白いと服が似合わない』って……そのうち落ち着くと思いますけど。

――あまり歓迎してないんですか？

何しろお金がかかりますからね。あ、でも、私も安室ちゃんは好きですよ。歌が、ですけどね。何か、今までの女性歌手にない、格好いい感じがいいじゃないですか。若い子が憧れるのも分かります。今度、一緒にコンサートに行こうかって娘と話してるんです。

――ある意味、母娘でアムラーじゃないですか。

うーん、気持ちだけ。残念だけど、ファッションまでは真似できませんからね。そんなことしたら、主人が心臓麻痺《しんぞうまひ》を起こしちゃいますよ（笑）。

一九九六年　伊《い》藤《とう》一《かず》樹《き》（46歳　建設会社社員）

娘が、ポケベルが欲しいって言い出しましてね。

――ポケベル、流行ってますよね。娘さんは今、何歳ですか？

十六。今年の春に高校に入ったんだけど、周りは皆持ってるって言うんですよ。でもちょっと抵抗があってねえ。結局、買ってあげましたけど……私ですか？　持ってるというか、持たされてます。かれこれ十年、いや、十五年になるかな。

――お仕事で？

建設会社で営業をやってます。最初に持たされたのは、確か三十歳頃で……だから、八〇年代ですね。嫌だったなあ。

――分かります。私も、働き始めてポケベルを渡されて、何だこれはって思いました。

いつ頃ですか？

――八六年ですね。

あの頃のポケベルって、大きかったでしょう？　長さ十センチぐらいあって、しかも結構重くてね。ズボンのベルトに通して吊るすと、ベルトがずり下がる（笑）。

――あれが腰のところで鳴るの、びっくりしますよね。

音がまた、緊急信号みたいで怖くてね。いつもびくびくしてましたよ。それまでは、営業の仕事は楽だったんですよね。出社して、行き先と帰り時間だけホワイトボードに書いておけば、あとはフリーみたいな感じでしたから。仕事はさっさと切り上げて、喫茶店でコーヒーを飲んでだらけてても、誰にも何も言われなかった。それがポケベルを持たされた途端、監視されてる感じになったんですよ。営業デスクの連中も、大した用もないのにやたらと鳴らすんですよね（笑）。

――鳴った時に限って、近くに公衆電話がないし。

ポケベルのマーフィーの法則ね（笑）。それが今や、女子高生は皆ポケベルでしょう？　法人契約よりも個人契約が多いそうですよね。今の高校生は、ああいうのがないとコミュニケーションが取れないんですかね。

――暗号みたいにして番号を送ってますよね。

娘があれこれ説明してくれたんだけど、分かんなくてねえ。『７２４１０６』で『ナニシテル』とか、『１０６４１０』が『テルシテ』、つまり『電話して』とか。まさに暗号ですよ。この辺はまだ一般的みたいですけど、仲間内になると、もっと暗号めいているみたいですね。まあ、仲間内でああいう番号をやりとりするのが、また面白いのかもしれないけど……今は、数字だけじゃなくて、カタカナのメッセージも送れるようになってるみたいだけどね。高校では困ってるみたいですよ。娘の学校は、ポケベルの持ち込み禁止にしてて、持ってるのを見つかったら没収だそうです。授業中でもピーピー鳴るからそうしたっていうんだけど、いったい誰が鳴らしてるんだろうね。他の子も授業中のはずなのに。

——最近は、ポケベル依存症とか言うらしいですね。

ねえ。あんなものにハマって時間を無駄にして、いいのかねえ。

——心配ではありますね。

学校の外の、変な連中とつながってしまうかもしれないしね。高校生なんて、周りの雰囲気に流されちゃうでしょう？　だいたい、女子高生が公衆電話を独占していて、我々仕事で使っている人間が電話を探して右往左往なんて、変な話じゃないですか？

——仕事用だったら、そろそろ携帯電話じゃないですか？

あれはまだ高いですからね。実際に支給されるのは、もうちょっと先になるんじゃないかな。

——それまでは、女子高生と公衆電話の奪い合いですか。

そうなるでしょうね。おっと、ちょっと待って下さい。

——ポケベル、鳴ってますね。大晦日なのに仕事なんですか？

いや、これはうちから……娘だね。

——娘さんがポケベルを鳴らすんですか？

時々ね。うちは大晦日に年越しそばと一緒にケーキを食べるのが習慣で……今日も、娘に言われて渋谷まで買いに来たんですよ。どうしてもここにある店がいいって。センター街で買い物するのは、この歳になると恥ずかしいんですけどねえ。

——ちなみに、どんなメッセージが入ってました？

ええとね、『８８８８９』。ああ、これはあれだ、『パパ早く』ですね。

——二人の間だけの暗号ですか。

そういうことになりますかね。難しい年頃の娘と暗号のやりとりができるのは、ポケベルのメリットかな？

一九九六年　高木《たかぎ》絵美里《えみり》（24歳　会社員）

あの、スタバ、行きました？

――スターバックスですか？

夏に、銀座に日本一号店ができたんですよ。

――喫茶店のチェーンが日本進出したことが、今年一番の事件ですか……。

あ、馬鹿にしてます？　でも、あれって私にとっては革命だったんですよ。仕事場の近くにできたんで、すぐに行ったんですけど、ああいうコーヒーを飲むのは初めてでした。ラテとか、カプチーノとか、今まで出す店がなかったじゃないですか。フレーバーもいろいろあるし、全部試すには結構時間がかかりますよ。

――高くないですか？

そこそこ高いですけど、驚くほどじゃないでしょう。何より、お店の居心地がいいんですよ。全面禁煙だし。

――煙草、苦手ですか？

苦手です。ちょっと喘息気味だし、臭いですしね。でもランチの後って、だいたい喫茶店に行くじゃないですか。

――東京のサラリーマンの基本的な行動パターンですよね。安い店で昼飯を食べて、その後は喫茶店で一服して。

あれ、煙草を吸う人にはいいかもしれませんけど、吸わない人間にとっては結構きついんですよね。服に臭いもついちゃうし。だから、スターバックスみたいに全面禁煙の店って、ありがたいんですよ。店内の雰囲気も明るいし。店に長居しなくても、あのカップを持って街を歩いてるのも、ちょっと格好いいですよね。

——やっぱり女性向けですかね。

でも、男の人もたくさんいますよ。コーヒーも美味しいし、煙草を吸わない人間にとっては居心地がいいので。

——日本には日本の、独特の喫茶店文化があるじゃないですか。

そういうのを好きな人がいるのは分かりますけど、昔からの喫茶店って、どこか薄暗いし、空気も汚れてるし。とにかく、長居する気になれなかったんですよね。禁煙とは言わなくても、分煙してくれればいいんですけど、そこまで気を遣ってくれる喫茶店もないでしょう。それに、そういう店って、コーヒーも昔ながらって言うか……スタバに通うようになって、こういう飲み方もあるんだってびっくりしました。ラテもカプチーノもイタリアのものみたいですけど、そういうのが、アメリカのチェーン店で出てきて日本で飲めるのも、何となく国際的な感じがしませんか?

——確かにそうですね。飲み物だけなんですか?

サンドウィッチとかはありますよ。

——じゃあ、そこでランチもOKなんだ。

そうなんですけど、昼はとにかく混みますからね。それと、食べ物は結構——かなり高カロリーなんです。その辺はやっぱり、アメリカ生まれだからなんですかね? 考えてみれば飲み物も、ミルクやクリームがたっぷり入っているのが多いから、調子に乗って飲んでると太りそうです。

——結局、スタバにハマった原因は何なんですか? 禁煙だけが理由じゃないでしょう。

全体にお洒落だから、ですかね。喫茶店じゃなくてカフェ。ああいう店って、今まであるようでなかったじゃないですか。ドトールなんかとは全然違うんです。アメリカのチェーンなのにセンスがいいって、珍しいですよね。アメリカのものって、だいたいダサいのに(笑)。

——確かにそうですね。

これから、ああいうタイプの店は日本でも増えるんじゃないですかね。流行《はや》るとすぐに真似するでしょう?

——ただ、個人的には、昔ながらの喫茶店も好きなんですよね。やっぱり落ち着くっていうか……。煙草とコーヒーがワンセット、ということですか。

——それは否定できません。日本の喫茶店文化が外圧で変化していくみたいで、ちょっと寂しいですね。

でも、煙草を吸う人も減ってくるでしょうし、これからは、スタバみたいにクリーンで明るいカフェが主流になると思いますよ。あ、でも、一つだけ厳しいかなって思うことが。

——何ですか?

今、週五で通ってますけど、結構な出費なんですよね。そんなに高くないって言っても、それはベースの話で、あれこれトッピングしたりすると、あっという間に高くなっちゃうんです。これ、きついですよ。ランチの後に毎回喫茶店に行ってた人って、財布が厳しくなかったんですかね。

——回数券なんかがあるんですよ。十杯分の値段で、十一杯分の券がついてくるとか。

ああ、いいですね、それ。スタバもやってくれないかな……でも、そういうサービスはスタバには似合わないかなあ。

一九九七年　前川富子《まえかわとみこ》（65歳　会社役員）

山一證券《やまいちしょうけん》の廃業、びっくりしました。実はうちも取り引きがあったんですけど、嫌な予感がして全部引き上げたんですよ。

——きっかけは何だったんですか？　自主廃業に向けた営業停止が十一月でしたよね。

その前に、もうガタガタだったじゃないですか。三月に東京地検と証券取引委員会が捜査に入って、その後マスコミにも散々書かれたし。十月には、東京地検特捜部が捜査に入りましたよね。その時点で、これは絶対にまずいと思ってやめたんです。

——大騒ぎになったところで見切りをつけたんですね？

結果的に、それでよかったと思います。八月に顧客相談室長が、十月には顧問弁護士の奥さんが殺される事件があったじゃないですか。証券会社の不正で人が二人も殺されるなんて、あり得ないですよね。私たちも被害者みたいなものですけど、まさか人の命が奪われるなんて、ねえ。

——山一證券とは昔からつき合いがあったんですか？

いいえ、五年前に主人が定年退職したのがきっかけです。主人は、退職してから自分で会社を作ったんですけど、その直後に山一から営業があって、一種の保険みたいな感じで取り引きをお願いしたんです。うちみたいに小さな会社に営業をかけてくるのは意外でしたけど、大きい会社ですから任せてみようかなって。やっぱり四大証券の一つですし、信用できると思ったんですよ。

——運用は上手くいってたんですか？

それは、あくまで株ですから……絶対に値上がりするなんていう話があったら、それこそ怪しいですよね。まあ、全体にはトントンという感じだったでしょうか。それはいいんですけど、あのままずっと山一さんと取り引きを続けていたら、危なかったかもしれません。いろいろ問題が出てきたじゃないですか。

——法令違反もたくさんありましたよね。

百年も続いてきた会社なのに、問題があるんですね。むしろ、百年続いたから、いろいろおかしな問題が出てきたのかもしれませんけど、正直、ショックではありました。あ、そういえば、十一月には拓銀《たくぎん》の経営破綻もあったじゃないですか。あちらは北海道の銀行だから、私たちには直接関係ないですけど、それにしても何か象徴的な感じですよね。山一も拓銀も、バブルの後遺症みたいな感じだったんですかね。

——確かにそうですね。株価が低迷しているのに、八〇年代と同じように儲けようとするのは難しいですよね。バブルの感覚が、証券会社にも残っているのかもしれません。

そうかもしれませんね。要するに、何も学んでいないってことじゃないですか？　それは私たちも同じでしたけどね……バブル崩壊って言われても、あまりピンときてなかったんですけど、こんなことで思い知らされました。まあ、こちらも、会社の運転資金の足しになるかもしれないと思ってたんですけどね。私も、経理担当として、金策はいろいろ考えていましたから。

——家族経営の会社なんですね。

主人が社長で、私が専務で……あとは社員が五人だけです。本当に小さい会社ですよ。

——でも、大きな損害がなかったのは幸いでしたね。

まあ、そうですね……もちろん、それだけに頼っていたわけじゃなくて、会社にとっては保険みたいなものでしたけど。ただねえ……。

——何か問題でもあったんですか？

いえ、商売柄、ちょっとよくないというか、後味が悪いというか。あまり知られたくない話なんですよ。

――せっかくここまで話されたんですから、最後まで話してくれると嬉しいんですが。

主人は元々、中堅の証券会社に勤めてたんですよ。辞めて作ったのが、小さい投資顧問会社で……山一さんとは、昔からのつき合いもあって取り引きを始めたんですけど、状態を見抜けなかったのはみっともなくないですか？

――分かりますけど、会社の内部の情報は、なかなか分からないんじゃないですか？　五年前というと九二年……バブル崩壊直後で、まだ世の中全体が、そんなに萎《しぼ》んでいなかった時期でしょう。

そうなんですよね。主人も証券会社勤務の頃は、山一さんみたいに営業をしていたわけですから……とにかく、投資顧問会社が山一さんと取り引きしていて、不正をまったく見抜けなかったっていうのは、ねえ……どうなんでしょう。主人がすごく衝撃を受けて、そのせいか、倒れてしまったんですよ。これがうちにとっての山一ショックでした。

一九九七年　橋田大輔《はしだだいすけ》（33歳　中学校教諭）

神戸連続児童殺傷事件のショックが大きくてですね……。

――子どもが犠牲になる事件は、確かにショッキングですよね。

ええ。それもあるんですけど、もう一つ気になるのは、加害者のことなんです。加害者も十四歳の少年、子どもじゃないですか。

――そうですね。

子どもが事件を起こさないとは言いません。昔から、事件を起こす子どもはいました。ただ今回は、事件自体があまりにも残虐でショッキングだったでしょう。十四歳の子どもがどうしてあんなことを起こしたのか、まったく分かりません。

──大人でも、ああいう事件を起こす人間は滅多《めった》にいませんよね。

確かにそうですね。動機とかについて、まだよく分からないのが不安です。いろいろ言われてますけど、調べるのにも時間がかかるんじゃないですか？

──大人が起こした事件と違って、裁判ではなく審判になりますからね。非公開で内容も分かりませんから、マスコミの報道を見るしかないですね。

そのマスコミの報道も、面白おかしく書き立てて、刺激的ならそれでいいっていう感じだったじゃないですか。

──一般的に関西のメディアの方が、センセーショナルに書き立てる傾向があるようですけどね。

それにしても、結局動機はよく分からないままなのが、何だかモヤモヤします。私たちには理解できない動機なんですかね……医療少年院送致ということは、結局罰も与えられないということですよね。治療が必要ということで……。

──そうなりますね……どうかしましたか？

いや……。

──浮かない表情ですけど。

うちの生徒がね。私が担任している子なんですけど。

──何か事件に巻きこまれたんですか？

絶対に口外しないで下さいよ。

──現段階では……字にする時にはご相談します。

とにかく、勝手に書かないで下さい。

──それは約束します。

中二の男子……十四歳なんですけど、授業中にいきなり暴れて、ナイフを取り出して、二人を刺してしまったんです。

——ああ……分かりました。八月にあった事件ですよね？

ご存じでしたか。

——事件についてはよくチェックしています。ただ、あの件がその後どうなったかまではフォローしていませんが。

神戸の事件と同じようになったんです。その子、普段はまったく普通の子なんですよ。部活も普通にやっていますし、友だちとトラブルもなかった。何の前触れもなく、いきなり暴れ出してナイフを取り出すなんて、想像もしてませんでした。まさに切れた感じで。

——一人、亡くなっていますよね。

警察の調べにも意味不明なことを言うばかりで、審判に回された後で精神鑑定になったんです。その辺、神戸の事件と同じなんですよね。

——それは、担任としては辛い事件でしたね。マスコミ報道も大変だったし、神戸の事件の後ですから、並べて報じる記事も多かった。

幸いというべきですかね……名前が出ることはなかったんです。神戸の事件では、顔写真を掲載した雑誌があったでしょう？　私たち学校関係者や父兄は、同じようなことが起きるのを心配していたんです。実名が出たら、更生にも大きな影響が出るでしょう？　もちろん、他の事件に関係ない子どもたちも大変なことになります。どうやら神戸の事件ほどは、マスコミの関心を呼ばなかったようですけどね。

——神戸の事件では、少年法のあり方についてまで考えさせられましたね。

ええ。いろいろな議論が出ているのは承知しています。子どもたちを預かる身としては、今の時代の少年法がどうあるべきか、よくよく考えないといけないですね……でも、そういうことを考える前に、やるべきことがあると思いました。

――どういうことでしょう？

そもそも、その子が問題を抱えていることに気づいてあげられなかったのが問題ですよ。

――でも、いきなり切れたんでしょう？

教師は、それじゃ駄目なんです。きっと何か、普段と様子が変わらなかったら、分からないですよね。普段とは違うことが……予兆みたいなことがあったはずです。それが分かっていれば、防げた事件かもしれないんですよね……。

一九九七年　大原《おおはら》芳佳《よしえ》（33歳　会社員）

――女性で営業ですか？　珍しいですね。

今はそうでもないですよ。うちの会社の営業は、三分の一は女性です。

――それで、営業車としてハイブリッドカーを導入したのが今年一番の事件ですか。

ええ。慣らしが大変です。車じゃなくて、私の方の慣らしなんですけどね。やっぱり、普通のガソリン車とは感覚が違うんです。

――どういう運転感覚ですか？

低速では音がしないのね。当たり前だけど、モーターで走っている時はほぼ無音なんですよ。もちろんタイヤのロードノイズは聞こえるけど、車の音は大部分がエンジンなんだなって、改めて気づかされました。あの静かさは、ちょっと不気味ですね。近づいてきても気づかなくて、びくってすることが多いんです。

――そんなにたくさん走ってますか？　今月発売されたばかりですよね。

うちは会社でまとめて入れましたからね。確かに燃費はいいから、営業車にはぴったりですよね。まさか、車の燃費がリッターあたり三十キロ近くになるとは思いませんでしたけど(笑)。バイク並みですよね。

——やっぱり、効率を考えるとハイブリッドの方がいいわけですか。

そんなに高くないですしね。二百万ちょっとっていうのは、ああいう先進的な車にしては安いと思いますよ。それに会社として、イメージ戦略もあるんです。うち、太陽光発電の会社なので。

——ああ、屋根にソーラーパネルを設置したりとか。

地球に優しくっていうのが社是ですから、ガソリンを撒き散らすような車で営業に回っていたら、矛盾《むじゅん》しますよね。だから、ハイブリッドカーはうちの業態にまさにぴったりなんです。社長もこういうのが好きで、悦《えつ》に入ってますよ。将来は、電気自動車を導入するかもしれません。それはいつになるか分からないけど。

——でも、まだ慣れないんですよね。

そうなんですよ。今でも『あれ』って首を傾げることがありますね。アクセルを踏んだ時にぐっとエンジン音が盛り上がるの、あるでしょう？　それがなくていつの間にかスピードが出てるから、何だかおもちゃみたいなんですよ。全体の作りも……先進的なメカニズムを積んだ車なんだから、デザインも、もうちょっと何とかしてくれればよかったのに(笑)。

——ハイブリッド車も、電気自動車に移行するまでのつなぎですかね。

そうだと思いますけど、電気自動車はそんなにすぐには普及しないんじゃないですか。軽くて大容量のバッテリーの開発は難しいし、充電はどうするのかっていう話ですよね。ガソリンスタンドみたいに充電ステーションがあちこちにできればいいんだけど、ガソリンを入れるのと違って、充電には時間がかかるでしょう？　昼間乗り終わったら、夜の間に家や会社で充電する感じになるんですかね。それにエコといっても、電気を作るためには発電所が必要なわけで、むしろそちらの稼《か》働《どう》で環境問題は悪化するかもしれません。原発も、何となく不安ですしね。

——環境問題は、一気には解決しないということですかね。

そうなんですよ。何百年もかかって汚染《おせん》されてきた環境は、一朝一夕には改善されないでしょう。だからこそ、うちなんかも商売が成立するわけですけどね。省エネは、これからは絶対に外せないビジネスでしょう?

——それは間違いないですね。

でも、ハイブリッドや電気自動車には抵抗があるんですよ。私、十八歳で免許を取って、今の会社に入ってずっと仕事で運転してきたし、プライベートで運転するのも大好きなんです。

——女性で車好きは、やっぱり珍しいですね。

そんなこともないですよ。とにかく、車好きの人間としては、あの味気なさが何とも悲しいんです。ガソリンエンジンは、各メーカーが競い合って発達させてきたものでしょう? それが各メーカーの車の個性や乗り味につながってきたんだし。車を飼い馴らす感覚、分かります?

——癖を読んで、時には強引にねじ伏せて……。

そうです。それが車を運転する楽しみなんですよ。日本人が普通に車を運転するようになって、まだ五十年ぐらいしか経ってないから、伝統ってほどじゃないかもしれないけど、これから大きく変わることには抵抗感がありますね。燃費がいいとか、環境に優しいとか、それだけでいいわけじゃないと思うんですよね。車はやっぱり味でしょう、味……。

一九九八年　柳原初《やなぎはらはじめ》（15歳　中学生）

横浜高校、凄かったっす。まるっきり漫画ですよね。準々決勝からの三試合、マジでビビりました。特に準決勝ですかね。

——6点差を逆転して、明徳義塾にサヨナラ勝ち。

あれ、痺れました。松坂《まつざか》、前のPL戦で延長十七回、投げてるんですよね。明徳義塾戦では投げなくて、ずるずる6失点で、もう駄目だと思いました。それが八回に4点取って、おやおやってなって、九回に松坂がテーピングを取って登板したでしょう？　あの時、身を乗り出したせいで、テレビに顔面ぶつけそうになりました。あれでピシリと三人で抑えちゃうんですから、マジで化け物ですよね。あれで横浜は勝ったなって確信しました。でも、本当に逆転サヨナラで勝った時は、腰が抜けるかと思いました。

——決勝はノーヒットノーランだったけど。

あれっすか？　あれは正直、おまけっす（笑）。っていうか、もうやる前から横浜が勝つのは決まってたみたいなもんじゃないすか。それより準決勝ですよね……次の日にスポーツ新聞を見てびっくりしたんですけど、明徳義塾戦の八回表が終わったところで、横浜の監督さんが、もう勝つのは難しいから楽しんでやれって言ったらしいっすね。普通はあり得ないけど、あれで逆に力が抜けたのかな。うち、親父が高校野球ファンなんすよ。それまでずっと、『一九八五年のPLが一番だった』って言ってたんですけど、今年の甲子園で『横浜の方がすごい』って変わりました。

——一九八五年のPLは、東海大山形相手に29得点したチームだったね。

それも冗談みたいな試合ですけど、とにかく劇的という点を考えると、今年の横浜ですよね。あ、でも、横浜だけじゃなくて全体に凄かったっすよね。宇部商と豊田大谷の延長十五回とか、鹿児島実業の杉内《すぎうち》のノーヒットノーランとか。自分も左なんで、杉内のピッチングは参考になりました。

――ああ、野球やってるんだ。確かにいい体格してるね。今、身長何センチ？

百七十八ですけど、もうちょっと上背欲しいっす。最低百八十はいきたいですね。だから今、毎日牛乳一リットルずつ飲んでるんですよ。

――野球を始めたのは、お父さんの影響？

最初は無理やり……親父も高校球児だったんです。甲子園には行けなかったんですけど、三年生の時の決勝がすごく印象に残っていたみたいで。解説者の――元広島の達川《たつかわ》さんがいた広島商が優勝した年ですよ。

――古い話を知ってるね。

親父に散々聞かされました（笑）。優勝ピッチャーの佃《つくだ》が左だったんで、自分の子どもができたらサウスポーにするって……自分、生まれた時は右利きだったらしいんですけど、佃さんみたいにしたいって、強引に左利きに矯正したそうです。ＰＬに感動したなら、そのまま――桑田みたいに右でよかったと思うんですけどね。でも、ピッチャーなら左利きの方がいろいろ都合がいいんで、よかったとは思ってますけど、はい。

――じゃあ、高校でも野球を続けて、横浜みたいに優勝を目指すんだ。

正直言って、もうやめようと思ってたんです。今年の春に肘《ひじ》を痛めてしまって、結局最後の全中の予選でも投げられなかったんですよ。チームも関東ブロックの代表になれなかったんで、もう野球はいいかなって。肘が治る気配もなかったし。でも、夏休み、家で甲子園を観てて、諦めちゃいけないなって思いました。決勝なんか、最後は正座して観てましたよ。ああ、肘を治して、もう一回ちゃんとやれば、甲子園に行けるかもしれない、絶対行きたいなって。親父も甲子園には行ってないですから、連れて行きたいです。

――肘は？

何とか投げられるぐらいにはなりました。手術する方がいいって言われたけど、さすがにそれは怖いから、何とかリハビリで治します。中学生ぐらいだと、一年ぐらい投げないで休ませると、自然に治ることもあるそうなんで……はい、そんな感じです。高校に行ったら野球部に入ります。

――早く投げられるようになるといいね。体格もいいし、高校では活躍できそうだ。

何とかそうしたいですね……何か、野球ってずっと続いてくじゃないですか。去年亡くなったジイさんも、戦前、野球をやってたそうです。野球って、こんな風に家族の間でもつながっていくものなんですね……すみません、もういいですか？　これからリハビリなんで。

――来年は、テレビで君を観るかもしれないね。

そうだといいんすけどね。リハビリもきついんすよ。

一九九八年　富田《とみた》永幸《えいこう》（25歳　会社員）

いやあ、とにかく今年は金を使い過ぎました。

――何にですか？

CD。何だか、調子に乗って買い過ぎちゃったんですよ。特に好きじゃないアーティストのCDまでね。

――好きでもないのに、何で買ったんですか？

勢いっていうか……周りが買ってるから、買わないと話についていけない部分もあるし。だけど、物理的ダメージも大きかったですね。家の中がCDだらけになっちゃいましたよ。

――今年は何枚ぐらい買ったんですか？

二百……二百五十かな。

――CDだけで五十万円とかですか？　確かに使い過ぎな感じはしますね。それ、今でも全部持ってるんですか？

一部は売ったけど、まだかなり残ってますよ。CDラックとかじゃ足りなくて、今は床に置きっ放しです。床に置いておくと、タイトルとかが見えなくて困るんですよね。

――家で聴くだけですか？

いや、持ち歩いてます。携帯用のCDプレーヤーで聴いてますよ。

――昔は、いちいちカセットに録音しないといけなかったんですよね。

ああ、ウォークマンですよね。昔って大変だったんですね。

――録音するのに、再生するのと同じだけの時間がかかったから、土日とか、そればかりやって一日が終わってましたよ。

昔の人は大変だったんですねえ（笑）。

――さすがに、そんなに昔じゃないけど（笑）。

それにしても、これだけヒット曲が出て、CDが売れているのって、すごいことじゃないですか？　CDの総売り上げが、四億五千万枚ぐらいになるそうですよ。

――シングルでもアルバムでも、ミリオンセラーがどんどん出ましたよね。

今、バンドブームですしね。第何次ブームか分からないけど。

――七年か八年ぐらい前にもバンドブームで、自分でバンドを結成した女性の話を、ここで聞きました。

今のブームって、それ以来じゃないですかね。

——やっぱり、聴く音楽はバンドものが多いですか？

そうですね。昔から好きなのはＧＬＡＹとか……でも、新しいバンドもできるだけ聴くようにしてますよ。どんどん新しいバンドが出てきますからね。

——もう、ジャンルも細かく分かれ過ぎて、分からなくなってきましたね。

そんなことないですよ。どのバンドにも、それなりに個性があるわけですから。でも、こんな風にＣＤが売れるのも、今のうちだけかもしれませんね。

——というと？

音楽はデジタル化が可能だから、いろいろなフォーマットで商品にできるじゃないですか。何もＣＤみたいな物理メディアじゃなくても、ネットでファイルとして流してもいいわけですしね。

——理論上はそうですけど、それだと味気ないですよね。ジャケットもライナーノーツもないわけでしょう？

でも、そういうのも含めて、一つの商品だと思うんですけどね。

そういう流れになるのはしょうがないと思うんですよね。だって、その方が明らかにコストは下がるんだから。ジャケットとかライナーノーツとかの費用だけじゃなくて、ＣＤそのものの制作費、それに流通の費用なんかも、ＣＤの価格に上乗せされてるでしょう？　純粋に音楽を聴きたい人にとっては、一円でも安い方がありがたいですよね。

——いずれはそうなる、ということですか。

その可能性は高いと思います。あと数年……二十一世紀になる頃には、ＣＤは消滅しているかもしれませんね。

——そんなに早く？

永遠に続くと思われていたものが、あっさりなくなる世の中ですよ？　例えばワープロ専用機って、誰でも使ってたのに、もうすっかり見なくなったでしょう？　今はパソコンに切り替わりましたよね？

――確かに……。

音楽そのものはなくなるわけじゃないし、どんな形でも聴ければいい――音質はよくないとは思いますけど、それが分かる人って、ほんの一握りだから。やっぱり、音はレコードが一番いいですよね。

――ずいぶん詳しいですね。単なる音楽ファンじゃないみたいだ。

ああ、一応、音楽ライターを目指してるんで。自分のホームページでアルバム評を書いてます。よかったら読んでみて下さい。実は個人的には、音楽はネットでの配信希望なんですよ。その方が気楽にたくさんの曲を聴けるから、評も書きやすくなりますしね。

一九九八年　岡《おか》本《もと》大《ひろ》翔《と》（20歳　大学生）

今年最大のイベントは長野オリンピックです。ボランティアに応募して、一ヶ月ぐらい現地に行ってました。ちょうど大学が入試休みの時期だったので。

――どうでした？

ちょっと、期待していたのと違ったというか。僕は主に通訳ボランティアでいろいろなところにいたんですけど、競技そのものはほとんど観られなかったんですよ。考えてみれば、通訳ボランティアの仕事なんて、主に街中での道案内なんかですよね。そこまで考えていなかったのは残念でした。

――でも、いい経験になったのでは？

それはそうですね。一番びっくりしたのは、ヨーロッパの人たちの熱狂ぶりでした。ウィンタースポーツって、日本ではマイナーな感じでしょう？　もちろん遊びのスキーやスノーボードをやる人はたくさんいますけど、本格的に競技をやるには、環境もそんなによくないじゃないですか。でもヨーロッパでは、ウィンタースポーツは大人気なんですよね。そうそう、たまたま知り合ったフランスの人がいたんですけど、その人は、六大会連続で冬のオリンピックを観戦しているそうです。八〇年のレークプラシッドからずっとですから、すごいですよね。

——ずいぶん余裕がある感じだね（笑）。

そうですよねえ（笑）。仕事は普通……フランステレコムっていう、日本のNTTみたいな会社に勤めているそうですけど、夏の休暇を飛ばしてでも、冬のオリンピックは全部現地で観るそうです。本人も昔、本格的にスピードスケートをやっていたことがあるそうで、その続きみたいなものですかね。他にも、ヨーロッパからわざわざ観に来ている人が多くて、驚きました。向こうの人は、長野新幹線の速さと快適さに驚いていたみたいですけど（笑）。

——日本人選手もずいぶん活躍したけど、生《なま》では観てないんだ？

スピードスケートの清水《しみず》の金メダルも、ジャンプ団体の金メダルも、夜のスポーツニュースで観ただけなんですよ。すぐ近くにいるのに、本当に残念でした。でも、休みの時には会場に行って、生で観ましたよ。

——何が一番感動的でした？

カーリングです。

——カーリング？　日本ではほとんど馴染みがない競技だよね。長野オリンピックで初めて知った人も多いと思うけど。

僕もその口です。ルールも、日本代表選手の名前も分からないけど、人気がない分、入りやすくて（笑）。軽井沢まで行きましたけど、あれは痺れました。準決勝進出をかけた日本とアメリカの試合を観られたんですけど、ほんの数センチ……スタンドから見ただけでは分からないぐらいの僅差で日本が負けたんですよ。あの時の会場の溜息は凄かったなあ……カーリングって、ルールはそんなに難しくないですし、初めて観た試合なのに、完全にのめりこんでましたね。あれは本当に、いい経験でした。でも、オリンピックが終わったらなかなか観る機会がなくて、ちょっと欲求不満です。そのうち、大会を観に行こうかと思ってますけど。

――ちょっと真面目な質問をするけど、オリンピックのボランティアに参加して学んだことは？

こういう形で直接世界とつながれるんだっていうことですね。海外の人と触れ合うというと、留学とか仕事だとばかり思ってたんですけど、日本にいながらにして、世界の人と交流できたんです。まあ、オリンピックのボランティアの仕事なんて、滅多にできないでしょうけど……その、フランスの元スケート選手の人とは、その後も電子メールでやりとりをしてます。向こうはフランス語で送ってくるんで大変ですけどね。英語は、喋《しゃべ》るのはいいけど、書くのは苦手なんだそうです。こっちはもっと大変なんですけどねえ（笑）。ピンバッジも大量に集まりました。どんな人からもらったか、全部記録してあります。時々取り出して眺めて、ニヤニヤしてますよ。あ、あと、就活の時に絶対有利ですよね。こういう体験って、なかなかできないですから。

――ウィンタースポーツ自体にも興味が湧いたんじゃない？　自分でも挑戦してみようと思わない？

いやあ、それがですね……そう思って、オリンピックが終わってからすぐ、生まれて初めてスキーに挑戦してみたんですよ。ところがいきなり骨折しまして。今も、右足にボルトが二本、入ってます。

――あらら。

やるのと観るのとはまったく別ですね……ウィンタースポーツは、今後も観戦だけでいいですよ。

一九九九年　井瀬亜樹子《いせあきこ》（32歳　SE）

インタビュー？　今ですか？　あの、これから出勤なんですよ。

——大晦日なのに？

二〇〇〇年問題。ご存じでしょう？　これから明日の午前中まで、会社で待機なんですよ。何も起きないとは思いますけど、クライアントが心配しているので、安心させるために出る、みたいな感じですね。でも何かあったら、正月三が日が全部吹っ飛ぶでしょうね。それで……何でしたっけ？　今年一番の事件？　そうですねえ、やっぱりｉモードかな。使ってるでしょう？　使ってない？　嘘でしょ？　今、誰でも使ってますよ。本当に便利なんだから。私ですか？　サービスが始まってすぐに、端末を買い換えました。これで、携帯電話はただの『持ち運べる電話』じゃなくて、本当の情報端末になったんです。

——そんなに便利ですか？

一番便利なのはメールですね。今までもショートメールはできましたけど、ｉモードメールだと長いメールができますから、やっと仕事で使えるようになった感じです。今までって、メールをやり取りするためには、とにかくデスクに張りついて、パソコンの前にいないと駄目だったでしょう？　どこでもメールを使えるのって、すごい便利ですよね。ブラウザもいいですよ。どこにいてもホームページが見られるんだから。もちろん、携帯に対応していないページもありますけど、これからは携帯対応が普通になるでしょうね。そうなってくれなくちゃ困るし。

——それだけ便利だと、逆にいつも追いかけられてる感じになって困りませんか？

うーん、確かにそれはありますね。家にいてもどんどんメールが入ってくるから、気が休まらないのは確かです。二十四時間対応ですから、クライアントからの問い合わせやクレームは、夜中でも早朝でもあるんですよ。携帯は、だいたい電源を入れっぱなしですから、いつでも確認できますしね。だから、気づいたら返信しないといけないような気がして、それはそれで大変です。

——追われてる感じですか。

そうなんですけど、SEは二十四時間三百六十五日対応が基本ですから、今はこれがないと逆に不安ですね。考えてみれば、ちょっと前までは何かあればどんどん電話がかかってきたから、寝てるのを起こされるのは同じですよね。きついのはきついですけど、仕事のためにはしょうがないです。そのうち慣れると思いますよ。若い人とかは遊びで使ってるみたいで、それは羨ましいなあ。私が今高校生だったら、きっと友だちとのメールで時間が潰れちゃうでしょうね。それに、すごく目が悪くなりそうです。肩凝りも……今もひどいんですけど、今以上に。パソコンは仕事で使うだけですけど、携帯は遊びにも使えますから。もしかしたら私、もう依存症になっているかもしれません。

——携帯もずいぶん普及してきたから、これからはもっと激しいサービス合戦になるかもしれませんね。

そうですね。たぶん、他のキャリアもすぐに同じようなサービスを始めますよ。やっぱりこの世界は技術競争、サービス競争ですから。一社がやったらすぐに真似する、みたいなところもありますし。

——でも携帯自体が、まだそんなに普及してないですよね。

確か今、五割をちょっと切るぐらいじゃないですかね。でもiモードが始まったから、これから一気に普及率が上がるんじゃないですか？　ちょっと前まではポケベルがマストアイテムだったのに、すごい変わり様ですよね。ポケベルなんて、最近名前も聞かないけど、どうしたんでしょう。

まだ使っている人、いるんですかね？　私、思うんですけど、そのうち携帯の一人二台持ちも普通になるんじゃないですかね。仕事用とプライベート用とか。

——だけど、面倒臭そうですね。充電を忘れてしまいそうだ。

でも、とにかく便利なんです。一度使ったらもう絶対手放せないですね。噂なんですけど、近い将来には、携帯を使ってクレジットカードみたいな決済もできるようになるそうですよ。そうなったら財布もいらなくなるし、携帯一台あれば生きていけるようになるでしょう。

——ということは、携帯をなくしたら全財産を失うことになるじゃないですか。

あ、本当だ（笑）。だったら、携帯をどうやってなくさないようにするか、ちゃんと工夫しないといけないですね。逆に、その決定的な方法を編み出せたら、大儲けできるかもしれません。変な話ですけど、一つ新しいサービスが始まると、それに付随《ふずい》して新しいビジネスチャンスが来るんですよね。

一九九九年　村井孝雄《むらいたかお》（75歳　元会社会長）

——失礼しました。光星《みつぼし》物産の会長さんがこんなところを普通に歩いているとは思いませんでした。

会長は辞めました。元会長です。

——そう言えば、奥様の介護のために会長職を辞されたんですよね。

あの時は結構騒ぎになってしまって、会社にも申し訳なかった。そんなつもりはなかったんだが……それしか選択肢がなかったから辞めたんだけどね。

——失礼ですが、東証一部上場の商社の会長ともなれば、人を頼んで介護を任せることもできたと思いますが……。

それも選択肢だったんだけど、女房が嫌がってね。年寄りというのは、ちょっとした事故で歩けなくなって、寝たきりになることも多い。だけど、家の中で転んだだけで足を骨折するとはねえ……認知症で、周囲の状況が分からなくなっていたら人任せにすることもできたかもしれないけど、うちの場合はそういうわけでもなかったから。人に任せるのが嫌いな女だから、私が面倒を見るしかなかったんですよ。

——それだけ村井さんを信頼している、ということじゃないですか。

社員に信頼されているより、女房に信頼されている方がよほど嬉しかったね。自分でも意外だったけど。

——それにしても、思い切りましたね。

四月に、大阪の高槻《たかつき》市の市長が、やっぱり奥さんの介護で市長をやめたでしょう? 正直、あれに影響を受けてね。公職にある人がそういう理由で辞めるなんて、珍しいでしょう? でもあれは、決して美談じゃないからね。いわば典型的な老老介護じゃないですか。年寄りが年寄りを介護するって、言うのは簡単ですけど、決して楽なことではないですよ。

——仕事とは違いますか。

仕事なら何とでもなるし、仲間もいるけど、こういうことはねえ……。

——他のご家族は?

息子が二人いるけど、二人とも働き盛りで、重要な仕事を任される年齢なんですよ。長男は別の商社でアメリカ駐在中だし、次男は外務省に入って、今はインドネシアにいる。頼れる状態じゃないんですよ。こういう時、そもそも息子がいても何の役にたたないんだけどね。娘が一人でもいた方が、よほどよかった。

——女性だけに介護を任せるのも、今の時代には合わないかもしれませんけど。

おっと、失礼。その通りだね。しかしこれからは、うちのように年寄りが年寄りを介護するケースが増えるんじゃないかな。来年からは介護保険も始まるけど、どうなることかね。長生きするのも、いいことばかりじゃない。昔はこんな風に、介護の問題で家族が頭を悩ませることなんか、あまりなかったんだ。うちの爺さん、婆さんなんかは、二人とも六〇代で亡くなってるからね。

——確かに寿命が延びたのも、介護の問題が大きくなった一つの原因ですけど、長く生きる方が人生の選択肢も増えますよ。

いやいや、そうとは限らない。あなたはまだ若いから実感がないだろうけど、歳を取ると、若い頃は何でもなかったことができなくなってくる。仕事に関しては、経験と知恵で何とかなるんだけど、普通に生活していくことがね……いい歳の取り方というのは、結構難しいものだよ。ただ、若い頃から女房には迷惑をかけっ放しだったから、今になって恩返ししているとも言えるんだけどね。

——仕事一筋の人生を送ってきた人には、なかなか難しいことですよね。

まったく、この歳になって学ぶこともあるものですよ。ただ、ちょっと残念ではあるね。

——何がですか？

毎年大晦日には、女房と二人で外食して、一年分のお礼を言うのが恒例でね。これは、残業、休日出勤が当たり前だった若い頃から——結婚した頃から、ずっと続けてきたことです。せめてもの罪滅《つみほろ》ぼしっていう感じかな。それが今年は、女房が家を出られないんでね。残念ながら、結婚して初めて、大晦日の外食が中止になりました。それで、せめてもと思ってケーキを買いにきたんです。渋谷に、女房が贔屓《ひいき》にしているケーキ屋があってね。

——外食の代わりにケーキですか。

この歳になると、昔みたいに焼肉屋で盛大に食べるわけにもいかなくなるから、ケーキぐらいがちょうどいいんですよ。こういうのも、いつまでも続けられるか、分からないけどね。今は女房の面倒を見られるけど、私だっていつ倒れるか、認知症になるか分からない。穏《おだ》やかで美しい老後は、なかなか難しいですな。

一九九九年 萩原《はぎわら》稔《みのる》（37歳 会社員）

五万、みすみす捨てました。

——犯罪被害にでも遭ったんですか？

いや、自分のミスだから、どうしようもないんですけどね。年賀状、ミスったことあります？

——書き損じはもちろんありましたよ。

そうじゃなくて、印刷のミスです。私の年賀状じゃなくて、実家と親戚の年賀状なんですけどね。

——それは印刷屋のせいじゃないんですか？

それが違うんですよ。ええと……うちの嫁の実家が、大田区で小さな印刷屋をやってるんです。毎年そこに頼んで、安く作ってもらってるんですけど、いつの間にか、うちの実家や親戚の分まで頼むようになりましてね。大した額じゃないけど、多少なりとも嫁の実家の収入になればいいかな、と。もう五年ぐらい頼んでいるんです。

——その年賀状にミスが？

こっちが迂闊《うかつ》だったんです。うちの実家、兵庫県なんですけど、篠山《ささやま》市って知ってます？

——ええと……篠山町なら聞いたことがあるような記憶がありますけど……。

その篠山町が、うちの田舎なんですよ。それが、今年四月に合併して、篠山市になったんです。

——丹波篠山、ですね。あの、イノシシ肉とかで有名じゃないですか？ 黒大豆とか。

そうそう、よくご存じで。ま、そういうのが名物ということで、田舎だって分かりますよね（笑）。

それはともかく、住所を去年のまま発注したので——。

——篠山市とすべきところが、篠山町のままだったんですね？　でも、手書きで町を市に直せばよかったじゃないですか。

いや、そもそも『多紀《たき》郡篠山町』になってたから、直しようがないんですよ。私はそのまま出して、裏面に言い訳を書けばいいじゃないかって言ったんですけど、親も親戚もそういうことには細かい人間でしてね。しょうがないんで、印刷をやり直して、その分は私が被ることになったんです。

——確かに、印刷屋さんの責任では……ないですね。

そうなんですよ。はっきり言えば、毎年同じものの使い回しなんです。裏面の干支のイラストを変えるぐらいで……私のミスと言えばミスなんですけどね。『イラストを辰に変えて下さい』っていうだけで発注して、他は確認しなかったから。刷り直しの金ぐらいは出してくれるように親には言ったんですけど、そういうところ、変にケチなんですよね。お前のミスだからお前が払えって、押し切られました。

——市町村合併も、いいことばかりじゃないですね。

まったくです。何というか、面倒ですよね。政府が自治体の数を減らしたいのは分かりますけど、慣れた自治体の名前がなくなるのって、結構ショックだし、また慣れるのに時間がかかります。あれですよね、ＣＩで会社の名前が変わるみたいなやつかもしれません。

——あれは、金もかかるんですよね。会社の封筒なんかも全部作り直しになるし。

あ、そうか。会社ならしょうがないけど、自治体がそういうことで金をかけるのはどうかと思いますよね。自治体の数を少なくするのって、要するに予算削減のためでしょう？

——そうですね。

まあ、そういうのは私たちが心配してもしょうがないけど、イメージがね……。

――篠山町のイメージ、ですか。

私も東京に出てきて二十年ぐらいになるんだけど、やっぱり田舎が好きでしてね。東京で、コンクリートとガラスの中で生活してると、息が詰まるじゃないですか。ふと気づくと、篠山町の豊かな自然を思い出してるんですよ。だから自分の出身地も、堂々と篠山『町』ですって言います。篠山『市』って言うと、急に都会になるみたいなイメージじゃないですか。

――町から市に変わっても、都会になるわけじゃないと思いますけどね。

それはもちろんそうなんですけど、私は篠山町出身であることに誇りを持っているんですよ。自治体名で『篠山』という名前は残るんですけどね、何となく田舎が消えちゃった感じがしてるんですよ。合併した西紀町や丹南町は、名前そのものも消えちゃったわけですけどね。

――何となく分かります。

あなた、ご出身は？

――茨城です。出身地は、合併で名前が消えるみたいです。

きっと寂しくなりますよ。故郷が消えたような感覚になると思います。

――もう故郷という感じはないんですけどね。

これからですよ。なくなって初めて分かることもあるんです。

一九九九年　内村《うちむら》泰子《やすこ》（45歳　小学校教員）

ちょっと辛かったです、今年は。うちのクラスが滅茶苦茶になったんです。

――学級崩壊、ですか。

そういう言い方はあまりしたくないんですけど、実態は間違いなくその通りですね。

——何年生の担任を？

五年です。今年から受け持ったクラスなんですけど、最初からちょっと落ち着かない雰囲気だったんですよ。最初は、二人、三人ぐらいの子が、授業になっても教室に戻って来ないだけだったんです。それでも問題行動ですけどね。とにかく何度話しても言うことを聞かなくて、理由も分からないままで……保護者とも話したんですけど、皆家では普通なんですよね。学校でだけ、とにかくやる気がないみたいなんです。でもそれは、きっかけに過ぎなかったんですよ。

——他の子にも伝染、とか？

ええ。授業に出てこない子がいると、他の子も『そんなものでいいんだ』と思い始めるみたいで、授業が始まっても教室の後ろの方で話をしていたり、ボール遊びをしたり、携帯をいじっていたり……真面目に授業を聞いてるのは全体の三分の一ぐらいですね。

——それじゃ、授業にならないですね。

学校でも大問題になったんです。私ももう、教員歴は二十年以上で、自分では何でも分かっているつもりだったのに、学級崩壊は初めてでした。

——原因は何だったんですかね。

最初は、私が原因じゃないかと思っていたんです。教師に対する反発から学級崩壊が始まるケースが多いですからね。事実、うちの学校でも、昔そういうことがありました。強圧的な男の先生だったので、それに反発した子がいたんですね。でも私は、できるだけ子どもとは同じ目線で接するようにしていて、基本的に嫌われたことはなかったんですよ。

——ということは……。

五年でクラス替えになったんですけど、最初に問題を起こした子——女の子の三人組が、四年生の時に仲が良かった子たちとクラスが別れたんです。それで、授業が始まっても隣のクラスに行って、帰って来なくなって……。

——それじゃ、隣のクラスも学級崩壊じゃないですか。

　ところが、隣のクラスにいた仲がいい子たちは、普通に授業を受けてるんです。五年生になるともう、中学受験を考える子もいますよね？　進学塾に通うようになって、授業も今までより真面目に受ける……そうすると、仲のいい子がいても、一緒になって遊び回るわけにはいかないじゃないですか。ましてや、授業を抜け出すなんて、言語道断です。そうすると、相手にされなくなった子たちはいじけて、ますます教室に寄りつかなくなるわけです。

——それが、他の子にも伝染したわけですね。

　正直、ショックでした。自分が今までやってきたことを、全部否定されたような気がして。教員がこんなことを言うとまずいかもしれませんけど、今の子は小さい頃から甘やかされています。集団生活のマナーも身につけずに小学校に上がってくるので、一年生のクラスが学級崩壊するのは珍しくないんですよ。

——対策は……。

　難しいです。とにかく最初は、問題行動を起こす子を一人ずつ呼んで話を聞いたんですよ。個別に会うと、素直なんですよ？　『ちゃんと授業を聞いてね』って頼むと『はい』って言うんですけど、結局次の日には元どおりなんです。もう、頭をかきむしりたくなりますよ。

——来年も同じクラスですか？

　原則そうなんですけど、このままだと異例のクラス替えになるかもしれません。自分が無能だって言われてるみたいですけど、しょうがないですね……でも、ちょっとだけ改善の兆《きざ》しがあるんですよ。

——どういう手を使ったんですか？

教室の掃除をきちんとしてます。

——放課後に、掃除当番が掃除するのが普通ですよね。

それも守らなくて……だから私と、ちゃんと授業を聞いてくれる子たちが中心になって、少しずつ掃除をしています。実際、他のクラスに比べて、教室が汚い感じがしたんですよね。それを始めてから、少し落ち着いてきたように思います。考えてみれば、一学期の最初から、教室が少し汚れた感じがしていたんですよ。そういう小さなことから、授業が嫌いになるのかもしれませんね。

——三学期からは落ち着くといいですね。

そうですねえ……でも、絶対的に効果がある方法はないんですよ。正直、不安しかないです。

二〇〇〇年　玉田武治《たまだたけはる》（58歳　作家）

あ、そう、あなたも作家なの。

——正確にはこれからですけど……年明けに最初の本が出ます。

どんなジャンル？

——スポーツ物です。

スポーツ物ねえ……書いてる人、あまりいないでしょう。

——そうですね。そのうち、ミステリも書くつもりですけど。

それは早く書いた方がいいよ。金儲けするなら絶対ミステリだ。読者が多いからね。

——先生の歴史物も同じじゃないですか。

今は、読者が多いのは時代物。歴史物は、やっぱり好きな人だけが読む感じかな。とにかく、資料集めが大変でね。時代物はある程度想像を入れて書いてもいいけど、歴史物はちゃんと時代考証、人物考証ができてないと、読む方もすぐ嘘に気づくからね。まあそのうち、うちへ遊びに来なさいよ。本で床が抜けそうになってるのを見せてあげるから。

——資料集めも大変ですよね。司馬遼太郎さんがトラックで古本屋に乗りつけて、荷台を一杯にして帰ったという伝説を聞いたことがあります。

あれほどじゃなくても、歴史作家は誰でも似たようなもんだよ。最近、明治物を書き始めてね。江戸時代以前に比べると、明治時代以降の資料はちゃんとした本も多いんだけど、古本屋通いが大変でね……と思っていたら、便利なものができたんだよ。Ａｍａｚｏｎって、知ってる？

——ええ。使ったことはないですが。

作家なら、あれは絶対に使うべきだね。書く立場としたら、既存の書店にとってマイナスになるから、あまり利用しろとは言えないけど……私も、古本屋通いは日課なんですよ。毎日のように神保町に通って、午後は大体時間が潰れる。馴染みの本屋が何軒もあるから、店主に頼みこんで、目当ての本が出てきた時には連絡してもらうようにしてるけど、もしかしたら何か掘り出し物があるんじゃないかって、毎日巡回するのが習慣になってますよ。

——大変ですねえ。

今まではね。ところが、Ａｍａｚｏｎが出てきてから、急に神保町に行かなくなりました。まだサービスが始まったばかりだから、在庫も大したことはないんだけど、とにかく見つけやすいし、すぐに届くから便利なんだ。これは、大変な時間の節約だよ。

——代わりに、既存の本屋さんは大変になりそうですね。

そうなんだけど、こっちにとって本は、仕事のために絶対必要な資料だからね。仕事のために使うものなら、手間なく手に入る方が効率がいいでしょう。

——それは確かにそうですね……。

これからどうなるか分からないけど、アメリカではもう、通販の大手になってるんでしょう？　日本でもいずれ、そういう風になるよ。私には関係ないけど、洋書も手に入るから、そっちを探している人にも便利だろうね。もしかしたら、本と読者の関係を変えてしまうかもしれない。

――ネットで買い物するのって、抵抗感ないですか？

馬鹿言っちゃいけないよ。君みたいに若い人の方が、ネットにはずっと馴染んでいるんじゃないの？　セキュリティだって日々進化してるんだから、心配することはないですよ。早く使ってみるといいよ。とにかく、あの便利さは、一回利用すると抜けられなくなるから。

――目的の本を探すだけっていうのが寂しい気もします。本屋さんで、買うつもりがない本までついつい買ってしまうのが楽しかったりするんですけどね。

私の場合、本はあくまで資料だからね。でも最近は、新刊本をゆっくり見て回る機会も少なくなったなあ。資料はネットで入手するとしても、これからは古本屋を回っていた時間を新刊本の書店周りにでも充ててみようかな。そう言えば、自分の本が書店で並んでいるのも、最近はほとんど見に行かないし。

――自分の本が並んでいるのって、やっぱり嬉しいものですか？

そりゃそうだよ。苦労して書いてきたのがそこで報われるわけだから。しかし、Ａｍａｚｏｎでも私の本は当然売ってるんだよね。資料を入手する時はネットが最高だと思うけど、自分の本がネットで売られているのが何だか気に食わないっていうのは、どういう精神状態なんだろうね？　まァ、その辺はあなたにもすぐに分かりますよ。近い将来、本格的な電子書籍の波が来たら、また状況は変わるだろうけど。

二〇〇〇年　中野《なかの》貴美《たかみ》（22歳　大学生）

卒業したら実家に戻るんで、最後の渋谷を楽しんでおこうかなと思って。

――就職は地元ですか？

ええ。市役所です。

――就活は大変だったでしょう。

そうですね。就職してもいろいろあるし……結局公務員が一番安定してますから、親も喜んでます。これからは、私が家族を支えないと。

――ご両親、お年なんですか？

まだ五十代ですけど、仕事が……今大変なんですよ。

――お仕事は何なんですか？

青森の八戸《はちのへ》で、書店を経営してます。今、書店も厳しいんですよ。本が売れなくなってきちゃって。それに、最近気になる噂があるんです。

――何ですか？

市の中心部から少し外れたところに、大型のショッピングセンターを建てる計画があるみたいなんです。

――そうすると、市の中心部の商店街は、客を取られる……。

八戸は今、大きく変わってるんですよ。東北新幹線の延伸が決まったので、これから人の流れも大きく変わるでしょうし。

――市の中心部は八戸駅じゃないんですか？

本八戸ですね。市役所があるし、うちの実家も本八戸駅近くの商店街にあります。でも、人の流れはもう結構変わってきてますよ。私が高校生の頃、隣町にイオンができたんです。これがとんでもなく大きなショッピングモールで、一気に人がそっちに流れましたからね。私も、できたばかりの頃は興奮しました。親に連れて行ってくれって頼んで、嫌がられましたけどね。『ああいうでかいショッピングモールができると、客を取られるんだ』って言って。当時はよく意味が分からなかったですけど、確かに帰省する度に、街中に人が少なくなっていく感じはしました。地元の友だちも、最近は遊びに行くときは本八戸の駅前じゃなくてイオンに行くみたいです。青森も基本的には車社会ですから、車で行けるショッピングモールは便利なんですよ。

——ご飯も食べられて、買い物もできて。

来年は、映画館もできるそうですよ。変な話、休みの日には朝から晩までいても十分時間を潰せますよね。私も、帰省するとよく遊びに行ってます。東京でしか買えないと思ってたものが、結構売ってるんで驚きますよ。そういえば、高校時代の友だちの服も、何だか垢抜《あかぬ》けてきたような感じがします（笑）。

——娯楽《ごらく》が少ないと、どうしてもそういう場所へ行くしかないんでしょうね。今、全国各地に大型のショッピングモールができていて、同じような話を聞きます。

そうですね。でも何か……そこでエネルギーを吸い取られるみたいな感じで。ショッピングモールで時間を潰して、買い物をして、会うのはいつも同じ友だち——いいんですけど、世界がどんどん狭くなるような感じ、しませんか？

——大学の四年間だけでも東京で暮らした人だと、そう感じるかもしれませんね。

私も戻ったら、休みの日はあそこで一日時間を潰すことになるのかなって考えると、ちょっと複雑な気分です。地元の友だちとまた遊べるのは楽しみですけど、自分の人生が小さくまとまっちゃうような感じ……でも、東京での就職は難しかったですからね。親も歳とってきて、将来が心配だし、戻るしか選択肢がないんですよ。

——大店立地法ができて、大型店の出店が簡単になりそうですし、これから郊外では大型店はどんどん増えてくるかもしれない。

どうなんでしょうね。八戸って、人口が二十五万人を切るぐらいなんですよ。その規模で、近くに大規模ショッピングセンターが二つもあったら、本当に市の中心部は空洞になるかもしれません。

——ドーナツ化現象ですね。

そういうのって昔からあった——それこそ教科書にも載ってますけど、自分のところがそんな風になるのはやっぱり嫌ですよね。

——市役所に勤めると、そういうこととも向き合わないといけないんじゃないですか？

行政の立場からは、痛《いた》し痒《かゆ》しなんです。新たな雇用の場の創出だし、お金が落ちるのも間違いないし。でも、地元の商店街を元気づけるのは難しいです。

——どんな仕事をするかは決まってるんですか？

まだですけど、観光関係を希望してます。新幹線の駅もできるし、外から観光客を呼びたいですよね。人の流れが活発になれば、中心部の商店街も息を吹き返すと思うんです。あ、でも、書店はあまり関係ないかも……。

二〇〇一年　本橋《もとはし》尚紀《なおき》（38歳　出版社勤務）

年末のインタビュー、まだ続けてるんだな。

——ああ、今年でもう十三年目だぜ。

まさか、お前と飯を食う直前に、インタビューに引っかかるとはね。しかし、大したもんだよ。それで、重大ニュース？　俺じゃなくてお前の方にあるだろう。ようやくデビューできたんだから。

——ようやく、はひどいな。三十七歳で初めての本が出るのは、エンタメ系の作家としてはごく平均的だぜ。

確かにそういう風に言うよな。で、どうだよ、自分の本が店頭に並んだ感想は。

——そんなに感動しなかったな。

あれだけ一生懸命作家を目指してたのに？

——新聞に署名入りの記事が出れば、一千万人の人が読む。それに比べれば、さ。

つまらない男だねえ（笑）。ま、そのうち俺にも編集させてくれよ。

——勘弁してくれよ。お前が相手だと、やりにくい。

そうかもしれないけど、できるだけたくさんの社とつき合っておいた方がいいぜ。

——そうか？

これから本格的な出版不況が始まるからさ。倒産する会社だって出てくるかもしれない。

——そんな感じはしないけど。

読みが甘いなあ。九〇年代の半ばには、もう出版不況って言われてたんだぜ。

——でも、出版市場のピークは九六年だったって言うじゃないか。

確かにあの頃は、雑誌がよく売れてた。俺なんか、入社してから何年かはばんばん金を使えて、ラッキーだったのかもしれない。最近入社してくる連中は、最初から『節約・倹約』だから、大きな気持ちで本を作れない。ある程度贅沢を経験してないと、本のスケールが小さくなるんだよ。

——それは、バブルの頃に贅沢した人間の自慢にしか聞こえないぞ。

そうかもな。でも新聞社だって、バブルの頃にはずいぶん贅沢したんじゃないか？　経費使い放題だっただろう。

――忙しくて金を使ってる暇がなかった。

もったいないな。会社の金で贅沢するのは、日本のサラリーマンの特権なのに。

――何で急に本が売れなくなったんだろうな。

原因は一つじゃないよ。流通の問題もあるし、インターネットが普及したせいもある。書籍売り上げがピークだった九六年というと、ちょうどネットも一般的になってきた時期じゃないか。

――紙の本じゃなくて、ネットで読めばいい、か。

結局さ、本を読むのって、一種の暇潰しとも言えるじゃないか。

――そう言われちゃ元も子もないよ。

だけど、俺なんかもそうだぜ？　ゲラを読む時に、ちょっとネットで調べ物をすることがあるんだけど、気づいたらネットサーフィンして一時間ぐらい時間が経ってたりするからな。今後、電子書籍に上手く切り替えていく方法を考えないと、紙の本なんて見向きもされなくなるぜ。

――紙の本がなくなるとか？

その可能性もゼロじゃないな。

――紙の本を守る努力はしないのかよ。

出版社としては難しいところだよ。トータルで売り上げがよければいい、という考えもあるし。俺は紙の本は好きだけど、好きなだけじゃやっていけない。とにかくお前は、微妙な時期に作家になったんだよ。

――どうすればいいと思う？

リスクヘッジするんだな。さっきも言ったように、できるだけたくさんの出版社とつき合うことだ。版元がいきなり倒産したら、出す予定だった本が出せなくなるし、それがそのまま収入減につながる。金が儲けられなくなったら、作家は辛いぜ。会社、まだ辞めるつもりはないんだろう？

——当面はな。

会社で働いているうちにしっかり貯金しておけよ。

——ベストセラーを出して、一気に大儲けって手もあるじゃないか。

簡単に言うなよ。小説で、意図的にベストセラーが出せるなんて……少なくとも、今の時代ではあり得ない。読者の好みが分散化して、どんな本が売れるか、読めなくなってるんだから。

——時代物なんかは売れてるじゃないか。

お前、時代物を書く気はあるか？

——ない。

だったら、スポーツ物だけじゃなくて、ミステリに力を入れるんだな。スポーツ物の読者は限られてるけど、ミステリの読者は裾野が広い。それで金を儲けて、好きな物を書く余裕を作ればいいじゃないか。

——自転車操業だな。

そうだよ。それができない作家は、これから厳しいことになるぜ。出版社にも、今までみたいに作家を食わせていく余裕はなくなるかもしれないし。ま、今日はお祝いで俺が奢《おご》ってやるけどさ。

二〇〇一年　一《いち》岡《おか》和《かず》馬《ま》（40歳　会社員）

今年ですか？　やっぱり9・11が最大の事件ですね。

——その日は何を？

会社にいました。アメリカからのメールを待って残業していたんです。あの日は、こっちで夜の時間帯に、アメリカからメールが来る予定でした。貿易関係の仕事なので、現地の時間に合わせて仕事をしていますから、残業も徹夜も普通なんです。

——アメリカ時間で、午前八時四十六分頃でしたね。

ええ。こっちのカウンターパート——テッド・ミヤシタという日系の男なんですが、彼は毎日ロングアイランドの自宅を早く出て、午前八時前にはオフィスに入っています。朝、メールを確認次第、緊急のものにはすぐに返信をくれるので、あの日も日本時間の午後九時には返信がくるだろうと思って……会社の近くで夕飯を食べてから待機していたんです。

——そこへ同時多発テロのニュースが飛びこんできたんですね。

たまげましたよ。腰を抜かすって、こういうことかって……ＷＴＣ（ワールドトレードセンター）に飛行機が突っこんだ瞬間が、映像で流れたでしょう？　最初、ＣＧか何かじゃないかと思ったんです。でも本当だと分かって、椅子から転げ落ちました。マジで腰をやられて、しばらく病院に通いましたよ。でもあの時は痛みどころじゃなくて、とにかくミヤシタに連絡しなくてはいけないと焦って……普段はメールだけのやり取りなんですけど、さすがにすぐに電話しました。でもまったくつながらないし、メールにも返信はありませんでした。それで取り敢えず、ミヤシタの会社がＷＴＣの何階なのか調べようと思ったんです。衝突したのが、北棟の九十三階から上だったでしょう？　その下なら逃げられたかもしれないと……ホームページで確認しようと思ったんですけど、どういうわけかダウンしていたんです。おかしいですよね。サーバーは別の場所にあって、会社がなくなってもホームページは生きてるはずなのに、なんて考えて……結局、ミヤシタのメールの署名にフロアも書いてあったんですけど、それも忘れるぐらい慌ててました。衝突したところのずっと下のフロアだから無事だろうと思ったんですけど、相変わらず連絡は取れませんでした。

——北棟が崩壊したのは、その二時間……一時間半後でした。

その時点でも、まだ連絡が取れなかったんです。うちの社員が現地に出張していたんで、安否確認を頼んだんですけど、まったく消息を摑めませんでした。

――大事な人だったんですね。

まあ、仕事関係だけではない友人でもあったので……日米を行ったり来たりで何度も会っていましたし、一緒に飯を食ったり酒を呑んだり……それより何より、その時に五十億円ぐらいの取り引きが山場を迎えていたんです。潰れたらうちの会社自体が危ない――小さい会社なんですよ。

――結局、どうなったんですか？

二日後に突然、会社に電話がかかってきたんです。私は家に帰らずにずっと会社で情報収集していたんですけど……意外に元気そうで、怪我もないという話でほっとしました。衝突直後に階段で一目散に逃げて、それで何とか助かった、と。ただ、妙にテンションが高かったのが気にかかりました。犠牲になった会社の同僚もいて、そのショックから抜け出せない反動だったみたいです。

――今年、というか平成になって一番大きな事件じゃないですか？

そうなんですよ……今、世界は狭くなったじゃないですか。アメリカで起きたテロが私たちの仕事にも影響を及ぼして、それがまた中東の混乱につながっていくわけで、しばらくは落ち着かなかったですね。私、年明け――二月にはニューヨークへ行く予定なんですけど、ミヤシタと普通にビジネスの話ができるかどうか、心配ですね。今は、カウンセラーに通っているそうです。二日後に話した時には大丈夫そうだったんだけど、やっぱり精神的なダメージは大きかったんでしょうね。ほら、アメリカ人って、何かあるとすぐに精神科医――精神分析ですか？　そういうところへ駆けこむでしょう？

――よく聞きますね。

私も話としては知ってたんですけど、知り合いがそんな風になるのはショックですよね。どんな顔をして彼に会ったらいいのか、普通に仕事の話ができるのか、今から心配ですよ。どうしたもんですかねえ。これには、うちの会社の命運もかかってますし、急ぐ仕事ではあるんですけど……それにしても、世界は本当に狭くなりましたよね。とても、アメリカだけの出来事とは思えないです。

二〇〇一年　濱口透《はまぐちとおる》（26歳　会社員）

今年一番の事件ですか？　上司を辞めさせたことですね。

――何か、トラブルでも？

あの、この話、表に出ないですよね？

――当面は。出る時は必ず連絡します。匿名《とくめい》にするかどうかとかも考えますから。

それならいいんですけど……。

――誰でも知ってる不動産会社の話となると、まずいこともあるんですか？

今はね。

――今は？

そもそも、どうしてこんなことになったか、ですよ。最初から話していいですか？

――もちろんです。

新卒で入って、最初に配属された部署の課長が、どうしようもない人だったんですよ。あの、新人類っていうんですか？　バブルの前ぐらいに社会人になった人。

――まさに私の世代です。

景気がいい時代に社会に出たから、イケイケだったんでしょう？　まだ昭和の頃ですよね？　滅茶苦茶な仕事をして、金の使い方も荒くて。

——うーん、まあ……私は違ったけど、全体的には否定はできないですね。

その人、仕事はできたんですよ。入社十二年、三十五歳で課長になったのは、うちの会社で歴代最年少だったそうです。確かに見ていても頼もしかった。判断も早いし、英語もペラペラだし、タフな人でもありました。徹夜も平気で、実際、家に帰るのは一週間のうち半分ぐらいだったんじゃないかな。仕事もするけど酒も呑む人で、毎日のように部下を引き連れて街に繰り出していました。

——まさに昭和の時代のサラリーマンだ。

そういうやり方を俺たちにも押しつけようとしたんだから、たまったもんじゃないんですよ。とにかくノルマがきつくてですね……今、マンション販売の中心はタワー物件でしょう？　うちも、首都圏で何棟も開発中なんです。ブームですから、売り出せばすぐ完売なんて言われてますけど、それはあくまで、ちゃんと営業してこそですからね。ＰＲ作戦から始まって、テレアポ、個別訪問……とにかくきつかったです。きついだけならいいんですけど、そこに暴力沙汰まで絡むとね。

——その課長の暴力ですか？

ノルマを達成できない部下を、普通に殴るんですよ。俺も今年、二時間説教された上に殴られて……それまでも、いろいろあったんです。休日も無理矢理出勤させられてタダ働きとか、朝礼の時に皆の前でこき下ろされたりとか。精神的にダメージを負って、俺が会社に入ってからの三年で、その課長の部下は四人、辞めました。今も、体調を崩して休んでる人が二人いるし……部署としては社内で最高の営業成績を挙げているから、上も何も言えないみたいなんですけどね。でも俺、殴られた時にとうとう切れました。弁護士に相談して、こういう状態が続いたら会社も訴えるって人事に怒鳴りこんだんです。そうしたらさすがに、会社もビビりましてね。正直俺も、足がガクガクするほどビビってましたけど、会社もマジで問題にしてくれて。俺、ちゃんと手を回してたんですよ。自分だけじゃなくて、周りの人間にも、課長のパワハラをちゃんと記録して、引かないようにって。最初は会社も、軽い処分で済まそうとしていたんですけど、『暴力を振るわれた』って訴える人間が次々に出てきて、どうしようもなくなったみたいですね。結局課長は、依願退職です。本当は、馘にして欲しかったですけどね。退職金も出たし、辞めてから取引先の会社に再就職したっていう話も聞きました。中途半端な処分ですよね。

――でも、上司を辞めさせたっていうのは、なかなか凄いですよ。反省したんですかね。

そりゃあ、相当凹《へこ》んでましたよ。

――十年以上前だけど、セクハラで会社を馘になった人に話を聞いた時は、どうして自分が悪いのか分からない様子でした。

十年前ならね。でも今は、徐々に意識が変わってきたんじゃないですか？　だいたい、今までハラスメントが普通に許されてきたのがおかしいんですよ。組合だって、こういうことは分かっていたのに、問題にしてこなかった。でも、これからは少しは変わるんじゃないですか？　上からの押しつけばかりで、下は黙って言うことを聞くだけなんて、もう流行らないですよ。

――じゃあ、これからパワハラ上司が出てきたら……。

きちんと戦いますよ。まあ……今は異動になって、ちょっと干されちゃいましたけどね。扱いにくい奴って思われたみたいで、それはしょうがないかな。でも、こういう状態がいつまでも続いたら、今度は本当に会社を訴えますからね。

二〇〇一年　上原《うえはら》雅代《まさよ》（42歳　主婦）

小泉さん、格好いいですよね。ルックスもいいし、話も上手だし。魅力ありますよね。

――昔からファンだったんですか？

そういうわけじゃないです。でも今年、自民党の総裁選から、テレビに映ることが多くなったじゃないですか。テレビ向けっていうか、あれで小泉さんのファンになった人も多いと思いますよ。ファンクラブとか、ないのかしら(笑)。

——支持政党は?

あ、それは無党派ということで。選挙は必ず行きますけど、誰に入れていいか分からなくて、毎回困ってます。

——これで自民党は変わると思いますか?

それはどうでしょうねえ。政治の中のことは分からないから、何とも言えませんけど、『自民党をぶっ壊す』とか、『抵抗勢力』とか、小泉さん、大変な戦いですよね。

——元々、党内地盤はそれほど強くない人ですし、抵抗はされるでしょうね。

そういうこともよく分からないんですけど、自民党の中にいるのに、あんな風に『自民党を変える』って言う人なんて、今までいなかったでしょう? だから、間違いなく斬新《ざんしん》ですよね。

——小泉内閣の政策についてはどう思いますか?

そうですね……『聖域なき構造改革』には期待してます。『官から民へ』も分かりやすいですよね。取り敢えず、郵政民営化が実現できるかどうかがポイントになるんじゃないですか?

——実現しますかね。

それこそ、抵抗勢力がいるから、そう簡単にはいかないでしょうけど、頑張って欲しいですね。それに小泉さんが言うように、政府がやってきた仕事も、民間に任せてもきっと問題ないですよ。

——いわゆる『小さい政府』ですよね。

私たちの生活に影響が出ない限りは、どんどんやった方がいいですよね。国の借金って、増えるばかりなんでしょう? それを少しでも減らすためには、負担を分散することも大事ですよね。

――こういう政策は、確かに評価されてるみたいですね。

支持率、すごいでしょう？　八割超えなんて、今まであまりないんじゃないですか？

――戦後最高だそうです。

私、メールマガジンも登録しました。登録者もすごい数なんでしょう？　新聞やテレビを通じてじゃなくて、直接首相のメッセージを読めるなんて、すごいですよね。

――小泉旋風《せんぷう》の影響か、夏の参院選も自民党が大勝しましたね。

それはちょっとどうかな、と思うんですけどね。小泉さんは『自民党をぶっ壊す』って言ってましたけど、本当に壊れるんですかね。前と同じような人たちが当選して、体質は本当に変わったんでしょうか？　もうちょっと見てみないと分からないでしょうね。でも、組閣《そかく》の時に、派閥順送りの人事をやらなかっただけでも、もう自民党を壊し始めたと言っていいんじゃないですか？　それに、女性大臣が五人も生まれたのも新鮮ですよね。だから、自民党が変わり始めているのは間違いないと思います。これからも小泉さんが変えていくんじゃないですかね。

――どうして小泉さんは、こんなに支持率が高いんですかね。

原因はいろいろじゃないですか？　それこそルックスから喋り方から、政策まで……これまでの自民党の政治家が手をつけてなかったことに平然と手をつける勇気も、格好いいじゃないですか。でも、世間の空気って怖いですよね。何となく人気が出て、流れちゃうみたいなところもあるし。小泉さんのファンって、元々私みたいな無党派の人間が多いんじゃないでしょうか。

――本来の自民党支持者から見ると、ちょっと危険人物かもしれませんね。

ええ。でも、政治って政治家だけでやるものじゃないでしょう？　有権者が全員参加するのが民主主義なんですから。空気に流されているだけだとしても、たくさんの人が政治に関心を持つのはいいことじゃないでしょうか。

——政治に関心がない、無党派だっておっしゃってましたけど、実際には結構語りますよね（笑）。

あ、本当だ（笑）。やっぱり、小泉さんの影響で、少しは政治に関心が出てきたんだと思います。そういう意味での小泉さん効果っていうのもあるんじゃないでしょうか。政治に無関心な人が多いのは、いいことじゃないでしょう？　そういう人の目を政治に向けるのって、今までの政治家はできなかったわけですしね。

二〇〇一年　ロバート・ブラウン（60歳　無職）

日本は初めてなんだ。イチローの活躍で、日本という国にも興味を持ってね。

——すごい選手でしょう？

まったくだ。私は五十年も野球を見てるけど、あんな選手は初めてだよ。

——地元はどこなんですか？

サンフランシスコ。基本的にはジャイアンツ贔屓《びいき》だけど、他のチームもよく観てるよ。とにかく今年は、何と言ってもイチローだな。いや、とにかくエキサイティングな選手だね。シアトルまで飛んでデビュー戦を観たけど、とにかく度肝《どぎも》を抜かれたよ。

——日本での活躍は知ってましたか？

もちろん。日本の野球も、常にチェックしているからね。インターネットのおかげで、簡単に調べられるようになったのがありがたい。でも、それほど好みの選手ではなかったんだ。もちろん、記録ずくめのすごいバッターだけど、ただヒットを打つだけっていうのがね……ほら、野球選手は個人成績よりもチームの優勝ってよく言うだろう？　彼が何を求めていたかは分からなかったけど、実際にプレーを観ると、価値観がひっくり返ったよ。

——結局、シーズン二百十五本もヒットを打ちましたよね。

今年は、大リーグそのものが記念すべき年だった。バリー・ボンズのシーズン七十三本塁打なんて、とんでもない記録だよ。まあ、いろいろ黒い噂もあるけど……取り敢えずバリー・ボンズは、九〇年代から続くパワーヒッティングの象徴みたいな存在だ。それに対してイチローは、まったく正反対。ずっと古い時代——ベーブ・ルースが出てくる以前の、タイ・カッブみたいな選手を彷彿《ほうふつ》させるんだよ。ホームランがまだ珍しい時代で、好打者といえばヒットを量産して高い打率を稼いで、足も速いタイプだった。実際アメリカでも、古い選手と比較する人が多いんだ。パワーヒッターじゃなくて、コンタクトヒッターっていうやつだね。もしかしたらイチローは、史上最高のコンタクトヒッターになるかもしれない。

——ここまでの活躍は予想してましたか？

いや、まったく。正直、こっちの期待をはるかに上回る活躍でしたよ。アメリカでも、ここまでやると予想していた人はほとんどいなかったと思う。いい意味で予想が裏切られた感じだね。

——来年以降も同じように活躍できるかどうか、注目ですね。

私は今年並みに——いや、今年以上にやってくれると思うよ。イチローは、日本にいる頃からほとんど怪我がない選手だったそうだね。怪我さえなければ、これからもいろいろな記録に挑戦できると思うんだ。そういう意味では楽しみだよね。実際、イチローはアメリカの野球を根源から変える可能性があるんじゃないかな。

——どんな風にですか？

バリー・ボンズに代表されるように、九〇年代からの大リーグはパワー全盛、ホームランが全てだった。でもあれは、何だか不自然な感じがするんだよね。

——さっきの『黒い噂』ですか？

昔からドーピングの噂が絶えなかったし、実際、ステロイドの使用を告白する選手もいた。急に体が大きくなってホームランを量産する選手がいたりすると、怪しいと思うんだよね。まあ、ホームランバッターの方がスターになれるし、金も稼げるのは間違いないんだけど、自分の体を無理に改造して、そんな風になってもねえ……そもそも野球って、いろいろなタイプの選手がいるから面白いものでしょう？　誰も彼もが筋トレと、もしかしたらドーピングで体を大きくしている中で、イチローみたいにスリムで足が速くてバットコントロールが上手い選手っていうのは、新鮮な存在なんだ。アメリカでも人気が出るのは分かるでしょう。

——この成績がずっと続けば、アメリカで野球殿堂《でんどう》入りする可能性もありますよね。

ああ、あると思うよ。とにかく怪我がないのが偉い。それだけ練習もケアもしているわけだから。見習いたいねえ。六十歳になって見習ってもしょうがないかもしれないけど（笑）。とにかく私としては、同じ時代にイチローがいて、彼の大リーグデビューから、恐らくは引退までずっと見届けられるのが嬉しくてしょうがないんだよ。おっと、彼の現役時代を丸々観るためには、こっちが元気でいないとね。今までの日本人選手は、必死に大リーグに挑んでた感じだけど、イチローは既に他の大リーガーを圧倒している。こんな日本人選手、もう出ないかもしれないねえ。いや、日本人選手という枠で考えちゃいけないな。イチローは、同時代の他の選手に先んじて殿堂入りすると信じてますよ。

二〇〇二年　大岡《おおおか》建人《けんと》（42歳　カメラマン）

今年一番の事件？　逮捕されたことだね。

——逮捕？

暴行容疑。まあ、示談でいくばくか金を払って、それですぐに出てきて起訴猶予《きそゆうよ》になったけど、正直言って、未だに納得してない。

——でも、起訴はされていないんですよね。

そう。だから、経歴的に黒星がついたわけじゃないけど……とにかくあれは、絶対向こうが悪い。マナーってものは、どうなっちまったのかねえ。俺もこの商売、二十年以上になるけど、あんなに頭にきたのは初めてだったぜ。

——それで、何があったんですか？

女性誌のグラビア用に、路上で撮影してたんだよ。原田祐香《はらだゆか》って知ってる？

——ああ、若手女優の。

その娘《こ》をモデルに引っ張り出してきたんだ。女性誌のモデルは初めてっていうことで、本人も編集部も張り切っててね。問題は、いつの間にか撮影場所と時間の情報が漏れてたことなんだよ。そこに、ファンがたくさん集まってきてさ。圧倒的に女性ばかりだったんだけど、俺はそこでキレちまったんだ。

——女性ファンに対してですか？　それは、トラブルになりますよね。

だけどあいつら、いきなり写真を撮り出したんだぜ。こっちが真剣にやってるところで、パチパチ……しかも、携帯だよ？　カメラならともかく、携帯ってのは何なのかね。

——カメラ付き携帯ですね？　今、すごいブームになってますよね。

それは分かるんだけどさ、いきなり何も言わないで携帯を向けてくるのって、失礼な話だぜ？　カシャカシャ音もして邪魔だしさ。編集部の連中やうちの助手が『やめてくれ』って言ったのに、ヘラヘラ笑うだけで、全然やめないしな。こっちもプロだから、多少条件が悪くても撮影はするけどさ、あれはマジでむかついた。何なのかね？

――カメラを持ち歩いている人は少ないけど、携帯は誰でも持ってますからね。あれで気楽に撮影するのは、今は普通ですよ。

だけどさ、あんな風に携帯を向けられたんじゃ、撮影に集中できないでしょうが。

――それは分かりますけど……。

だから、特に態度が悪かった女の子の頭を引っ叩いちゃったんだ。そうしたら周りの子たちが泣き始めて、すぐに大騒ぎだよ。パトカーが来て、俺は連行されて、撮影中止。損害甚大ですよ。

――マナーがひどすぎたんですね。

別に、素人さんが街中で撮影したっていいんだよ。カメラを趣味にしている人はたくさんいるしね。だけど、あれはひどい。

――街中でいきなり携帯を取り出して撮影している人は、それが特に問題ないと思ってるみたいですね。

だろうな。だけど、物事には何でも限度ってものがあると思うんだ。風景なんかを撮ってる分には構わないけど、いきなりレンズを顔に向けられたら、あんた、どうだい？

――あまりいい気分じゃないですね。

こういうの、誰がどこで教育するんだろうね。たぶんこれから、携帯にカメラがつくのは普通になるだろう？　携帯の普及率を考えると、国民一人に一台ずつカメラっていう感じだよね。あれば使いたくなるのが人情ってもんだから、街中で写真を撮る人はどんどん増えるだろう。だけどさ、人の写真を撮る時は、一言許可を得るのが筋じゃないか。それに俺たちみたいに、仕事を邪魔されることもありうるわけでさ。ちゃんと説明しても、カメラがあれば撮るのが当たり前、ぐらいに考えてるんだから始末が悪いや。

――プライバシーの問題も関係しますしね。

いつの間にか自分の写真が撮られて、それが人様の携帯の中に入っていると想像すると、不気味だよね。俺は、プライベートでは絶対に写真は撮らないんだけど……あくまで仕事だからね。何でもかんでもシャッターを押す人の心理状態は理解できないな。

――変な話、いくらでも撮れますしね。

そうなんだよ。フィルムカメラの時は、最高でも三十六枚撮ったらフィルム交換だった。でもデジカメになってから、何百枚、何千枚でも、バッテリーが持つ限りは撮影できる。携帯にカメラがついちまったおかげで、さらに手軽になったわけでさ。俺としては、デジカメが出てきた時以上の大きな変化だと思うね。これから先、どうなるか、不安でしょうがないよ。

――勝手に写真を撮られても怒らないようにするしかないですかねえ。

新しい技術に、俺たち古い人間が合わせないといけないのかい？　何だか筋違いじゃないか？

二〇〇二年　時田恵那《ときたえな》（43歳　学習塾職員）

急に忙しくなりました。今まで塾に通ってなかった子たちが通うようになって。

――完全学校週五日制の影響ですよね。

ええ。もちろん、週五日制は悪いことじゃないと思いますよ。今まで、学校教育は詰めこみ過ぎというか、子どもにはまったく余裕がなかったですからね。うちの子も中学生なんですけど、見ててちょっと可哀想でした。土曜休みは月二回、放課後や日曜は部活で、休む暇なんてなかったですからね。

――東京は、受験も厳しいですからね。私のように田舎育ちだと、高校受験でもそんなに必死になりませんでした。

やっぱり東京は、人口が多いですからね……子どもたちや親御さんに話を聞くと、週五日制になってかえって戸惑っているみたいです。時間ができても、それを有効活用するのって難しいじゃないですか。そもそも日本人って、休みの取り方や使い方が下手だし。小学生はまだいいんですけどね。土曜日を親と過ごす時間にしたり、新しく習い事を始めたり……でも中学生になると、また事情が違うんですよね。

——やっぱり高校受験のことを考えるわけですね。

東京だと私立高を受験する子も多いから、中学生は大変なんです。子どもも土曜日が休みになると、逆に『大丈夫かな』って不安になるし、学校もこれまでやっていたことを省略するわけにはいかないから、むしろ平日に詰めこむ感じになって、今までより忙しくなったみたいですよ。

——それで不安になった子どもたちが、受験対策で塾に駆けこむようになったんですね。

小中では学習内容が三割減になったんですけど、それと受験とは関係ないですからね。どこかでカバーしないと、高校受験は乗り切れませんよ。私の感覚なんですけど、中学生の半分近くは塾へ行ったり家庭教師をつけたりして、対策を取ってるはずです。私立の小中は五日制に縛られませんから、親御さんも今まで通りで安心できるんでしょうけどね。

——全体に見て、週五日制はどう評価しますか？

塾の関係者としては、当然プラスですよね。生徒が増えれば収入も増えて、経営は安定するわけですから。でも、一人の親としてはちょっと困りますね。子どもは土曜日が休みでも、私の方は当番で塾の仕事がありますから。あ、これは余計な話なんですけど、私、シングルマザーなんで、その辺も大変なんですよ。去年までは、息子は土曜日にも必ず家にいるわけじゃなかったですから、多少は楽だったんですけど、今は困りますよね。

——親御さんも忙しいですよね。

親と触れ合えばいいっていう声は多かったんですけど、なかなかそうもいかないですよね。日本人は皆、忙しいですから。部活をやっている子はそっちで大変かもしれませんけど、全員がそうじゃないでしょう？　それに急に週休二日になって、学校側も戸惑っているみたいです。結局、土曜や夏休みに補習をしている学校も多いですからね。大阪では、七日間以内なら夏休みを短縮できるように規則を変えたそうですよ。

——ゆとり教育のはずなのに、いろいろなところにしわ寄せがいって、ゆとりがなくなってる感じじゃないですか。

まったくその通りなんですよ。特に学校では、先生たちの負担が大変だと思います。そういう意味では、五日制にする義務のない私立校の方がまだ楽でしょうね。今までと同じことを続けていけばいいんですから。それと、子どもにも不公平感が生まれるんじゃないでしょうか。塾へ行ける子どもたちは、学校でやれない分をカバーして勉強できますけど、子どもたち全員が塾に行けるわけじゃないですし、塾にもそこまでのキャパシティはないですからね。

——とすると、これで得をする人はあまりいない、ということなんでしょうか。

本当にそうかどうかは、何年も経ってみないと分からないでしょうけどね。教育って、一年二年で結果が出るものじゃないんですよ。十年ぐらい経ってから『ゆとり教育は間違いだった』ってことになっても、それを取り戻すのに、また十年ぐらいかかるでしょうね。失われた二十年にならないといいんですけど。

——ご自身の対策はどうしているんですか？

結局、土日はうちの塾に来させることにしました。再来年は高校受験ですしね。お金ですか？　いえ、塾の職員の子どもでも、割引はないんですよ。とんだ支出——なんて言ったら子どもに悪いですけど、家計には痛いですね。まさか、こんな形で五日制の影響が出るとは思いませんでした。

二〇〇二年　松島《まつしま》元康《もとやす》（53歳　輸入雑貨商）

ユーロの導入で、仕事がぐっと楽になったね。今までは、国によって通貨が違ってたから、決済の時とかにかなり面倒だった。今は帳簿の計算がだいぶすっきりしましたよ。

――仕入先はヨーロッパが多いんですか？

そうそう。フランス、ドイツが主だね。この二つの国がユーロの現金を導入してくれたから、本当に楽になった。こういう商売をしていると、買いつけで、一回の出張で何ヶ国も回るんです。もちろん今は、支払いはほとんどカードなんだけど、カードが使えないような店にも行くわけですよ。ヨーロッパは蚤《のみ》の市《いち》が盛んでね。蚤の市、知ってる？

――フリーマーケットみたいなものですか。

そうそう。日曜日とかに、街の中心にある広場で開かれることが多いんだけど、そこで思いもかけないアンティークのいい品物が出てくることも多いんだ。そういうところで、いかに安く、珍しい品を見つけ出すかが、腕の見せ所でね。これが意外と、面白いものが見つかるんだけど、カードは使えない。

――露店ですしね。

現金払いだから、準備が面倒なんだよね。出張に行く時は毎回、今回はこの国とこの国って決めていくんだけど、そうもいかない時があるじゃないですか。

――急に掘り出し物の情報が出たりして。

そうそう、そうしたら、誰かに先取りされないように急いで飛んでいくんだけど、現地通貨が用意できていない時もある。当然、途中で両替していくわけだけど、そのための手数料も馬鹿にならないんです。一度なんか、フランスとドイツだけに行く予定で、日本からルーブルとマルクを持っていったんだけど、急遽《きゆうきよ》イタリアとアイルランドへ行かなくちゃいけなくなって、リラとアイルランド・ポンドを調達するのが面倒だったなあ。

——海外でビジネスをしていると、そういうのにも慣れるかと思いますけど。

これがそうでもないんだねえ（笑）。やっぱり金は、同じ方が助かる。特にヨーロッパみたいにほとんどが地続きで、行き来が簡単な地域だとね。

——でも、考えてみると大変なことですよね。異なる国で通貨を統一したわけですから。通貨って、国の基本中の基本じゃないですか。

そうそう、そうなんだよ。言語を統一するとか、法律を同じくするとかと同じぐらい、衝撃的なことなんだよね。

——日本にいると、あまりピンとこないですけどね。

あなた、ヨーロッパには行かないの？　作家だったら取材とか、あるでしょう。

——主にアメリカです。

じゃあ、お馴染みなのはドルなんだ（笑）。

——そうですね。

一度、ヨーロッパに行ってごらんなさいよ。あの巨大な地域が変わりつつあるのがよく分かるから。ソ連の崩壊以降、ヨーロッパは大きく変わったから。大きな視点で見ると、ヨーロッパを一つの経済圏としてまとめ上げることで、アメリカやアジア各国と対抗しようという狙いなんだろうけど、我々ビジネスをやる人間や旅行者にも、すごく便利ですよ。

——政治のEUに対して経済のユーロ……着々と、ヨーロッパが一つになりつつあるわけですね。シェンゲン協定ってあるでしょう？　パスポートチェックなしで加盟国を行き来できるんだけど、あれも便利だよね。日本で考えているよりもずっと早く、ヨーロッパは一つになりつつある。ソ連の崩壊、ドイツの再統一から十年ちょっとしか経っていないのに、これだけダイナミックに変わるとは思ってもいなかったね。ある意味、第二次大戦後で、最も大きな変化が起きてるんじゃないかな。

——そのうちヨーロッパへも行ってみますよ。どうせ行くなら何ヶ国も行きたいんですけど、お金のことを考えると面倒だったんです。

是非行った方がいいよ。しかし、ユーロを導入しても足並みが揃うわけじゃないのがヨーロッパの面白いところでね。ユーロの現金流通が始まった直後の一月にイタリアに行ったんだけど、ATMで現金を下ろそうとしてもユーロは出てこないし、レストランに行っても、ほとんどの店で『リラしか使えません』と言われたからねえ。

——実際には、一月にすぐ、全面的に切り替わったわけじゃないんですね。

制度は切り替わったけど、対策が追いつかなかった感じじゃないかな。あ、でも、イタリアの場合はいい加減というかおおらかな国民性のせいかもしれないね。あの国、一年経っても『ユーロお断り』の店がまだたくさんありそうだね（笑）。ヨーロッパって、そういう多様なところも面白いよねえ。

二〇〇三年　大沢安代《おおさわやすよ》（80歳　無職）

びっくりしましたよ。いきなり息子から電話がかかってきて、会社の金を盗まれてしまったって……ええ、年末で集金に回っていて、大急ぎでお昼を食べている時だったそうです。大晦日だから何かと忙《せわ》しないいんでしょうけど、息子も迂闊《うかつ》ですよね。でも、そのお金がないと年を越せない、会社が危ないかもしれないって言うものでねえ。額ですか？　三百万円です。そんな額でって思うでしょう？　でも、息子が勤めているのは、仙台の小さな会社なんです。息子も苦労しているんですよ。ずっと勤めていた会社が倒産して、今頃は寒い思いをしてるんでしょうね。家族も可哀想ですけど、何とか昔の取引先に拾ってもらって……五十も過ぎて、仕事がないよりはいいですよね。孫はまだ大学生だから、もう少しお金もかかるし、もうひと頑張りしてもらわないと。給料もだいぶ下がったって言ってましたけど、何とかぎりぎりでやっているみたいです。たまに私にもお金を送ってくれたりして、優しい子なんですよ。自分の小遣いにすればいいのにって、いつも言うんですけどねえ。

——大晦日に集金ですか……何のお仕事をされてるんですか？

ギフトショップです。あの、贈答品とか結婚式の引き出物とか、そういう小物を扱う商売です。東北一帯に店舗があって、その元締めの会社なんですけど、現金商売なので、売上金の回収は大事な仕事なんですよね。その金を盗む人がいるなんて、ひどい話だと思いません？

——どんな風に電話がかかってきたんですか？

俺だけど、大変なことになったって……滅多に家に電話なんかしてこないもので、これは本当に大変なことなんだってびっくりしました。苦労してるのに、何でも自分の胸の中にしまいこんで、いつも一人で苦しんでいるんですよ。嫁にも相談できないから、仕方なく私に電話したんだって。ねえ、可哀想ですよねえ。

——それで、お金はどうしたんですか？

ちょうど今、ＡＴＭで振り込んできました。緊張しましたよ。ちょっと待って下さい、電話です。はい、あら、義信《よしのぶ》？　あんた、大丈夫なの？　今、お金を振り込んだところだけど、確認してくれた？　え？　聞いてない？　どういうこと？　だってあんた、会社のお金を盗まれたって言って、さっき電話してきたばかりじゃないの。違う？　電話してない？　どういうことなの？　オレオレ詐欺《さぎ》？　私がそんなものに引っかかるわけないじゃない。だって間違いなくあんたの声で……え？　今東京へ戻って来てる？　明日はうちへ来るの？　ちょっと待ってよ……どういうことなのよ……うん、そう、今も言った通りで、会社の金を盗まれて大変なことになったって……だから慌てて銀行に行ったのよ。私、騙されたの？　分かった……家に帰るわ。

——ちょっと待って下さい。今の電話、本当に息子さんですか？

金なんか盗まれてないって……どうしましょう。私、騙されたんだわ。馬鹿みたい……虎の子のお金だったのに。

——電話がかかってきてから、銀行に行ったんですね？　その後、電話はかかってきましたか？

いいえ。

——最初の電話で、振り込み先の口座名なんかを指示されたんですね？

そうです。

——メモか何かに残していますか？

あります。これです。

——ああ……これは、息子さんの名義じゃないんですね。

こっちは会社の口座だからって……違うんでしょうか。

——息子さんは今、東京にいるんですね？　お金も盗まれていない？

ええ。

——分かりました。すぐ警察に行った方がいいですよ。今、オレオレ詐欺が流行《はや》ってるのはご存じでしょう？　騙されたのはしょうがないにしても、何とか犯人を割り出さないと。警察もすぐ相談に乗ってくれますよ。

息子に怒られるわ……何て馬鹿だったんでしょう。

――しょうがないですよ。身内のことになったら、誰だって冷静ではいられません。私、警察まで一緒に行きますよ。少しは顔が利きますから。

あなた、新聞記者さんでしたよね。

――ええ、まあ……記者ではありませんが、新聞社に勤めています。

でも、本当にそれを信じていいの？　もう、誰を信じていいか、分からないじゃない！

二〇〇三年　内川《うちかわ》舞子《まいこ》（43歳　タウン誌編集者）

六本木ヒルズですか？　そうですね、あれで街の光景が一変しましたね。うちのタウン誌でも何回か取り上げましたけど、紹介するお店が多くて、まだ全然終わりそうにありません（笑）。

――六本木は、今までに増してギラギラした感じになりましたよね。

何なんでしょうね。ネオンサインがギラついているわけでもないのに、独特の派手さがありますよね。

――ヒルズ族、みたいな言葉も生まれました。

そうですね。でも私、あの辺でそれっぽい人を見たことはないんですよ。だいたい最初は、レジデンス全住戸の四割が、旧地権者の所有だったんですよ。再開発が行われる前は、あの辺には五百世帯ぐらいが住んでいたんですから。でも、有名人が住んでいれば、マスコミはすぐにそっちを話題にするから、イメージが先走りしたのかもしれませんね。

――六本木はもともと派手な街ですけど、ヒルズの完成でどんな風に変わりますかね。

それは予想もできません。うちのタウン誌は三十年前からやっているんですけど、創刊の頃なんて、六本木がこんな風になるとは想像もできませんでしたからね。

――でも港区を含めた都心三区は、二十三区の他の区と比べるとちょっと特殊ですよね。やっぱり生活の匂いがないというか。

港区の場合は、そんなこともないんですよ。普通の住宅地もたくさんありますから。もちろん、相当お高いですから、普通って言っていいかどうかは分かりませんけど、ここで生活している人がいるのは間違いないんです。六本木一丁目から七丁目までで、一万人以上も住んでいて、小学校と中学校も七つもあるんですよ。

――そんなに？

だけど、やっぱりちょっと違いますかね。住んでいる人がいるのに、生活の匂いがしないのは間違いないんです。あそこと西麻布辺りは、港区の中でも特殊な地域と言っていいかもしれませんね。

――六本木そのものが、本来はテレビ朝日の街ですからね。

終戦後は、外国人向けの店がいち早くできたそうですから、もともと外国人が集まる街でもあったんです。でも確かに、本格的に賑やかになったのは、テレビ朝日ができてからでしょうね。もちろん、バブルの頃もすごかったんですけど、今は普通のサラリーマンも増えて、昼も人が多くなりましたね。

――夜の街としても健在ですけどね。

そのせいで、犯罪もちらほら……そういうのは、どこの繁華街《はんかがい》でも同じだと思いますけどね。それにしても東京って、いつでもどこかで再開発してると思いません？　都庁が移転して新宿の再開発が一段落したと思ったら、今度は六本木……次はどこですかね。

――渋谷辺りですかね。あそこは駅も老朽化してるし、とにかく駅周辺がごちゃごちゃしていて使いにくい。

そうですねえ……でも、こういう再開発の話を聞くと、東京の本当の姿って何なんだろうって不思議に思います。百年前とは全く違うし、百年後も今の姿じゃないでしょうね。

——日本の場合、地震もありますから、建物を百年持たせるだけでも大変だと思いますよ。でも、ヨーロッパなんかでは、何百年も前の建物がまだ健在で、普通に使われているじゃないですか。ずっと人が住んでいる建物も珍しくないし。

——地震も少ないし、石造りですしね。

日本は木と紙の家、なんて言われてますけど、昔から残っているのが神社仏閣だけっていうのはちょっと寂しいですよね。百年前のマンションを上手くリノベーションしながら暮らすのって、なかなかいいと思うんですけどねえ……でも、どうなんでしょう。六本木ヒルズのレジデンスが百年後も残っているかどうかも分かりませんよね。日本人は新しもの好きだから、昔の物を積極的に残さないじゃないですか。

——もう少し、街を未来へ残すべきだと。

私はただのタウン誌の編集者ですから、偉そうな事は言えませんけど、港区はどんどん古いものがなくなって、街の風景がしょっちゅう変わります。それが何だか、ちょっと寂しいような気もして……でも、もしかしたら、将来は港区の歴史の記録として残るかもしれませんね。これから、建物の特集とかやってみようかな。

——そういうの、分かりやすい形で残るといいですよね。

ねえ。読みやすい記事で……ヒルズみたいに大きなランドマークができると、大きなことを考えるものですね。

二〇〇三年　浦田浩二《うらたこうじ》（58歳　制作会社役員）

BPOっていうのは、面倒な存在になりかねないね。

——放送倫理・番組向上機構がですか？

気をつけないと、あれは検閲《けんえつ》機関として使われちまうよ。

——基本的にはNHKと民放連が設置した第三者機関じゃないですか。内輪みたいなものでしょう？

自民党が、テレ朝の番組に審査を申し出たでしょう？　公権力がこういうところに訴え出るというのは、立派な圧力じゃない。テレビ局なんて、弱いもんだぜ。スポンサーの意向には絶対に逆らえないし、政治家にも弱い。今回の件は、ニュースの内容にまで踏みこんだものだから、審査の結果次第によっては報道が萎縮《いしゅく》するかもしれないよ。

——こういうことがなくても、テレビ番組は萎縮してるみたいですけど。

確かにねえ。俺は六〇年代からテレビ番組の制作に関わっているけど、正直言って昔は自由自在……滅茶苦茶だったからね。バラエティ番組は、しょっちゅう苦情を受けてた。特に、食べ物を使って笑いを取ったりするとひどかったね。

——食べ物を粗末にするな、ということですよね。

俺としては、食べ物を粗末にしてもいいほど、日本が豊かになった証拠だと言いたかった——いや、それは後づけの理由だけどね。とにかく視聴者受けがよくて数字が取れれば、どんなことでもやったもんだよ。でも最近、視聴者からの単なるクレーム電話じゃなくて、大きな抗議のうねりが出てきてね。

——ネットの影響ですかね。

それは間違いなくあるよ。誰でも簡単に声を上げられるし、それに同調する意見がネットで流れ始めて、スポーツ新聞辺りが大きく取り上げて増幅する。それで、テレビ番組は悪者扱いだよ。そうするとこっちは萎縮する。コンプライアンスとかいう言葉、昔はなかったでしょう？　今は皆、口を開けばコンプライアンスだから。もう一つのネットの影響は、広告だね。

——ネット広告は伸びてるのに、既存メディアの広告はずっと右肩下がりですね。

テレビの場合は、広告費が番組制作の予算に直結するから、予算的にも面白い番組を作るのが難しくなった。それでちょっと物議を醸《かも》すような内容を放送すると非難を浴びてクライアントが引く、要するに負のスパイラルだね。

——予算をかけないと、面白い番組は作れないものですか。

昔のバラエティを観てごらんよ。短いコントでもしっかり作りこんで、セットもきちんとしてる。今はCG合成で綺麗にできるけど、本物感はイマイチだね。予算もかけられないから、とにかく芸人をたくさん集めてひな壇に並べて、グダグダのトークで薄い笑いを誘う——そんな番組ばかりでしょう？

——確かに、昔ながらのコント番組は減りましたね。

誰だって、楽な方向に流れたくなるんだよ。こういう愚痴を言っても信用してもらえないかもしれないけど、テレビ局本体はともかく、うちらみたいな制作会社にかかる負担は、昔よりずっと大きくなってるんだ。予算が減らされる中で番組を作るということは、結局人手をかけられないという意味だよ。正直、この何年かでずいぶん人は減らした。そうすると、残った人間にかかる負担は、一層大きくなるわけで、慢性的に労働条件は劣悪なままだよ。それに、ＢＳデジタル放送が始まって、番組自体が増えた。若い連中が、二日も三日も徹夜で編集しているのを見ると申し訳なくてね。

──要求が多いのに、割《さ》ける労力と金は増えない、ということですね。

そういう業界の現状が、これまたネットで明らかになって悪評を呼んだりしてね。おかげで今や、我々番組制作会社は完全にブラック企業扱いだよ。昔は、きついのが分かっていても、番組作りの面白さに惹《ひ》かれて若い連中が集まってきたけど、今の若者は理想を追わないからね。とにかく仕事は楽に安全に、金を稼ぐのは適当でいい、という考えの人が多くなった。昔に比べて、人を集めるのも大変だよ。それなのに、当たり障りのない番組を作らないと局側から怒られる。たまったもんじゃないね。でも、一つ、突破口はあるんだ。

──何ですか？

ネットだよ。作った番組をテレビで流すかネットで流すかの違いだけだから、俺はこだわりはないんだ。ネットなら、もう少し自由にできると思うんだよね。毒や風刺のある笑いも届けたい。それにネットなら、BPOの審議対象にもならないだろうし。俺たちが生き残る道は、そこにあるかもしれないな。

二〇〇三年　青山泰樹《あおやまやすき》（31歳　家電量販店勤務）

あ、もうテレビ、替えました？　地デジが始まりましたよ。

──まだです。でも、地デジの地上波放送は、十二月から始まったばかりじゃないですか。

早くした方がいいですよ。とにかく画面が綺麗ですから、ぜひ試してみて下さい。

──家電量販店で見ましたけど、確かにアナログ放送とは全然違いますね。

でしょう？　すごく簡単に言っちゃうと、解像度が段違いなんです。アナログでは三十五万画素、デジタルでは百五十六万画素ですから、画質は五倍よくなったということです。お店に来るお客さんにもそう説明してます。

──それで理解してもらえますか？

デジカメの画素数に喩《たと》えたりして……数字で説明してピンとこなくても、実際に画面を見てもらえば一目瞭然《いちもくりょうぜん》ですよ。やっぱり、この分かりやすさがテレビの強みなんです。電子番組表とかデータ放送も、使いやすくて便利ですし。

──確かに、地デジはずいぶん宣伝されてますよね。実際のところ、店頭での動きはどうなんですか？

うーん、まだ様子見という感じですかね。十二月に地デジが始まってから、見に来るお客さんは増えた感じですけど、実際に買われる方は、まだまだ少ないですね。家電って、ボーナス商戦が大事じゃないですか？　一年に二度の書き入れ時っていうか……だからメーカーも、六月と十二月に集中して新製品を投入しますよね？　ただ地デジ対応のテレビの場合、まったく新しいものですから、お客さんも買い換えには二の足を踏むみたいです。実際は移行期間も結構長いから、急がなくてもいいって思うんでしょうね。

──二〇一一年にアナログ完全停波、と言われていますね。

そう考えると、猶予は結構あるわけですよ。ゆっくり考えて、それから買おうとしているんじゃないですかね。お店でお客さんと話していると、『そんなに急に買い替えなくていいんでしょう？』って言う人が結構多いですよ。

──まあ、テレビ放送が始まって以来の大改革ですから、慎重になりますよね。アナログ方式の放送は、五十年も続いたわけですし。

カラーテレビが普及した時の方がすごかったらしいですよ──って、大先輩たちが言ってましたた（笑）。でも、一九六〇年に最初に売り出されたカラーテレビって、五十万円ぐらいしたそうですから、庶民《しょみん》には高嶺の花だったんですよね。

――当時の月給って、確か二万円ぐらいじゃなかったかな。

げげ、だったら、年収二年分以上ですか……でも今も、テレビはそんなに安いものじゃないですからね。

――確かに、軽い気持ちで買うものじゃないですよね。

そもそも今は、昔ほどテレビ人気もありませんし、どうしてもすぐに買い替えなくちゃいけないっていう人もあまりいないのかもしれませんね。

――ネットに取られましたか。

間違いないですね。うちの店も、今はパソコンや携帯電話の売り場が花形です。テレビ売り場は、昔は一番活気があったそうですけどね。まあ、僕の読みだと、来年の夏ぐらいに一気に買い替えが進むと思いますよ。

――アテネオリンピック。

そうです。やっぱり、いい画質、大きい画面でオリンピックを観たら迫力があっていいと思いますよ。今までも、オリンピックの年は、買い替え需要でテレビがよく売れたというデータがあります。やっぱりテレビは、『何を観るか』がポイントじゃないですか？　綺麗な画面は、特にスポーツと相性がいいですしね。それで、まだ買わないんですか（笑）？

――テレビ自体を買い替えなくても、地デジチューナーでもいいんですよね？　今使ってるテレビが、まだそれほど古くないんですよ。買い替えるのは、もったいないな。

いや、この際ですから是非、地デジ対応の大画面テレビを試してみて下さい。家の中に映画館ができたみたいな感じになりますから。店のセールストークと同じで申し訳ないですけど（笑）。

――でも、さっきも話が出ましたけど、テレビはまだ安いものじゃないですからねえ。

そうですけど、お願いしますよ。家電業界は、しばらく地デジ需要で飯を食っていかなくちゃいけないんですから。家電量販店も、今はなかなか大変なんですよ。

二〇〇四年　河本《こうもと》武《たけし》（33歳　IT会社勤務）

セキュリティ、セキュリティって、とにかくうるさくなりましたね。今は顧客情報の保護が最優先課題ですよ。

――確かに最近、顧客情報が流出する問題が目立ちますね。

Ｙａｈｏｏ！　ＢＢの情報漏洩《ろうえい》問題にはびっくりしましたよ。四百五十万人分でしょう？　それだけあそこが大規模なサービスだっていう証拠でもあるけど。

――それが事件に結びついたわけですしね。

ああいうので逮捕者が出ることって、あまりないんじゃないですか？　でも、馬鹿ですよね。脅迫なんかしたら、バレバレじゃないですか。顧客情報を手にしたら、もっと上手いやり方で利用する方法があると思うんですけどね……いや、別にそういうことを考えてるわけじゃないですけど。

――お仕事の内容は？

ＩＴ系ですけど、顧客管理――まさに個人情報を扱ってるんです。Ｙａｈｏｏ！　ＢＢの問題が発覚して以来、うちもさらに機密保持を重視するようになりまして。今年の前半はその対策に追われて終わった感じですね。

――具体的にどういう対策ですか？

いや、それこそ機密扱いなので……原則的なことだけを言うと、内部対策と外部対策です。こういう情報の漏洩って、会社内部の人間がかかわることが多いんですよ。情報管理の担当者でなくても個人情報を閲覧《えつらん》できるぐらいセキュリティが甘い会社もありますし、閲覧だけでなく、コピーもできるなんていう話も……基本的に社内での情報アクセス権限をより厳密化して、パソコンで外部メディアも使えないようにしました。

――USBメモリとかですか？

仕事を家に持ち帰るために、メディアでデータを持ち歩く人もいるんですけど、それってセキュリティ面では駄目なことなんですよね。内部の人間を疑うのは嫌だし、文句も言われましたけど、顧客の信頼を失ったらアウトですから。Ｙａｈｏｏ！　ＢＢの被害総額なんか、百億円だそうですからね。

――できればちょっとだけ、対策を教えて下さい。

それこそハッキング対策ですよ。ネット経由で狙ってくる第三者に対しては、侵入を許さない対策を取るしかないので。

――ユーザとしても心配ですよね。大事な情報を預けているわけですから。

クレジットカードの不正使用なんか、直接的な被害になりますからね。でも、こういう個人情報って、本当にいろいろな形で流出してるんだと思います。ＤＭなんか、どうして届くんですかね？

――ああ、買う予定もないマンションの案内とか、逆にマンション売りませんか、みたいな。

あれだって、どこかから個人情報が漏れてるんでしょう？

――昔からありましたけどね。大企業の社員名簿や同窓会名簿なんかが出回っていて、金さえ出せば買えたんです。

新聞記者の人も、そういうのを買ったんですか？

――取材で必要な時だけですよ。企業の名簿なんかは、社内のもの……住所や連絡先も書かれてました。つまり、本来は社内閲覧用だったのを、社員が持ち出して業者に売ったんでしょうね。

今は個人情報保護法があるから、そういう商売も廃《すた》れるんじゃないかなあ。でも、違法な方法で情報が流出するケースは、完全には消えないでしょうね。

——個人情報は金になる、ということですよね。

そうなんですよね。うちの営業の連中も、顧客獲得のためにいい名簿が欲しいっていつも言ってますから。あ、もちろん、違法な方法で入手するようなことはないですよ。

——扱いは難しいですよね。

昔とはビジネスのやり方も変わってきてますからねえ。個人情報は、どの企業も喉から手が出るほど欲しいものなんですよ。効率のためにも……テレアポの営業なんか、九十九パーセントが無駄ですから。

——いきなり電話がかかってきて勧誘されても、切りますよね。

ある程度個人情報が分かっていれば、ターゲティングして営業できるでしょう？　効率ははるかにいいんですよ。無駄なことはしたくないですからね。

——同時に、自分で集めた個人情報は守らなくちゃいけない。

本当ですよ。実は、私もＹａｈｏｏ！　ＢＢを使っていたんで、個人情報が流出している可能性があるんです。今のところ変なことはないですけど、不安ですよねえ。

二〇〇四年　大塚《おおつか》康太《こうた》（28歳　会社員）

いや、あれ、本当に便利です。最初はあくまで乗車券としてのＳｕｉｃａだったんですよ。ＪＲに乗ることが多いんで、便利だと思ったんですよね。タッチ＆ゴーって、手軽でいいじゃないですか。定期入れから出さなくて済むし。

——今までの定期でも、機械を通すだけだから手軽じゃないですか。

でもあれ、なくしません？　改札機から出てきた時に風に飛ばされたりして……それで一回、あと、酔っ払った時に取り忘れて一回、二回もなくしてるんです。Ｓｕｉｃａだとそういうリスクがまずないんで、気が楽になりました。

——僕らが社会人になった頃は、まだ駅員に見せる定期でしたよ。

あれでどうやって、不正乗車を見抜いてたんですかね。

——迂闊《うかつ》に期限切れの定期を使って見つかった時は、バツが悪かったですね。でもＳｕｉｃａの定期なら、そういうことはないわけですよね。

そうですね。まあ、改札を通るのが早くなったからっていって、朝のラッシュまで緩和《かんわ》されたわけじゃないけど。それともう一つ、超便利なのは電子マネーですね。

——電子マネーだったら、もう『Ｅｄｙ』があったじゃないですか。

そうですね。あれも、周りでは使っている人が結構いますよ。僕は導入するタイミングがなかったんだけど、Ｓｕｉｃａは電子マネー機能もあるから使う気になったんですよね。定期は毎日持ち歩くから、使いやすいでしょう？

——買い物も便利ですか？

駅の売店では、現金は使わなくなりましたね。毎朝同じ売店で煙草とスポーツ新聞を買うんですけど、小銭を出さなくて済むから楽です。見てる限り、三割ぐらいの人はＳｕｉｃａを使ってるんじゃないかなあ。お釣りのやり取りがないから、お店の人も楽ですよね。

——こういう電子マネーは、今後も普及しそうですね。

競争が大変でしょうね。いろいろ特典をつけたりして、顧客の奪い合いになるんだろうなあ。でも、どれを使うかはともかく、これからの買い物は電子マネーが基本になるんじゃないですか。現金で財布を膨らませてるのって、何だかダサくないですか？　膨らむほど現金もないけど（笑）。

――クレジットカードはどうですか？

使ってますけど、あれって、あまり安い金額だとちょっと気が引けるじゃないですか。外国だと普通かもしれないけど。

――アメリカ人の友人は、『十ドル以上だとクレジットカード』って言ってますね。

千円以上ですか……確かにその辺に線引きがあるかもしれませんね。僕は、五千円以上になるとクレジットカードかなあ。

――ということは、今は現金とクレジットカード、それにＳｕｉｃａの三種類を併用しているということですね。

そうなりますね。ちょっと複雑で、金の管理が面倒臭いんですけど……。

――管理って、家計簿とかつけてるんですか？

そうなんです。彼女がうるさいんですよ。来年結婚予定なんですけど、独身時代から好き勝手に金を使ってると、いつまで経っても貯金できないからって……仕方なく、今年になってから家計簿をつけ始めたんですけど、結構大変なんですよね。支払い方法が三種類あるから、全部チェックするのがかなり面倒で。特に現金は、領収書で確認するしかないですから。毎晩必ずやってますけど、結構イライラしますね。公共料金なんかの引き落としを確認するには、銀行口座のチェックも必要だし。

――全部電子マネーの支払いになると、家計簿も楽になるでしょうね。

いやあ、でも、それってちょっと怖いんですよ。何かあって使えなくなることだってあるでしょう？　全部電子マネーで支払うようにしてたら、例えば地震なんかで大規模な停電が起きたらアウトじゃないですか。そういう時のために備えて、ある程度は現金も持ってないといけないですよね。

あ、リスク分散という意味では、財布の他にカード入れも二つ、持ってます。一つはクレジットカードやキャッシュカード、もう一つが定期入れで、Ｓｕｉｃａはこっちに入れてます。

――ずいぶん用心深いんですね。

もともとこういう人間じゃなかったんですけどねえ。彼女がとにかく細かい人だから……こっちは金のことは面倒であまり考えたくないから、結局言う通りにやるしかないんですよね。今から結婚生活が心配ですよ。

二〇〇四年　桐山誠《きりやままこと》（56歳　自営業）

いやもう、うちの母ちゃんがさ、『冬ソナ』にはまって大変なのよ。

――『冬のソナタ』ですか。

今年、ＮＨＫで放送してたでしょう？　あれを観て、とにかく滅茶苦茶に入れこんじまってね。昔からドラマ好きで、七〇年代には『赤い』シリーズとか、八〇年代にはトレンディドラマとか、九〇年代には『渡鬼』とか、暇があると、ずっとテレビの前に座ってたんだよ。まあ、こっちは別にいいんだけどさ。たまに仕事を手伝ってもらって、きちんと飯を食わせてくれれば、主婦としては合格だよね。だけど、『冬ソナ』はちょっと違ったんだよなあ。

――はまり具合が違う、ということですか。

そうそう。今まではあくまで、『観てるだけ』だったわけよ。もちろん、録画して何度も見返すから、ビデオが溜まって、その整理は大変だったんだけどね。変な話、倉庫の一部が、母ちゃんのビデオ置き場になってるぐらいだから。

――ご商売は何を？

米屋。親父の代から二代目なんだけど、米の倉庫に棚を作れって言われてさ。家の中に大量のビデオを置かれるよりはいいと思ったんだけど、あれは何だかねえ。米とビデオ。見てると違和感しかない（笑）。

——今回、はまり具合が違ったというのはどういうことですか？

今までは、取り敢えずドラマを観てれば満足だったわけね。ところが、本格的な追っかけみたいなことを始めちゃってさ。日本でドラマの視聴率がいいせいか、俳優さんたちが宣伝で来日するわけよ。それを出迎えに、空港まで行くんだ。

——そういうの、テレビで観たことがありますよ。

おかしくない？　おかしいでしょう。

——昔から、外タレさんが来ると、ファンが空港へ出迎えっていうのは、よくある光景でしたよ。

あのねえ、うちの母ちゃん、今年五十七なんだよ？　五十七歳専業主婦が韓国の俳優さんの追っかけっていうのも、困ったもんじゃない？

——まあ、趣味としてはアリじゃないかと思いますけど……。

それにしたって、限度ってもんがあるじゃない。いきなり、韓国に行きたいって言い出してさ、実際に今年は二回も行きやがったのよ。向こうで俳優さんに会えるわけでもないのにさ。何でも、巡礼ツアーってのがあるみたいで、『冬ソナ』の舞台を実際に観て回るんだってさ。これがまあ、興奮して帰ってくるわけよ。気持ちは分かるけど、こっちとしては金がかかってしょうがねえんだ。

——ヤキモチみたいな感覚はあるんですか？

まさか（笑）。いい年して、嫉妬《しっと》はないですよ。それは別にいいんだけど……とにかく、高くつく趣味なんだよね。正直、何回も喧嘩になりましたよ。テレビドラマを観ている分にはいいんですよ？　かかる金なんて、電気代とせいぜいビデオテープの料金ぐらいなんだから。でかいテレビを買わされたダメージは結構大きかったけど、テレビなんか、そんなに頻繁《ひんぱん》に買い換えるものでもないからね。こっちとしては、母ちゃんが機嫌よくしててくれるのが一番で、ちょっとした出費ぐらいはしょうがねえかな、と。

——ずいぶん寛容《かんよう》ですね。

母ちゃんが強くてさ。結婚した時からずっと頭が上がらなかったから、こんなものですよ。とにかく嫁の機嫌を取り続けて……最初は疲れて大変だったけど、こういうのって、慣れるもんですな。麻痺《まひ》したとも言えるけど。

——しばらくは我慢ですね。

憑き物は、いつかは落ちるかもしれないけど、これぱっかりは分からないねえ。金を使い過ぎだって文句を言ったけど、いきなり怒鳴られて、まあ、それで終わりですよ。それだけならともかく、あんたは何で興味がないのかって怒られるのが辛くてねえ。何でって言われても、こっちはメロドラマにはまったく興味がないんだから、しょうがないよね。

——メロドラマだという認識はあるんですね？

そりゃあ、強引に何回も観せられたら、ちっとは内容も頭に入ってくるよ。俺に言わせれば、まったく面白くないんだけどさ。男と女では、ドラマの好みも違うんだろうね……しかし、問題は今でも拡大中なんだよな。

——何かあったんですか？

俺が相手にしないから、女房が娘を巻きこんじまってさ。もう嫁に行ってるんだけど、これがまたあっさりはまっちまって。正月には一緒に韓国行きだってさ。また金がかかるんだよねえ。

二〇〇四年　清水多佳子《しみずたかこ》（44歳　芸能事務所勤務）

その節はお世話になりました。ドラマの撮影現場でお会いして以来ですか。

――そうですね。初めての映像化で、松宮《まつみや》さんに主役をやっていただいて光栄でした……そう言えば松宮さんのブログ、大変だったみたいですね。

ええ。私にとって、今年の重大事件はあれです。まさか、あんなことでブログが炎上《えんじょう》するとは思ってもいませんでしたよ。

――最近は、炎上って言うんですね……きっかけは、高速道路のサービスエリアでしたよね。障害者用車両の駐車場に車を停めた。

その写真をブログにアップして。でも、言い訳になりますけど、あれは松宮の車じゃなかったんですよ。

――ロケ車でしたよね。

それがたまたま写りこんでしまったんです。最初は、コメント欄《らん》でやんわりと指摘されただけなんですけど、松宮が『自分の車じゃないから関係ない』ってコメント返しして、それから一気に批判の声が殺到したんですよ。すぐに『ロケ車だった』と修正したんですけど、それがまた批判を呼んで。松宮としては、単純に自分の車じゃないって否定しただけなんですけど……そもそも写真をアップしなければよかったんですよね。

――あの後の広がりがすごかったでしたよね。ネットの掲示板で、松宮さんの昔の交通事故が蒸し返されたりして。

あれ、二十年も前のことですよ。私が、松宮の現場マネージャーをやってた頃の話です。今回は掲示板の騒ぎがネットでさらに拡散して、それをスポーツ新聞や週刊誌が面白おかしく書いて、収拾がつかなくなりました。

――松宮さん、結局ブログを閉鎖しちゃったんですよね。もったいないですよね、『ブログの帝王』なんて呼ばれて、そっち方面でも人気になってたのに。

五十歳でブログを始めて、本人も頑張ってたんですけど、あれには結構がっくりきてましたよ。でも、驚きました。確かに停めちゃいけないところに車を停めたらまずいですけど、何であんなに叩かれるんですかね。

――最近、そういう話をよく聞きますよね。有名人がちょっとでもミスをしたら叩いてやろうって、手ぐすね引いて待ってるみたいな。

正義の味方……みたいな意識なんですかねえ。少しでも悪いことをしている人がいたら、徹底して叩いてやろうっていうことなんでしょうか。ストレス解消でそんなことをされたら、たまらないですよね。

――一人が叩いたら、皆で一斉に叩きに回る感じですよね。皆と同調したいっていうか、いかにも日本人らしい感覚ですけど。

松宮を擁護《ようご》してくれる人もいたんですけど、そういう声はかき消されちゃいましたね。

――叩くことで有名人を凹《へこ》ませた、自分が優位に立てた、そういう感覚がストレス解消っていうことなんでしょうね。

芸能マスコミも、わざわざこんなことを伝えなくてもいいと思うんですよね。普段お世話になってるから、あまり文句は言いたくないけど、他にもニュースにする材料はあるんじゃないですか？　ネットニュースなんかで、スポーツ紙が芸能人のブログの内容を伝えたりするでしょう？　あれ、意味あるんですかね。

――一応、マスコミの世界に籍を置く人間としては、有名人の動向を伝えるのも仕事だと考えてますけど……会いもしないで書いてるのはどうかと思います。

ねえ。もうちょっと足を使って取材してよ、という感じですよね（笑）。

――結局、いろいろな人が騒ぎに乗っかって、祭りに参加しているような気分になるのが楽しいのかもしれませんね。

踏みつけにされた側にしたらたまりませんけどね。でも芸能人が、自分の言葉で少しだけ私生活や仕事の裏側を見せるのは、ファンサービスみたいなものでしょう？

――実際、アクセスも多いですよね。

うちの事務所でもブログは推奨しているんですけど、今回の松宮の一件で、『気をつけるように』とマネージャーにまで警告が回りました。松宮以外には、ブログをやめた人はいませんけどね。

――自分の言葉で発信する喜びとか、ファンの人と直に交流できる楽しさみたいなこともあるんでしょうね。

悪いことじゃないと思います。堂場さんは、ブログもホームページもやってないですよね？

――ああ……書くことがないんですよ。

そうなんですか？

――作家の毎日なんて地味なものですから。『今日は五十枚書いた』なんて知って、喜ぶ人、います？　それも毎日同じ話ばかりですよ。

二〇〇五年　藤《ふじ》岡《おか》佑《ゆう》（40歳　会社員）

――男にこんなこと言われても嬉しくないかもしれませんけど、お洒落ですね。

そうですか？　普通にしてるだけですけど。

――上から下まで、ビシッと決めてるじゃないですか。

今時こういうのは流行らないから、目立つんじゃないですか？　スリーピースにキャメルのチェスターフィールドコート、黒のストレートチップなんて、サラリーマンとして標準の格好でしょう。

――仕事の時は、必ずそういうきちんとしたスタイルなんですか？

基本的には……だから、今年のクールビズにはびっくりしましたよ。あれが、個人的には一番大きな事件だったな。

――夏場はクールビズだったんですか？　ノーネクタイで？

まさか。子どもの頃、省エネルックっていうのが流行ったんだけど、覚えてます？

――ありましたね。半袖の背広とか。

あれ、みっともなくなかったですか？　子ども心に、何だか気持ち悪いと思ったんですよ。クールビズも、その流れみたいなものじゃないですか。

――でも、省エネルックが出てきた頃よりも、夏は暑くなってます。

そうなんですけど、スーツでネクタイだけ外した格好って、だらしないじゃないですか。ジャケットにパンツは、仕事のスタイルじゃないと思うし。職場の同僚が一斉にネクタイを外してきたのは、気味が悪かったな。

――でも夏場のネクタイ、暑いですよ。

暑いですけど、熱中症になるほどじゃないでしょう。そもそも、暑いのは真昼に外を歩いている時だけじゃないですか。電車の中は冷房がガンガン効いてるし、クールビズで会社のエアコンの温度を上げるると言っても、私には少し寒過ぎる。

――冷え性ですか？

エアコンの人工的な涼しさに弱いんですよ。会社でも、今年は全社的に冷房の温度設定を二度上げたんですけど、それでも社内でスーツの上着を脱ぐことはまずないですね。

――浮きません？

浮きますよ。でも個人的には、半袖のシャツも許せないんです。若い時に、お洒落な先輩からイギリス的なファッションを叩きこまれたんで、その癖が未だに抜けないだけかもしれないけど。三つ子の魂百まで、みたいな。

――筋金入りですね。

服装に関しては、人間は――特に男性は保守的じゃないですか。一度こうと決めたら、なかなか変えられませんよ。ただ、クールビズに乗らないのは、それだけが理由じゃないんですけどね。一番の理由が省エネっていうことは分かります。でも、そのためだけに、着るものについて、お上が押しつけてくるのが納得できないんですよ。服ぐらい、好きなものを着たいじゃないですか。何だか、国民服とかそういうものを思い出すんですよね。あ、もちろんその時代を知ってるわけじゃないですけど。

――ちょっと敏感過ぎませんか？

そうかもしれませんけど、衣食住は基本的に個人の自由だと思っています。誰かに命令されたり押しつけられたりすると、反発したくなるんですよ。例えば、『夏場は食欲がなくなるから、昼は毎日そうめんにするように』なんていうお達しが出たら、むっとするじゃないですか。それに、率先してクールビズをやってる政治家のダサいこと（笑）。どうしても国民にやらせたいなら、真似したくなるようなファッションにすべきじゃないですかね。政治家は全員、スタイリストをつけるべきです。

――じゃあ、来年以降も、クールビズには反対で……。

まあ、一番の趣味がネクタイ集めなんで、夏だからと言ってノーネクタイはあり得ないので……とにかく、着るものは好きに選びます。もしかしたら、十年後の夏には、ポロシャツで勤務が普通になるかもしれないけど、それでもちゃんとスーツを着て、ネクタイを締めてるでしょうね。これが、社会人になってからずっと貫いてきたスタイルなので。何だか、喋《しゃべ》ってるうちに意地になってきましたよ（笑）。このクールビズがきっかけで、ファッションのカジュアル化が進んだら面白いとは思うけど、僕には関係ないんだろうなあ。どうせなら、『Tシャツ、半ズボンOK』ぐらいのことを言えば、乗ってやろうかっていう気になりますけどね。

二〇〇五年　八田圭《はったけい》（21歳　大学生）

あれ見ました？　YouTube。

——いや、まだです。

あれは革命ですよ。

——そこまですごいものですか？

基本的に動画って、人が作ったものを見るだけだったでしょう？　要するにテレビですよね。あるいは映画とか。

——それが動画というものだと思いますけど。

でも、今は誰でも動画を撮影するじゃないですか。それこそ子どもの運動会とか。

——ああ、確かに。でもそれって、家族で見て楽しむものですよね。

そりゃあそうです。他人の子どもの運動会の動画なんて、喜んで観る人はいませんよ。それに、個人情報満載の動画を、誰でも観られるところにアップするなんて、正気の沙汰じゃないですよね。

——だったら、ＹｏｕＴｕｂｅにアップされてる動画というのは……。

いろいろですね。僕は、個人的には音楽をよく聴いてます。七〇年代のロックが好きなんですけど、当時のマイナーなアルバムって、なかなか手に入らないじゃないですか。

——メジャーじゃないやつは、確かに入手しにくいね。中古を探すのも大変だし、海賊版となるとなおさらだ。

そうなんですよ。でも、ＹｏｕＴｕｂｅだと、そういうのをアップしてくれる人がいるんです。イタリアのプログレのアルバムを持ってる人なんて、いるんですね（笑）。

——それはあまりにもニッチだ……でも、そもそも誰かのアルバムを勝手にネットにアップしたら、著作権的に問題ですよね。

そうなんですよ。それは分かってるんですけど、無料で貴重な曲が聴けるとなったら、どうしてもね……褒められたことじゃないとは思いますけど、そういう貴重なアルバムの再生回数は、やっぱりすごいですよ。もちろん、問題にもなってますけどね。ミュージシャン側は、削除要請で大変だって聞いたことがあります。

——イタチごっこになりそうだ。

でも、ＹｏｕＴｕｂｅを利用して宣伝しようとする人もたくさんいますからね。映画の予告編なんかは、結構な数が流れてますよ。あれで興味を持って、映画を観に行く人が増えれば、宣伝的にはいいんでしょうね。テレビや雑誌に広告を出すのに比べれば、金もかからないし。でもそれより、これからは個人で動画を撮影・編集してアップする人が増えるんじゃないかな。

——動画の編集なんて、相当の技術がないと難しいでしょう。

今は優秀な動画編集ソフトがたくさんありますから、素人だってプロ並みの動画を作れますよ。プロの場合は時間の制約があるけど、素人にはないでしょう？　好きな時に、じっくり時間をかけて作ればいいんですよ。別に、金目的じゃないんですよ。表現欲っていうのかな……自分が作ったものを人に観てもらいたいと思うのは、人間の基本的な欲求じゃないですか。映像関係、あとは音楽関係でも、チャンスが広がると思いますよ。例えば、自分のバンドの演奏をPV風に撮って流せば、レコード会社の人が目をつけるかもしれない。音源だけだと分からないけど、映像ならルックスも一発で分かるわけで……ルックス重視のバンドの人には絶好のメディアですよね（笑）。

——個人の動画ねえ……。

そもそもＹｏｕＴｕｂｅが、そういうコンセプトでスタートしたんですよ。僕も勉強になりますよ。

——大学の専門は技術系？

そうです。こういうの、思いついた人勝ちなんですけど、羨ましいですよね。僕にもできたんじゃないかと思います……技術的には、そんなに難しいことじゃないので。

——発想が大事、ということですか。

ＩＴ系のビジネスなんて、発想一発勝負みたいなところがありますからね。それをどう実現するかは、大人の話になるんですけど。

——要するに金の調達だね。

アメリカの方がベンチャーキャピタルの動きが活発ですから、やりやすいですよね。僕も、アイディアはないわけじゃないんですよ。ただ、実現にかかる費用を考えると、会社を作ったり事業を起こしたりすることには二の足を踏んじゃうんですよね。

——それが一番大変だ。

そうですね。金の問題で人に頭を下げたこともないですから。

——学生さんだから、当然だよね。そういう時のストレス解消は？

今は、やっぱりYouTubeがいいですよね。

――違法と分かっていても、好きな音楽を聴いて。

いや、疲れていて癒されたい時には、猫動画ですね。動物関係は、ついつい観ちゃうんですよ……。

二〇〇五年 進藤《しんどう》勝《まさる》（67歳 弁護士）

急に相談の電話が何件か来て、大変でしたよ。まさか、マンションの耐震偽装問題が起きるなんてねえ。

――裁判にしたいとか、そういうことですか？

いや、まだそういう段階の話ではないです。自分のところのマンションは大丈夫なのか知りたい、という相談ですね。調べる手はありますが、専門家でないと分からない話ですから、私のところに相談がきたんです。最初は知り合いから相談を受けただけなんですけど、一度そういうことをすると、口コミで依頼が増えてしまうんですね。本来こういうことは、弁護士としての専門分野ではないのですが。

――難しい問題ですよね。

まったくです。しかしこれは、重要な問題ですよ。日本のような地震大国で、住む場所の安全が確保できないのは致命的です。特にマンションに住んでいる人は、一戸建ての住人と違って、建物が倒壊することはないだろうと信じている。それが根底から覆《くつがえ》りかねないんですから。多くの人にとって、家は一生で一番高い買い物ですから、耐震偽装なんて、まったくひどい話ですよ。

――この問題では、自殺者も出ましたね。

私に言わせれば、それで事の重大性がよりはっきりしてきた、ということです。自分の命を絶たなければならなかったのは、多くの人の生命を危険に晒《さら》すことを考えて怖くなってしまったからでしょう。

——どうしてこういう問題が起きたんですかね。先ほどの話じゃないですけど、地震大国の日本では、家をどう作るかは極めて重要な問題じゃないですか。それこそ、免震マンションなんかの普及も進んできてる中での耐震偽装でしょう?

原因は、これからの調査の結果を待たなければ分かりませんが、今後はこういう問題が増えそうな気がしますね。

——こういう問題というのは?

偽装とかでっち上げとか、隠蔽《いんぺい》とか。

——確かに平成になってから、そういうの、増えましたね。バレバレの嘘をついたりして、しかも隠蔽工作が不十分で、ネットでバラされたりしてますよね。その後は開き直って、騒ぎが自然に収まるのを待つ、みたいな。

ある意味、劣化したんですかねえ。ただ、ネットでバレるというのは、マスコミが劣化しているからかもしれませんよ。マスコミ不信で情報が流れないんでしょう。

——耳が痛い話です。

失礼。あなたも新聞記者でしたね。ただ、不祥事に関するマスコミの追及は、昔よりも甘くなったように思います。私の記憶では、厳しかったのはリクルート事件が最後だったかな……それに代わって、ネットで不祥事が検証されたり、新しい事実が出てくる機会が増えましたね。ネットの世界はまとまりがないですが、集合知というのもあるでしょう。多くの人、それも専門知識を持った人たちが知恵を出し合うことで、マスコミの力では解き明かせない真実を暴くこともありますよね。

——レベルの低い不祥事が増えた原因は何なんでしょうね。

はっきりした答えはないんですが……倫理観が薄れたこともあるでしょうし、何事も安易にできるようになったせいもあるんじゃないんですか？　あまり詳しくもないのにいろいろなことにすぐ手を出して、火傷《やけど》するような。それと、現代人は忙し過ぎるのかもしれませんよ。

——時間がないから故のミス、ですか？

日本人は働き過ぎだって、昔から言われてるでしょう。実際、残業時間を見れば、欧米に比べて働き過ぎなのは明白です。生産性が低いということも言えるけど、何でもかんでも仕事を引き受けてしまう傾向が強いのも原因じゃないでしょうか。仕事をなくすのが怖いから、自分のキャパシティ以上の仕事を引き受けてしまうのかもしれませんけど、結果的にそれが、ミスが多発する原因にもなっている。時間があれば丁寧にやるところを、時間がないので手を抜いてしまう——もちろん、今回の耐震偽装事件の原因がそういうことかどうかは分かりませんけどね。もしもこれが業界全体の問題だとすると、大変なことですよ。

——安心して住めるマンションがなくなってしまう。

そうではないことを祈りますけどね……いずれにせよ、こういうことはこれからも起きると思いますよ。仕事は真摯《しんし》にやりたくても、どうしても追いこまれてしまうこともあるから。私は、そういう風にならないように気をつけたいですけどね。

——弁護士も忙しいですからね。

まったく、日本では弁護士の数が絶対的に足りないんですよ……おっと、失礼。マンション関係の電話です。心配している人は、まだまだいるようですね。

二〇〇六年　今井未知瑠《いまいみちる》（23歳　高校教諭）

まさに野球小僧っていう感じですよね。今年の夏の高校野球は、久々に感動しました。駒大苫小牧《こまだいとまこまい》と早実《そうじつ》の試合だけは、部員全員と一緒に観ました。

——決勝……延長十五回で引き分けた試合ですか？　それとも再試合の方？

両方です。うちの高校も甲子園が狙えるレベルになってきてるから、夏休みもずっと練習だったんですけど、甲子園の決勝ぐらいは観ないと……参考にするというよりは、あの気分を味わってもらいたかったんです。僕が味わったように。

——甲子園、出たんですか？　すごいですね。

いや、僕は観客席で……二年の時に甲子園に出たけど、ベンチ入りできなかったから、応援だけでした。三年生の時は都大会でベスト8で、自分は甲子園ではプレーしてないんですよ。でも、あそこの空気は吸ってますから。それにしても、引き分け再試合はすごいですよね。

——今年の決勝まで、夏と春合わせて六回ですね。

僕は、野球は本来、引き分けのないスポーツだと思ってるんですよ。

——大リーグ方式ですね。

もちろん、クソ暑い甲子園で、『決着がつくまでやれ』なんて言えませんけどね。最近は特に猛暑続きで、健康管理も難しいですから。だからこそ、引き分け再試合がさらにドラマチックになるわけですけどね。それにしても、斎藤佑樹《さいとうゆうき》は、よくよく引き分け再試合に縁がありますよね。今年の選抜でも、引き分け再試合で投げてるでしょう？

あれは二回戦だったけど、同じチームが二度も引き分け再試合をやるなんて、珍しいですよね。

――確かに。

その二試合を観て、つくづく彼らは幸せな高校生なんだって思って……もちろん、甲子園の優勝がかかっているんだから必死だったでしょう。でも、どこか嬉しそうな、楽しそうな感じがしたんですよ。特に、決勝で最後、駒大苫小牧の最後のバッターが田中将大《たなかまさひろ》だったでしょう？

彼、三振で終わって、その瞬間、何とも言えない笑顔を浮かべましたよね。『やっちまった』みたいな、『さすが斎藤』みたいな……あれって、小学生が真夏の試合が終わった後で浮かべる笑顔ですよ。それも、自分の力以上のものが出せた時に。斎藤と田中の投げ合いは、高校野球のレベルを超えた凄みがあったけど、終わってみれば、ああ、彼らはやっぱり野球好きな少年なんだなって分かって嬉しくなりました。野球の原点を見た感じです。

――それで『野球小僧』なんですね。

もちろん彼らは、これからプロに行って活躍するでしょう。この夏の甲子園より、もっとすごい試合で活躍するかもしれない。でも、高校三年の夏に、ああいう激烈な試合を二試合も戦ったということは、一生残る想い出になるでしょうね。うちの選手たちにも、ぜひ経験させてやりたいなあ。

――今は、コーチでしたよね。

大ベテランの監督がいますので（笑）。まあ、いずれ自分で指揮を執って、というのが夢です。ライバルもいるので。

――監督のライバルですか。

ええ。大学のチームメートなんですけど、そいつはエースで、僕は控えの内野手……今年二人とも教員になって、今はそれぞれ別のチームでコーチをやってるんです。まだ対戦はないんですけど、力は同じぐらいですから、どっちが先に甲子園に行くか、楽しみです。

――そういうライバル関係もあるんですね。

柳原っていうやつなんですけど、知りません？　東都で、四年間で十六勝もしてるんですよ。

——ちょっと待って下さいよ……ああ、もしかしたら柳原初君？

あ、知ってます？

——八年前、ここでインタビューしたんですよ。まだ中学生でね。肘を壊してリハビリ中だって言ってたから、その後も動きは追ってたんですよ。

甲子園には行けなかったんだけど、大学で十六勝もしたんだから、ピッチャーとしては満足でしょう。プロには引っかかりませんでしたし、結局また肘を痛めて社会人チームにも入らなかったんだけど、今度は子どもたちを教えたいって。

——不思議なものですね。

野球って、世代を超えて延々と続いていく感じがするんですよね。親子とか、先生と教え子とか。他のスポーツでもそうかもしれないけど、野球は特に「つながっていくスポーツ」っていう感じが強いんですよ。

二〇〇六年　秋田《あきた》岳大《たけひろ》（41歳　デイトレーダー）

五分ならいいですよ。これから、ちょっと税理士に相談があるので……。

——確定申告ですか？　まだずいぶん先じゃないですか。

いや、ヤバイんですよ。ちょっと処理が難しいぐらいの……。

——大儲け？

でかい声じゃ言えないですけどね。デイトレを初めて三年ぐらいになるんですけど、今年はがっちりはまって上手く回って……今まではマイナスもあったんですけど、一気に取り返してお釣りがきた感じでした。

——昔からデイトレード専門だったんですか？

以前は普通に働いてましたよ。

——証券とか？

いや、SEでした。昔の仕事とデイトレはあまり関係ないですね。SEには、三十五歳定年説っていうのがありましてね。三十五歳になると、プログラムを組んだりするような仕事は難しくなるから、管理部門に回るとかしないと駄目なんですよ。ただ、そこで失敗しちゃいましてね。

——仕事のミスですか？

最初はね。罰を食らうようなミスじゃなかったんだけど、こっちにもプライドがありますから。意地を張って『じゃあ辞めます』って言って、他の会社に移ったんです。そこでもSEをやったんですけど、会社が変わるとやり方も変わって戸惑うものですから……しかもとんだブラックで、そこも半年で辞めました。で、しばらくブラブラしてたんですけど、飲み屋で知り合った女性と……ま、それで家庭崩壊ってわけです。嫁は子どもを連れて出て行って、慰謝料と養育費の支払いだけが残りましたよ。でも、もう普通に仕事をする気力もなくて、家にいてもできる仕事として始めたのがデイトレだったんです。

——なかなか大変だったんですね。

離婚したタイミングで家をなくして、そのままホームレスかネットカフェ難民になってもおかしくなかったのに、何とか踏みとどまれたのはよかったですよ。おかげで、今後は金の心配もいらなくなりましたしね。離婚した時の取り決め通りに、慰謝料と養育費を払っても、痛《いた》くも痒《かゆ》くもない感じですね。

——そんなに儲かったんですか？

デイトレも、もうやめようかな、と。無理に働くこともないですから。

——一生遊んで暮らすって言いますけど、そのためには相当な額が必要ですよ？　九桁《けた》ぐらいですか？

いや……。

——まさか、それより一桁多いとか？

まあ、いいじゃないですか。こういうの、人に言うとろくなことにならないから。今、金儲けをした人間が悪いみたいな風潮があるじゃないですか。格差社会って言って、貧困世帯が問題になるけど、金を儲ければ儲けたでいろいろ面倒なんですよ。儲けたなんて絶対に言えないし、派手に金を使ってると白い目で見られるし。一時、ヒルズ族とか言って、羽振《はぶ》りがいい連中がよくメディアに出てたじゃないですか？　いい度胸だなと思いますよ。日本人って、金を転がして金を儲けると、悪いことしたみたいに思われるんですよね。

——地道に物作りをしたりしている人の方が評価されますよね。

金は金でしょう？　こっちだって、危うくホームレスになるところを、一発逆転だったんだから……こういうのはいつまでも続けられないですから、とにかくデイトレは引退して、あとは大人しく暮らしますよ。でも、人生って、どこでどう変わっていくか分からないですよね。

——確かに、なかなか強烈な経験をされましたね。

最初に飛び出た会社、二年前に潰れたんですよ。あまり業績がよくなかったんですけど。

——じゃあ、昔の同僚は……。

まだ就職も決まってなくて、普通に生活していくのもヤバイ連中もいます。倒産をきっかけに離婚した奴もいるし。俺もあのまま会社にいたら、今以上にひどい目に遭ってたかもしれませんね。そう考えると、冷や汗が出ます。

――逆転で、格差社会の頂点に立ったわけですね。

だから、そういうことをでかい声で言われると困るんですよ……別に悪いことは何もしてなくて、ちゃんと自分の力と運で金を儲けただけなのに、何でこんなにびくびくしないといけないんですかね。金を儲けた人間が堂々と金を使えるような風潮にしないと、金が回らなくなって、ますます格差が広がるような気がするんですけど。正直今は、貯めこんでおけばいいや、ぐらいに思ってます。でもやっぱり、税金関係は大変ですけどね。

二〇〇六年　北見《きたみ》泰雅《たいが》（35歳　IT会社社長）

ライブドア事件、冗談じゃないですよね。

――同じIT企業として、影響はありましたか？

いや、会社の業務には特に関係ないですけど……向こうは、とにかく大きな会社じゃないですか。うちはごく小さい会社――セキュリティ系のソフトを作っているだけなので。『ネットセーフ』って知ってます？

――ああ、最近よく聞きますね。大手に迫る勢いじゃないですか。

おかげさまで、それなりに。基本、このソフトに特化してやっているので、社員は十五人しかいませんけどね。渋谷のマンションの一室で、細々とやってますよ。起業して七年経って、ようやく軌道に乗ってきて何とか利益も出せるようになってます。でも、親がうるさいんですよ。

――うるさい？

よく分からない会社なんか畳《たた》んで、ちゃんとしたところに勤めるか、田舎に帰って来いって。

――それがライブドア事件の影響ですか？

そうなんですよ。ＩＴ企業なんて、どこも危ない……何かやらかすんじゃないかって心配しているみたいで。完全に誤解なんですけどね。ライブドア事件って、ＩＴと何も関係ないじゃないですか。

――確かに、もっと根源的な問題ですよね。会社とは何か、みたいな問題提起にもなりました。

会社は誰のものかっていう問題ですよね。株主なのか、顧客なのか、経営陣なのか、社員なのか……まあそれと、会社にはいろいろと金儲けの手段があるって分かりました。あまり役にはたちませんけどね。

――ご両親には説明しにくいかもしれませんね。

親父は今も田舎で田んぼをやっていて、携帯も持ってない人なんですよ。お袋も、『そもそもＩＴとはなんぞや』が理解できない人だし。セキュリティソフトの大事さを説明するにも、『インターネットとは何か』から始めなくちゃいけないから、もう、面倒ですよ。とにかく大丈夫だって言うしかないんですけどね。

――学生起業、じゃないですよね。

新卒では大手に入りました。最初からセキュリティ分野に興味があったんですけど、その会社では満足にできなかったんで、思い切って辞めて自分で始めたんです。

――大胆でしたね。

たまたま上手くいったからよかったです。起業なんて、九割は失敗しますからね。ライブドア事件で、ちょっと水を差されたような感じにもなりましたけど、とにかくこっちは地道にやっていくだけですよ。まあ、今までも金儲けだけやろうと思ったら手はあったんですけどね。会社を売らないかっていう話もありましたし。

――じゃあ、相当技術力が高いんじゃないですか。

その辺は、自信がないとやっていけませんよね。

――アメリカ辺りだと、創業者が会社をある程度大きくして売って、創業者利益を出すのも珍しくないですよね。

そこまでドライになれないんですよねえ。会社に対する愛着というか、ずっと一緒にやってきた仲間に対する気持ちもありますし。この会社で、自分で頑張って開発を続けることに意味があると思うんですよ。

――逆に他の会社を買収しようとしたことはないんですか？　自分のところにないものを求めて、会社ごと買収、というのもＩＴの世界ではよくあるでしょう。

その辺については見極める才能もないですし、今のところ必要もないんです。できれば、会社の規模とかとは関係なく、『ネットセーフ』がセキュリティのトップになれるようにしたいですね。もちろん、『ネットセーフ』がもっと普及したら、サポートや監視で人を増やさないといけなくなりますけど、そういうことで会社が大きくなっていくのはしょうがない――望ましいことだと思うんですよ。

――本業と関係ない部分が大きくなると、会社の正体みたいなものが分からなくなる……。

バブルの頃って、社業と関係なく高価な美術品を買い集めたり、リゾートやゴルフ場の開発に手を出したりして失敗した会社がたくさんあったでしょう？　ＩＴという共通項だけでいろいろな分野に手を出して会社が大きくなるのを見てると、何だかそういうのを思い出すんですよねえ。昔の教訓として。

二〇〇七年　滝《たき》原《はら》三《さぶ》郎《ろう》（73歳　元会社社長）

嫌なこと聞くねえ……どうしても答えないといけない？

――そういうわけじゃないんですが、できれば協力していただければと。会社をやっていた、と仰《おつしや》ってましたよね。

自分で潰したんだよ。自主廃業。まあ、完全にこっちの責任なんだけど、四十年も子ども同然に育ててきた会社を潰すっていうのは、いい気分じゃなかったねえ。

――何があったんですか？

今年、食品関係でいろいろあったじゃない。消費期限や賞味期限の偽装問題とか、ひき肉に安い内臓肉を混ぜた品質表示偽装事件とかさ。

――経営されていたのは食品会社ですか？

小さい会社だけどね。作ってたのは、いわゆる駄菓子。子どもが駄菓子屋で買うようなやつだよ。それで、やっちまったんだよねえ。

――何を偽装したんですか？

賞味期限。お分かりかと思うけど、食べ物は賞味期限が過ぎたらすぐに食べられなくなるわけじゃない。

――賞味期限は、安全性や味、風味なんかの品質が維持される保証期間、ですよね。

そう。実際には、賞味期限を過ぎたものを食べても、体調を崩すことはまずない。納豆なんか、賞味期限を過ぎた方が味がよくなる、なんて言う人もいるぐらいだからね。ただお菓子の場合、食品ロスの問題が大きくてね。あまりにも賞味期限が短いと、廃棄分が増えて、誰も得しない。それで、ちょっとだけ賞味期限をいじっていたんですよ。

――いつからですか？

かれこれ五年ぐらい。うちみたいに、従業員二十人ぐらいの小さな会社だと、食品ロスがそのまま赤字につながってしまうから、大変なんですよ。いや、もちろん悪いことだとは分かってましたよ。食品衛生法なんかにも違反してるわけだし。ただ、どうしてもね……その辺はせめぎ合いなんです。全ての会社がやっているとは言わないけど、うちみたいな中小はどこも、同じように切羽詰《せっぱつ》まった問題を抱えてるんだ。

――問題はどうやって発覚したんですか。

発覚したんじゃなくて、うちが自分で、都に頭を下げに行ったんだ。自首みたいなことですよ。情けないけど、その方が罪が軽くなるんじゃないかって思ってね。でも結局、無期限営業停止の行政処分を受けて、それをきっかけに廃業することにしたんだ。本当に小さい会社は、一週間製造ラインが止まったら、すぐに資金がショートするから。自業自得だからしょうがないですけど、社員たちには悪いことをしたねえ。

――どうして『自首』だったんですか？　言わなければ分からなかったかもしれませんよね。

それこそ、あちこちで偽装事件が起きたからですよ。メーカーもそうだけど、うちが廃業してから、関西の料亭でも同じような事件があったでしょう。肉の産地に関して嘘をついて売ったり、食べ残しをまた客に出したりしてさ。あれ、確か警察の捜査を受けたんじゃないかな。

――不正競争防止法違反ですね。

そうそう。うちなんかよりずっと大きいメーカーが偽装をやって、世間の非難を浴びたわけでしょう？　正直、ビビってね。だから、どこかでバレる前に、自分で正直に申告したんです。

――どうして急に、こんな問題が多発するようになったんですかね。

いやあ、昔からあちこちで同じような問題はあったんだと思うよ。それがたまたまばれなかっただけで……一社やってれば、他社もって疑われて、どんどん追及が厳しくなる。正直、うちにも『これぐらいは大丈夫』『損したくない』『ばれない』っていう気持ちはありましたよ。他も同じじゃないかなあ。でも、最近の消費者は敏感だから、いつまでも誤魔化していられないでしょう。

——ニュースになりましたか？

小さくね。うちみたいな小さい会社だと、そんなに大きなニュースにはならないんですよ。今は、昔の取り引き先に頭を下げて回ってます。おかげで、髪の毛が急に白くなった。悪いことをした罰でしょうね。

——ちなみに、一番売れていた駄菓子って何ですか？

うち？『辛《から》チップ』っていう、ちょっと辛いポテトチップ。創業時からの人気商品で、今は百円で売ってます——売ってました。

——ああ、あれ、美味いですよね。

食べたこと、ある？

——小学生の頃、よく食べてました。もう食べられないとなると、残念です。

申し訳ない。そういう声もたくさん聞きました。この話が本になったら、社長が謝っていたって書いてくれませんかねえ。

二〇〇七年　宮本《みやもと》光司《こうじ》（21歳　大学生）

何か、ムカつく言葉なんですよね。

——リア充《じゅう》が？

あれって、もともと俺たちが自虐的《じぎゃく》に使い始めたんですよ。大学に入った頃だったかな……ネットばかりやってて、実際の生活は存在しないも同然、みたいな。リアルな友だちがいないとか。自虐的に使ってる分にはいいんですけど、他人に使われるとむかつきますね。

——ネットは好きなんですか？

好きっていうか、基本、そこが日常みたいなものですから。

——でも、大学生でしょう？　毎日大学へ行って講義を受けたり、バイトしたり……友だちとも会うでしょう。

別に、友だちはいません。

——大学の友だちは？

友だちとして話す相手なんかいませんよ。

——いやいや、でもノートの貸し借りをしたり、一緒に飯《めし》を食ったりとか。

あのですね、それ、いつの時代の話ですか？　今は、俺みたいな人間も少なくないんですよ。だいたいネットの世界で用が足りますから。

——そっちには友だちもいるわけだ。

名前も知りませんけどね。基本、ハンドルネームだけだし。

——ネット上のつき合いというと、どんな感じで？

最初は囲碁だったんです。囲碁が好きでしてね……ネットで対戦できるでしょう？　手が合う人もたくさんいるから、掲示板やフォーラムで知り合って、っていう感じですよね。

——趣味の仲間ということで。

そこから広がって、今は他の知り合いもできましたけどね。そういう連中とはいろいろシビアな話や悩み相談もするから、友だちって言っていいんじゃないかな。

――オフ会で会ったりは?

ないです。そういうの、面倒じゃないですか。ネットで十分ですよ。何でも話できるし。ただ、恋愛相談は駄目だな。年齢イコール彼女いない歴、みたいな人間ばかりだから。

――君は?

右に同じく(笑)。いや、それってしょうがないでしょう。人生、他にやることがたくさんあるんだから。

――でも、普通に友だちづきあいをしたり、彼女と楽しんでいる人もたくさんいるでしょう。

何ですか? ダメ出し?

――そういうわけじゃないけど……。

あなた、結婚してますよね?

――一応。

それこそ、リア充じゃないですか。

――そういう意識はないけどね。俺たちの年代だと、普通だから。

結婚してない人もいるでしょう? 普通って何なんですかね。

――そう言われると分からなくなってくるけど……。

俺なんか何の取り柄もないから。見た目もこんな感じだし、彼女とか結婚とか、とっくに諦めてますよ。昔からそうなんですよね。面白いことや気の利いたことが言えるわけでもないし、小学生の頃から『キモい』って言われ続けて、自分はそんなものだと思ってたし。ま、将来は引きこもって、ネットの世界だけで生きていくことになるんでしょうね。

――二十一歳にしては、諦めが早くない?

いやいや……ネットがあって本当によかったですよ。お陰で、そんなに惨めな思いはしないで済むし。いずれ、ネットの充実感がリアルの充実感と同じになるんじゃないかな。バーチャルリアリティの『バーチャル』が取れるはずです。

――じゃあ、何も心配することはないわけだ。

でも、そういう時代が五十年後だったらどうなるかな。七十歳になってから、心の底から充実感を味わえても、手遅れですよねえ。そもそも、そんなに長く生きたいわけじゃないし。でも、小説家っていいですよね。

――どうして?

外に行かなくていいんでしょう?

――外をうろついていると、むしろ仕事にならないからね。

人にも会わなくて済むんですよね?

――確かに人に会うのは、打ち合わせや取材の時ぐらいかな。

理想的じゃないですか。煩わしい人間関係がなくて、しかも小説が売れて金が入ってくれば……。

それこそリア充ですよね。

――そういう感覚はないんだけどね。

充実してる感覚がないのが、リア充の特徴なんですよ。毎日友だちや彼女と一緒に普通の生活を送って、それが当たり前だと思ってるでしょう? 俺たちのことなんか、眼中《がんちゅう》にないですよね。

二〇〇七年　滝山真由美《たきやままゆみ》（30歳　会社員）

あ、東京マラソン、出たんですよ。

――抽選ですよね? なかなか当たらなかったそうですけど。

倍率三倍でした。駄目モトで出してみたんですけど、当たって嬉しかったですね。第一回ですから、いい記念になりました。

──走ってみて、どんな感じでした？

もう、すごかったですよ。すごかったって、当たり前の感想で申し訳ないんですけど、とにかく人が多くて。タイムを正直に申告したら、すごく後ろの方からのスタートになって、それだけはイライラしました。三万人も参加するんですから、そういうスタートになるのは仕方ないですけど、ずいぶん待ちました。

──タイムは？

四時間二分五一秒。

──待ちが長かった割にはいい記録じゃないですか。

いやあ……悔しくて仕方なかったですよ。自己最高だったんですけど、もうちょっとでサブフォーでしたから。やっぱり、スタートの時に自分のペースで走れなかったのが大きかったです。

──マラソン歴はどれぐらいなんですか？

フルは、東京マラソンで七回目でした。毎回タイムは伸ばしてるんですけどね。

──七回も走ってるんですか？　それはもう、趣味のレベルじゃないですね。

それぐらいの人、いくらでもいますよ。ラン友には、年三回フルマラソンに出る人もいますし。それプラスハーフとか。

──何がきっかけだったんですか？　元々陸上の選手とか？

いえいえ、中学、高校と吹奏楽部です。典型的な文化部で、高校の時は、野球の応援で駆り出されるのが嫌でしょうがなかったです。日焼けするのが嫌いだったので、日焼け止めの消費量が半端なかったですね（笑）。ガングロとか流行ってた時期なんですけど、冗談じゃなかったです。

――それがどうして、何時間も外で走るマラソンに？

ああ……あまり言いたくないんですけど、まあ、いいかな。社会人になった直後に、高校の頃からつき合っていた彼と別れたんですよ。原因は向こうの浮気で……その彼は、結構本格的な長距離の選手だったんですよね。大学でも陸上部に入って、箱根駅伝を目指していたんですけど、実際は四年間ずっと、出番はありませんでした。私はずっと、支えていたつもりなんですよ？　でも、最後の箱根駅伝に出られなかったせいで、緊張の糸が切れたみたいで。

――浮気した、と。

もう、ブチ切れましたよ。でも、私も就職で環境が変わったところだったから、さっさと切り替えるしかないなと思って。でも、やっぱりうじうじするじゃないですか。それを吹っ切るために走り始めたんです。何だか意趣返《いしゅがえ》しみたいですけどね（笑）。

――でもそれで、マラソンというい趣味に出会えたんですよね。

ねえ、いいですよ。やっぱり走りきった時の開放感は何物にも変えられないし。本番のために毎日きちんと練習もしますから、体調も最高です。練習をやり過ぎて、出会いがないのが悩みのタネですけどね。

――それはともかく、東京マラソンは舞台としては最高ですよね。

あんなに盛り上がるなんて思ってませんでした。他の大会でも、沿道の応援は嬉しいんですけど、やっぱり東京マラソンだと注目度が圧倒的に高いんでしょうね。どこへ行っても声援を受けて、ヒロイン感満点でしたよ。順位とかタイムとか関係なく、自分が応援されていると思うと盛り上がるじゃないですか。さっそく来年の分もエントリーしたんですけど、あっさり落ちました。倍率、すごかったみたいですね。

――盛り上がった弊害《へいがい》みたいなもので。

でも、来年以降もエントリーは続けますよ。簡単には当たらないと思いますけど、それだけの価値がある大会ですよ。あ、でも……。

——何かまずいことでもあったんですか？

後から聞いたんですけど、その元カレも、今回の東京マラソンに参加してたそうなんです。参加者が三万人以上もいるから、おかしくはないですけど、何かちょっと複雑ですよね。もしもレースの途中で会ってたら、とか考えると、微妙な感じです。今後も、走ったら会う可能性もありますよね。

——気まずいですかね。

気まずいですよ。でも、ちょっと意地悪な気持ちもあるんです。別れる時何もしなかったんで、もしも走っている最中に見かけたら、足を引っかけてやろうかと思ってます（笑）。

二〇〇七年　遠山義樹《とおやまよしき》（34歳　アルバイト）

今日ですか？　これから田舎に帰るんです。

——正月で帰省ですか？

いや、帰省というか帰郷——帰るんです。Uターンですね。田舎で仕事をすることになったんで。

——東京での仕事は？

このところずっと、バイトで暮らしてました。いわゆる非正規ってやつです。そういう話、いろいろ聞いてるでしょう？　労働条件の悪さとか、身分の不安定さとか。

——度々ニュースになりますよね。

今年に入ってから、とうとう家までなくなったので……金がなくて、アパートの契約更新ができなかったんですよ。

――その後はどうしてたんですか？

ネットカフェで寝泊まりしてました。

――ああ……。

自分がネットカフェ難民になるとは思いませんでしたよ。そういう人がいることは知ってたけど、まさか自分が……。

――ずっとネットカフェで寝泊まりしてたんですか？

知り合いの家に泊まったこともあったけど、ネットカフェが多かったですね。でも、結構金がかかるんですよ。一晩で千五百円とか二千円でしょう？　一ヶ月連続して利用すると、四万五千円、六万円……それぐらい出せば、都心部じゃなければ、風呂つきのアパートを借りられるんですよね。契約更新の時期に、たまたままとまった金がなかったから、こんなことになってしまったんですけど。

――今の仕事は？

今もバイトでつないでいます。大学を出て五年ぐらいは、ＩＴ企業の契約社員でＳＥをしてたんです。でも、そこは労働環境がよくなくてですね……月の残業時間は軽く百時間を超えてましたし、職場の人間関係も滅茶苦茶でした。結局、メンタルをやられて辞めざるを得なかったんです。それから先は、ずっとバイトです。

――きついですね。

きついですよ。体もメンタルも、両方きつい……結局、しばらくまったく働けなかった時期があって、金が底をついたんです。今でも、ＳＥとしてやれる力はあると思ってるんですけど、問題は、住所不定なことなんですよね。

――アパートを出てネットカフェ暮らしをしてると、確かに住所不定ですね。

住所不定だと、契約社員でも雇ってくれないんですよ。ましてや正社員なんて夢のまた夢で。今は、携帯電話が命綱ですね。バイトに登録するのも、全部携帯頼りですから。

――帰郷するのは、実家を頼ってですか？

いやあ……親とはあまり上手くいってないんですよ。だから必死の思いで東京に出てきて、今も親とはほとんど話もしません。俺がこんな風になってることだって、全然知らないんじゃないかな。俺だって、今さら親を頼って田舎に戻る気はしません。向こうだって、受け入れたくないだろうし。

――だったら今回の帰郷は、どういうきっかけで？

奇跡が起きたんですよ。一週間ぐらい前に、バイト終わりに蒲田《かまた》でぶらぶらしてたら、高校の時の同級生とたまたま会いましてね。そいつ、大学を卒業して田舎に戻って、自分でIT系の会社を始めたんです。一緒に呑んで、事情を話して……そうしたら、今SEが足りないから、来てくれないかって言われたんですよ。大した給料は出せないけど、取り敢えず契約社員で入れれば、タイミングを見て正社員にするからって……実家には帰りたくないけど、背に腹は代えられないですからね。

――そうですね。

もう、みっともないぐらい泣きましたよ。これで死なずに済むって思ったら、体の力が抜けて……地獄で仏って感じですよね。

――いい友だちがいてよかったですね。

まったくです。高校生の頃は、自分がこんな風になるなんて思ってもいなかったですけどね。東京の大学を出て、一流の企業に入って、バリバリ仕事をするんだって想像してました。俺自身にも問題はあったと思うけど、周りの人間も皆結構苦労してました。そういう時期だったんですよね。

――取り敢えず、正社員になる目標もできたわけですね。

頑張らないと……でも、同じネットカフェで知り合いになった、同じような立場の連中が心配です。かといって、俺に何ができるわけじゃないですけど。素直に喜べないし、話せなかったんですよね。これでよかったのかなあ。

二〇〇八年　牛尾宗太郎《うしおそうたろう》（64歳　自営業）

あれは最悪だね。『秋葉原通り魔事件』なんて、地元の名前がついた事件がこれからも人の記憶に残るのは、いい気分じゃないやね。いいか悪いかは別にして、秋葉原は元々有名だったでしょう？

——外国人観光客にも『アキバ』で通用しますからね。

地元で商売をやってる人間にすればありがたい話だけど、あれ以来、秋葉原が危ない街だっていうイメージがついちまった。

——それだけ衝撃的な事件だったんですね。

まったくだよ。まさか、七人も亡くなるなんてさ……あの日、日曜日で歩行者天国をやってて人出も多かったから、被害が大きくなったんだろうけど、常識では考えられない話だよ。あの事件のせいで、歩行者天国も中止になっちまったしね。まあ、うちの商売には直接は関係ないけどさ。

——自営業とおっしゃってましたけど、何の商売なんですか？

うち？　うちは電子部品の販売。戦後すぐにオヤジが始めたラジオ部品の店が始まりでさ。まあ、いろいろ自作しようっていう人はいつの時代でも一定の数いるから、今でも何とか商売になってるけどね。

——アキバも変わりましたよね。

ああ、変わった、変わった。最初はうちみたいにラジオ部品なんかを扱う店ばかりだったんだけど、その後は家電量販店ができて、七〇年代後半からはコンピューター関係が中心で。アニメ関係の店が増えたのは、二十一世紀になってからだったかな？　あとはメイド喫茶ね。俺？　俺は行ったことはないけど(笑)、ああいうところも儲かるんだろうねえ。人の流れもずいぶん変わったよ。TXが開業してから、交通の便《べん》もさらによくなったしね。全体に、若い人が増えたんじゃないかな。あと、外人さんは本当に多くなった。ああいう人たちって、やっぱりアニメ関係とかメイド喫茶とか、そういうところに観光気分で来るんだろうね。まあ、街全体としては、ここに落ちる金が増えるのはいいことなんだけどさ。だからこそ、あの事件は困ったよ。

——やっぱり、客足は落ちましたか？

それがそうでもないのが、この街の不思議なところでね。中央通りの現場には、しばらくの間献《けん》花《か》が多くて、そこだけ事件の名残りがあった感じなんだけど、他の場所は関係なくて、人の流れも変わらなかったからね。しかし、本当に迷惑だよ。外から来て、あんなことやりやがってさ。俺、事件の後で新聞やテレビ、雑誌を徹底してチェックしたんだけど、あの犯人の動機がどうにも分からない。

——警察も困ってるみたいですよ。

マスコミも無責任なんだよ。この事件のポイントって、結局は犯人の動機でしょう？　だけど、あることないこと書いてるせいで、肝心の動機がさっぱり分からん。それが不安なんだよ。昔はさ、殺人事件の動機なんて、決まりきってたじゃない？　金か、女か、名誉か。この犯人はどうなんだろうねえ。電子掲示板のトラブルがあったらしいけど、これってやっぱり名誉の問題になるのかねえ。

——その辺はいずれ明らかになると思いますけど、難しい裁判になりそうですね。

七人も殺したら、動機なんか関係なく死刑だろうけどね。でも、なにも秋葉原であんな事件を起こさなくてもいいと思うんだよね。人がたくさんいる場所で事件を起こすなら、新宿でも渋谷でもいいじゃない……おっと、これは不謹慎発言だね。今のは記事にしないでよ。

——結局、今はアキバが一番目立つ街だから狙われたんじゃないですか。目立つというか、日本で一番有名な繁華街だから。

有名税みたいなものかねぇ……だけど、街が持つ力って、不思議なもんだね。この街が、今みたいに混沌としてるっていうか、何でもありな街になったのは、誰かが計画的にやったことじゃないでしょう？　自然にこうなったんだよね。家電量販店が一つできれば、他の店もできる。パソコンショップもそうだし、メイド喫茶なんかも……何でアキバなんだろうね。

——流行《はや》り物は、一ヶ所に集中しがちなのかもしれませんけど、どうなんでしょうね。

そんなの、記者さんが分析してよ。俺なんかは、秋葉原の中のことしか分からないんだからさ。しかし、一番有名な繁華街なのはありがたいことなんだけど、そのせいで、これからも変な事件を起こす奴が出てくるかもしれないな。そうしたらまた、マスコミが大騒ぎして、マイナスの評判が立つ。一人の人間のせいで、街全体の評判が落ちたらたまらんよな。まあ、秋葉原は、そんなにヤワな街じゃないと信じてるけどね。

二〇〇八年　岩下《いわした》ジェーン（22歳　大学生）

はい、九月にアメリカ留学から帰りました。でも大学を卒業したら、またすぐにアメリカへ戻ると思います。今、日本は就職が厳しいので、向こうで頑張ろうかなって。

——お父さんがアメリカ人で、お母さんが日本人……アメリカ国籍を選択したんですよね。

ええ。結構迷ったんですけど……高校生ぐらいの時までは日本国籍を取ろうかと思っていたんですよ。ずっと日本で育ってきたし、実際、アメリカよりも日本の方が安全で居心地がいいですから。英語はイマイチ自信がないですしね。

——それでもアメリカへ行こうと思ったのは、やっぱり就職のためですか？

そうです。

——でも、アメリカもリーマンショックで大変じゃない。これから、ますます影響が大きくなりそうだ。

それでもまだ、アメリカの方が可能性がありますから。可能性というか、多様性っていうんですかね。ある意味何でもありだし、機会と挑戦の国っていうのは本当だと思います。あ、でも、オバマが大統領にならなかったら、こんな風には考えなかったかもしれません。ちょうど、アメリカに留学している時に大統領選挙だったんですよね。

——やっぱりアメリカでは、大変なことなんでしょう？　日本では考えられないぐらい大きなイベントなんですよね？

お祭りというか……そうですね、国を挙げての一大イベントなのは間違いないと思いますよ。大統領選に匹敵するのは、スーパーボウルぐらいですよ。今回は特に、初めてのアフリカ系アメリカ人の大統領が生まれるかどうかで、びっくりするぐらい盛り上がってました。それに参加できないのはちょっと悔しかったですね。

——実際はどうだったんですか？　国を二分する争い？

民主党と共和党の争いという意味では、もちろん二分です。でも、それはいつも通りですよね。もちろん人種問題もありますけど、マイノリティがどうのこうのっていうのは、私にはあまりピンときませんでした。だって、マイノリティって言いながら、アフリカ系アメリカ人だってラテン系の人だって、相当の人数がいるんですよ。

——あくまで、比較の問題で少数派、ということですね。

大統領選の時に、友だちとよくこの話をしたんですけど、アフリカ系アメリカ人の大統領が出るのは時間の問題だって、多くの人が考えていたみたいです。だってもう、二十一世紀なんですよ。あとは女性大統領ですけど、これもそんなに遠くない未来に誕生するんじゃないですかね。

——アメリカならではの多様性、ということですかね。

私、別にアメリカ大好きっていうわけじゃないんですよ。差別だってあるし、貧富の差は激し過ぎるし、犯罪も多いですしね。でも、誰にでもチャンスがあるという意味では、そうですね、日本よりもいいかもしれません。

——日本はそこまでチャンスがない国かなあ。

今は特にそうですよ。いや、昔からずっと同じかな。どこの大学へ行ったか、どこに就職したかでその後の人生が全部決まっちゃうなんて、何か嫌じゃないですか？　アメリカだと、二つ、三つの夢を持っていても「夢追い人」なんて言われないんですよ。そういうことを教えてくれたのが、オバマですね。オバマがというか、オバマが大統領になった背景というか。

——確かにオバマはチャンスを摑んだ。チャンスがあること自体が、アメリカの最大のいいところかもしれない。

そうなんですよ。別に私は大統領になるつもりはないですけど（笑）、夢は諦めないでいいんだ、と分かりました。

——今の夢は何ですか？

うーん、笑われそうだけど、女優。

——背も高いし、アメリカでも通用しそうだね。

でも、アジア系の女優に求められるものとはちょっと違うかな。ああいうエキゾチックさがないのは分かってますから。その辺で、それこそマイノリティの壁にぶつかるかもしれないけど、そのうち新しいアジア系の女優も求められるようになるかもしれないでしょう？　取り敢えず向こうで仕事を見つけて、そこから何とかチャンスを広げていきたいと思います。

――次はスクリーンであなたに会えるといいですね。

いやあ、でもこれはさすがに、可能性は低いかもしれませんね。もしかしたら、政治家の方が可能性が高いかも。『アメリカ以外の国で生まれたアジア系の女性大統領』なんて、絶対『アメリカ初』になると思いません？　何でも『初』は気持ちいいですよね。

二〇〇八年　芝《しば》恵《え》美《み》子《こ》（29歳　地方公務員）

ゆるキャラ、知ってます？

――ああ、着ぐるみの……自治体の宣伝とかをするやつですよね。

今年、流行語大賞の候補にもなったでしょう？　今、全国にものすごくたくさんいるんですよ。たぶん『ひこにゃん』が火つけ役ですね。

――滋賀県の。

あれ、可愛いですか？

――どうかなあ。何が可愛くて何が可愛くないかは、個人によって感覚が違うでしょうけど……個人的には、そんなに可愛いとは思いませんね。

ですよねえ。私も、全然可愛いと思えないんです。だいたい、自治体が作ってるゆるキャラって、ちょっと無理矢理感があるというか、こじつけみたいなものも多いでしょう？　それでデザインが崩壊しているパターンもあります。もちろん、ああいうのが好きな人がたくさんいるのは分かりますよ？　だから人気になって、流行語にもなるぐらいですからね。でも、あれをお前が作れって言われたら、本当に困ります。

——作る？

あの、都内の自治体にも観光担当のセクションはあるんですよ。

——そういうところにお勤めなんですね。

ええ。でも東京で観光って言っても、特に宣伝する必要なんかないじゃないですか。東京の名所なんて、日本中の人が知ってるわけだから。でも、上の人間はそういう風には考えていなくて、もっと知名度を上げるためにゆるキャラが必要だ、なんて言い出したんですよ。それで、今年度の予算に計上しちゃったんです。

——その担当があなたなんですね。

ええ。正直、困りました。大学で美術史を専攻していたんで、デザイン方面とかに強いような印象を持たれてるんですけど、私、絵とかも全然描けないんですよ。何度も説明してるのに、分かってくれなくて。

——そういうのって、業者に任せて、役所側はＯＫを出すだけじゃないんですか？

そうなんですけど、とにかくお前ならセンスがあるから分かるだろうって。年明けには候補案を三つに絞りこまないといけないんですけど、全然判断できないんです。候補を出して、それがダサいって言われたらやっぱりショックですし……そもそもゆるキャラって、何で必要なんでしょうね。

——まあ……その地域の特徴を分かりやすく出すために、ということでしょうね。子どもの興味も引けるし。

分かりますけど、子ども人気が出ても何にもならないと思うんですよね。やっぱりゆるキャラって、観光客誘致で悩む自治体向けのものだと思うんです。そもそもうちの自治体を象徴する分かりやすいものがないから困ってるんですけどね。大きな箱物ならいくらでもありますけど、そういうのってゆるキャラになりにくいじゃないですか。

——基本、四角いだけだし(笑)。

田舎の方がやりやすいんじゃないかな……農産物なんかの特産品を擬人化すればいいだけでしょう。擬人化する必要もないですね。果物をデザインした被り物を作ればそれでOKじゃないですか。

——そう考えると、東京には名物がないとも言えるんですかね。

ゆるキャラって、いろいろ馬鹿にされたりしますけど、基本的には郷土愛を前面に押し出して、まず地元の人に支持されるものじゃないですか。でも東京の場合、その郷土愛があるのかないのかも分かりませんしね。三代住んだら江戸っ子なんて言いますけど、そういう人なんか、ほとんどいないでしょう。私も元々は長野ですから、どんなに長く住んでいても、東京に対する郷土愛があるのかないのか、分からないんですよね。ゆるキャラも……私の地元の松本には、『アルプちゃん』っていうキャラがいるんですけど、そっちの方にむしろ愛着を感じます。あれ、結構可愛いんですよ。全体的にはゆるキャラは可愛いとは思いませんけど、あれは例外ですね。よくできたキャラだと思います。

——出身者が、故郷を思い出すよすがにもなる、という感じですかね。

ああ、そうですね。そう考えると、ゆるキャラにも意味があるのかなあ。でもやっぱり、東京の人に『故郷』を感じてもらうのは難しそうだし、外部に対するアピールも弱いですよね。どうするか、頭が痛いです。

——でも、決めなくちゃいけない。

いっそ、投票してもらおうかなと思います。三つまで絞りこんだら、住民票のある人にネット投票で判断を任せるとか。その方が、今の時代っぽいですよね？

二〇〇八年　田岡《たおか》成美《なるみ》（19歳　大学生）

H&M、行きました？

――いやあ、ああいう店には特に興味がなくて。すごいですよ。

――具体的に、どんな風に？

とにかく何でもあるんです。上から下まで全部揃いますから、買い物が楽なんですよ。

――値段も安いし。

安いですよ。安い分、品質はどうかと思いますけど、ワンシーズンしか着れなくてもいいかなって……ブラウス一枚千二百円、ワンピースが二千円とかですからね。

――女性は、服に関してはいろいろ大変だよね。

今年東京へ出てきて、本当に困ってるんです。東京って、マンションから外へ出るだけでもプレッシャーですから。

――ジャージにサンダルっていうわけにもいかないよね。

高校生の頃は、近所のコンビニに行く時は、そんな格好で自転車を漕いでましたけど、さすがに東京では無理ですよね。でも、ちゃんとした服を揃えるなんて、不可能なんです。仕送りを増やしてもらうのも親に悪いし、バイトするにも時間の制限がありますから。大学って、一年、二年の時が忙しいんじゃないですか？

――講義は多いよね。三年生になると、今度は就活で忙しくなると思うけど。

それも嫌ですけどね。

——それで……好みの服は揃うんですか？

とにかく種類がたくさんあるから、何かは見つかるんですよ。銀座の店に行くと、必ず二時間ぐらいいて、いつの間にか何枚も買ってます。

——安い店は他にもあるけど……。

ユニクロとかＺＡＲＡですか？　うーん、好みの問題ですね。ユニクロは田舎にもあるから、高校生の頃から友だちもみんな着てて、今更っていう感じもあるんですよ。ＺＡＲＡはちょっとテイストが違うし、個人的にはＨ＆Ｍの方が好みです。価格帯はだいたい同じなんですけどね。あと、ユニクロって、フリースとか着てるとすぐに『ユニクロだ』って分かっちゃうじゃないですか。あれがちょっと嫌なんですよ。何だか、昔の人が、ブランドのマークを露骨《ろこつ》に見せびらかすのと同じ感じ、しません？

——値段はずいぶん違うけどね。

高ければいいってわけじゃないと思うんですよ。本当に、安いのは助かってます。それにとにかく種類が多いから、人と被らないのがいいです。街中で、同じ服を着ている人を見たこともないですし。

——確かに、攻めたデザインの服が被ると、結構恥ずかしいよね。

そうなんですよ。まあ、それを言ったら、ブランド名とかが分からない白いブラウスやカットソーだけ着てろっていう話になりますけどね。やっぱり、それだけじゃ済まないでしょう。

——こういうの、ファストフード的な？　ファストファッションって呼び始めたみたいだね。

ああ、ファストフード的な？　確かにそんな感じですね。

——ずっとＨ＆Ｍで買い続けるのかな。

どうでしょうね。社会人になってもH&Mって、ちょっと考えちゃいますけど。でも、服にはそんなにお金をかけたくないんで、私服はH&M一本でいくかもしれません。でも、最近、大学の講義で嫌な話を聞いちゃって。

――何の講義ですか？

開発経済――途上国の経済状況の話なんですけど、H&MもZARAも、生産自体は開発途上国じゃないですか。そういう国の労働条件の悪さを考えると、ファストファッションがどうして安く売れるかが分かってきちゃうんですよね。人権問題にもなりかねないでしょう？　だから、ちょっと複雑な気分ではあるんですよ。

――そういう国の人たちに、僕たちが着る服が支えられてるわけだ。

グローバル化とも言えるんですけど、どうなんですかねえ……でも、H&Mの服にはまったせいで、そういうことを意識するようになったのは、悪いことじゃないですよね？

――何も考えていないよりは、確かに。

だから将来、小売りとか流通とかの仕事をするのもいいかなと思って。安くたくさん売る、でもそのために誰かの負担が大きくならないようにする……矛盾してますかね。

――矛盾してるかもしれないけど、考えることが大事だよね。

こんなことを考えるようになるって、自分でも意外です。H&Mの効用、みたいな感じですかね。

二〇〇八年　古川《ふるかわ》美恵《みえ》（47歳　主婦）

フェイスブック、やってますか？

――まだ手は出していませんけど……ミクシィみたいなものですよね？

そうです。もちろん、アメリカ発ですから、ミクシィとは規模も違うんですけどね。一番大きな違いは、基本的に実名登録ということです。

――そういうの、何か怖くないですか？　自分の個人情報が世界中の人に見られるようなものですよね。

そこは気をつけますけどね。でも、基本的には閉じた世界の話ですから、誰かが意図的に投稿の情報を漏らさない限り、外には出ませんよ。それに、別におかしなことを書いてるわけじゃないですから。自分の行動の記録みたいな感じです。

――日記代わり、ですか。

そうですね。あの、日本人って、日記が好きじゃないですか？

――昔から日記文学なんてありましたからね。

そういう風土がある国だから、ハマりやすいんじゃないですかね。ミクシィもすごく流行りましたけど……ミクシィ疲れ、なんて言葉もありましたよね。

――疲れて急にぱったりやめたりして。

コメントがあると、必ず返信しなくちゃいけないっていう強迫観念に襲《おそ》われるんです。そんなことをずっと続けていたら、疲れますよね。私も結局、やめちゃいました。

――フェイスブックの方が楽なんですか？

楽というか、似てるようでまったく別のコミュニティツールですから。実名っていうのがやっぱり大きいと思います。それで抑止も効きますし、昔の知り合いが見つかったりするんで楽しいですよ。

――元々、大学の中での交流サイトでしたからね。

らしいですね。アメリカの大学は規模が大きいから、こういうツールも必要だったんですかね。

――今は、どんなことを書いてるんですか？

それこそ、毎日の日記みたいなものです。何を食べたとか、どこへ行ったとか。主婦ですから、そんなに行動範囲が広いわけじゃないですけど、何だか料理には気合いが入るようになりました。美味しい料理ができた時は、ちょっと自己顕示欲が出てきますよね。だから、カメラの勉強も始めました。料理って、撮り方によって美味しそうに見えたり、不味《まず》そうに見えたりするんですよね。

――かなり凝ってますね。

そんなことないですよ。でも、プライバシーについては心配なので、気をつけてます。あくまで私だけのものなので、家族は出さないようにしてます。

――ご主人はやってないんですか？

ああいうのに興味がないんですよね。実際の世界でのつき合いだけでヘトヘトなのに、わざわざネットで人と繫がりたくないそうです。でも、それってちょっと、情報弱者の言い訳みたいですよね。家でまでパソコンに触りたくない、みたいな。メールだってろくに使わないような人ですからね。でも、フェイスブックの知り合いには、そこで繫がった人とビジネスを始めたりする人もいます。新しいチャンスはいくらでも転がっているのに手を出さないのは、残念な感じがしますよね。

――その辺、世代によるわけじゃないですけど、使う人使わない人で断絶ができてるみたいですね。

私はもちろん、肯定派です。本当に、高校時代の友だちと何十年ぶりで繫がって、びっくりしたけど嬉しかったですね。もちろん、地元で調べれば、昔の友だちが今どうしてるかは分かるかもしれないけど、面倒じゃないですか。

――地元はどちらなんですか？

熊本です。年一回帰省するのが精一杯ですから、昔の友だちのことを調べるような暇もないんですよね。でも、フェイスブックを始めたおかげで、高校時代の友だちが東京にいることが分かって、今日もこれから会いに行くんですよ。

——大晦日に？

向こうの都合もありますから。年末年始の準備は完璧に整えてあるので、今日はゆっくりしようと思います。

——ご主人は大丈夫なんですか？

向こうも仕事なので……娘も、今日は遅くまで友だちと遊ぶって言ってましたから。

——楽しみですね。卒業以来ですか？

ええ。向こうの写真も見ましたけど、あまり変わってないからすぐに分かると思うんですよね。

——女性ですか？　男性ですか？

あ、それはちょっと……まあ、どっちでもいいじゃないですか。

二〇〇九年　匿名希望（36歳　会社員）

名前は勘弁して下さい。

——このインタビューが表に出るか出ないかも分からないんですが……。

駄目です。裁判員には守秘義務があるでしょう？　身内に話す分には問題ないかもしれませんけど、公になる可能性があったら、絶対喋りませんよ。そういう風に厳しく言われていますし。裁判が終わったら個人情報は公開してもいいっていうことになっていますけど、僕は嫌なんです。

——分かりました。では、この話が表に出る時は、あくまで匿名ということにします。

裁判員をやった人が、後で記者会見することがあるでしょう？　ああいう時も、名前も顔も出さないじゃないですか。

——そうですね……それで、どういう裁判だったんですか？

殺人事件でした。四十五歳の引きこもりの長男が、同居している両親を刺し殺した事件だったんですけど、守秘義務がなくても、あまり喋りたくないですね。喋ると思い出してしまいますから。

——犯行から一週間ぐらいしてから発覚した事件じゃないですか？

そうです。知ってました？

——遺体の状態がひどかったとか。

そうなんですよ。法廷では、証拠としてその写真を見せられたんです。もう、冗談じゃないと思いました。一応、国民の義務ですから裁判員は引き受けたんですけど、あんなものを見ることになるとは思わなかった。

——ひどかったですか？

真夏に、家の中で一週間放置されていた遺体がどんな感じになるか……思い出しただけでも吐き気がしてきますよ。傷の具合とかもアップで見なくちゃいけなくて、同じ裁判に参加していた女性は、それで体調を崩してしまいましたからね。裁判が終わってからは会ってませんけど、大丈夫なのかなあ。ああいう時のフォローは、どうしてるんでしょうね。

——トラウマになりましたか？

まさにトラウマです。まさか二回やることはないと思いますけど、もしもまた選ばれたら、今度は絶対に回避しますよ。

——生々しい証拠を見せられたりしたせいですか？

それもありますけど、一人の人生を短い時間で決める仕事なんか、やりたくないじゃないですか。僕が担当した事件の場合は、被告の方にもいろいろ事情があって……あ、これもあまり言うべきじゃないですね。

――その事件については、私もフォローしていました。引きこもった事情、両親との関係……確かに、単純に裁けるような内容じゃないですね。

難しかったです。裁判って、犯罪の事実だけで簡単に量刑が決まるわけじゃないんですよね。数字にできない事情みたいなものを勘案しなくちゃいけなくて、悩みました。一番のトラウマになっているのは、量刑を決めたことだったと思います。ああ、これで一人の人間の人生が終わってしまうって……死刑判決じゃなかったですけどね。

――覚えてます。無期懲役でしたね。

二人殺して無期懲役でよかったのかどうか。殺された人の恨みは晴らせなかった気がします。でも、親子なんですよねえ。関係ない人を二人殺したら、どんな事情があっても死刑判決だったと思いますけど……裁判員に量刑を決めさせるのって、どうなんですかね？　アメリカの陪審制だと、陪審員は『有罪か無罪か』を決めるだけで、有罪の評決が出たら、量刑は裁判官が決めるそうですね。

――よくご存じですね。

裁判員に選ばれて、いろいろ調べたんですよ。アメリカ的なやり方でもいいんじゃないかなあ。その方が、裁判員の心理的負担も小さくなると思うんですよ。一人の人間の人生を奪ってしまったという意識は抱かなくて済むんじゃないかな。それを決めたのは裁判官だと思えますからね。

――全体的には悪い経験でしたか？　いい経験でしたか？

自分でもまだ分かりません。嫌な経験だったけど、司法がこういう風に動いてるんだっていうことはよく分かりました。いい勉強だったけど、今のところはプラスマイナスゼロかなあ。結局思ったのは、裁判官って大変なんだっていうことです。僕たちが裁判員をやる機会なんて、一生に一度もないでしょうけど、裁判官はそれが仕事なんですよね。何度も死刑判決を出した裁判官なんて、普通の精神状態でいられるのかなあ。そういうことが日常になるのは怖いですよね。僕だったら耐えられない――裁判官はタフじゃないと務まらないことがよく分かりました。

二〇〇九年　島本晴夫《しまもとはるお》（52歳　自営業）

匿名でお願いしてもいいかな。

――この話が表に出るかどうかも分かりませんけど、実名だと何か都合の悪いことでもあるんですか？

俺、自民党員なんだよね。親父もそうだし、昔からいろいろ恩や義理もあるじゃない。だから、今年一番の事件が政権交代なんて、言いにくいよ。

――逆の意味で、ということもありますよ。ショックが大きかったという意味では。

まあ、確かにショックは大きかったね。ただ、いつかはこうなるんじゃないかっていう予感はしてた。最近、選挙の結果が読みにくくなってきたじゃない？　無党派層ってのが増えてさ。そういう人たちって、本当に気分だけでどこに投票するか決めるから、たまったもんじゃないよ――実は今回ばかりは、俺も自民党に入れなかったんだけどさ。

――自民党員が民主党に投票したらまずい、ということですか。

そりゃそうだよ、明らかに裏切り行為だもん。でもねえ、俺みたいな人間も結構多かったんじゃないかなあ。そうじゃないと、民主党が三百議席以上も獲得するなんて、あり得ないでしょう。正直、結果を見て怖くなったよ。ここまで自民党に強い逆風が吹くとは思わなかった。もしかしたら本格的な政権交代――二大政党制の始まりかもしれないよね。一九九三年の細川内閣は、あくまで複数の政党による連立内閣だった。だから不安定だったんだけど、今回はまったく事情が違うでしょう？　もしかしたら今後は、選挙の度に自民党と民主党の政権が交代するかもしれないね。

――自民党員から見て、民主党政権はいかがですか？

いやあ……何とも。確かに事業仕分けとか、脱官僚依存とか、自民党が手をつけられなかった政策は斬新だよね。発足当時の鳩山内閣の支持率が七割を超えていたのも、まあ、理解できますよ。でも、化けの皮が剝がれるのも早かったよねえ。支持率なんて、今月の最新の世論調査だと、もう五割を割りこんでたんじゃない？　年が明けたら、不支持が支持を上回るんじゃないかな。

――急落の原因は何だと思いますか？

結局は経済じゃないかな。株価も低迷したし、一ドル八十四円台になって、国内メーカーへの打撃も大きかったしね。『鳩山不況』って言ったの、谷垣さんだっけ？　まさにそういう感じだよね。行政改革はそれなりに進んだけど、それは一般市民にはあまり関係ないしねえ。結局、『失われた二十年』には対処できていないわけですよ。これじゃあ、我々みたいな自営業者には大ダメージだよね。期待していた分、失望も大きいよ。

――やっぱり、がっかりですか？

うん……それに、政治と金の問題は、結局ついて回ってるでしょう？　民主党政権になったら清《せい》廉《れん》な政治が実現するかもしれないと思ったけど、政治家なんて基本的に同じなんだろうね。万が一共産党政権になっても、金の問題は出てくるんじゃないかなあ。今は、できるだけ早く自民党政権に戻って欲しいと思ってるよ。選挙がないとどうしようもないけど……細川内閣みたいな連立政権だと、喧嘩別れで政権崩壊っていうこともあるけど、今回はとにかく、民主党が勝ち過ぎた。

――こういうことって、予想できてなかったんですか？

自民党の負けは読めてたけど、民主党がここまで急激に信用をなくすとは思ってもいなかった。鳩山さんも、長くは持たないだろうね。そうなると、民主党の中で持ち回りの内閣になるんだろうけど、他の面子《メンツ》はどうかね……菅か、岡田か、考えてみると似たり寄ったりなんだよね。

――でも、そもそも選挙では、民主党を応援して投票したんじゃないんですか？

いやいや、マイナス同士でどっちがましか、というだけの話だよ。自民党にお灸《きゅう》をすえたかった、ということもあります。細川連立政権ができて下野した時、自民党は生まれ変わるチャンスだったのに、結局は元通りというか……だから、一時は少数野党の苦しさを味わうべきじゃないかと思ったんですよ。俺みたいに考えた人間は、結構いたと思うんだよね。無党派層が一気に民主党に流れただけじゃ、ここまで圧勝はしないでしょう。結局、民主党しか選択肢がなかった、というのが今回の選挙じゃないかな。しかし俺は、ちょっと自分が情けないね。確かに自民党にお灸をすえる機会にはなったけど、民主党で景気がよくなる、政治の透明性が増す……そういう予感が外れたんだから、見る目がなかったということでしょう。政治家には期待しない方がいいんだろうけど、次はどうしたものかねえ。

二〇一〇年　藤田《ふじた》香織《かおり》（43歳　食品会社社員）

食べるラー油って、食べました？

――ああ、はい。あれ、美味いですよね。

中華料理屋で、手作りのラー油を置いている店、あるでしょう？　そういう店のラー油には、唐辛子やニンニクも入ってますよね。私、あれが大好きで、いつも底からぐっとかき混ぜて、薬味も一緒に使うようにしてるんですよ。でも、辛いですよね。だからあくまで薬味で、あれをご飯の友にしようとは思わなかった。

――食べるラー油は、そんなに辛くないですよね。

その辺の味つけが絶妙なんですよ。ラー油って分かるぐらいには辛いけど、ご飯に載せて食べるとちょうどよくなるでしょう。あれが発売された時は、『やられた』って思いました。あんなにラー油が好きなんだから、もっと早く商品化に手をつければよかった。

――お仕事は商品開発なんですか?

はい……この業界で、『抜かれる』っていう言葉があるんです。同じ時期に商品開発していて先に発売されたり、こっちがまったく想像もしていなかった商品が出てきたり。そういう時のショック、分かります?

――新聞も同じですよ。他紙に特ダネが載っていて、自分のところには載っていない――あのショックと同じようなものでしょうね。

あー、そうですね。今回は、全然想定していなかったのに出てきた商品なんで、ショックは大きかったです。多分、あちらの会社にも、私みたいなラー油好きがいたんでしょうね。大変だったのはその後です。抜かれたら対策を考えるのは当然ですけど、うちの会社の上層部は判断が早かったです。

――後追い、ですね。

みっともないですけど、同じような商品……もっと美味しくて安い商品を作れっていう指示がすぐに出ました。食べるラー油はスーパーでもすぐに棚薄状態になって、他社も追従しましたよね。大ヒット商品だったんですよ。

――最初に発売になったのは……。

去年です。それで、一気にブームになったんですよ。ラー油を、調味料じゃなくてご飯のおかずにするっていう発想はなかったですから、悔しかったなあ……うちは今年になってすぐに発売して、何とかブームに間に合った感じですね。実はその前から、それほど辛くなくて、具材が入ったラー油は密かにブームになっていたんです。ただそれは、あくまで調味料として使うラー油だったんですね。そこから『ご飯のおかずにして食べる』に至るまでの発想転換がすごいんですよ。

――商品開発も大変ですよね。

大変ですよ。それに、時々虚《むな》しくなることがあるんです。食べ物のブームって、定着しないまま終わることもあるでしょう？　つまり一時的なブームで、定番商品にならないものが結構多いんです。私は平成二年に会社に入ったんですけど、その頃はナタ・デ・ココやティラミスが大ブームでした。あれはファミレス発祥なんですけど、コンビニスイーツにもなりましたよね？　私も最初は、そういうスイーツの開発から始めたんですよ。

――ティラミスは、今もイタリア料理店では定番のデザートですよね。

そうですね。その前には激辛ブームなんかもありましたし、日本人って、すぐに流行りものに飛びつきますけど、飽きるのも早いですよね。こっちがしかけるブームもありますけど、知らない間に勝手にブームになってることもあります。特にネットが普及してからは……食べるラー油だって、ネットで評判になったことが、ブームに一役買いましたからね。

――商品開発も難しい時代ですね。

そうなんです。私たち開発する側の人間は、目新しくて美味しいものを作ることに専念すればいいんですけど、宣伝や広報は大変ですよ。今までみたいな宣伝のやり方では、流行るかどうかも分かりませんから。これからは、ネットのしかけなんかをどうするか、試行錯誤みたいです。

――商品開発そのものも、終わりなき戦いですね。

戦い、確かにそうですね。でも、食べるラー油の次には何がきますかね？　何かヒント、ありませんか？

――そういうことが分かるようなら、作家なんかやってませんよ。

そうか、そうですよね。でも、流行を確実に先読みできる人もいなければ、必ず流行るようにブームをしかけられる人もいません。それがこの業界の難しさであり、やりがいのある部分でもあるんですけどね。

二〇一〇年　権藤康夫《ごんどうやすお》（47歳　警察官）

へえ、作家さんね。初めて会ったよ。どんな本、書いてるの？

——警察の人には言いにくいですけど、警察小説とかですね。

どんな本？

——『雪虫』とか。

ああ、あれ？　読んだよ、俺。

——本当ですか？　居心地が悪いですね。

舞台が新潟ってのは珍しいよね。警察の内幕をずいぶん詳しく書いてたけど、相当取材したの？

——改めて取材したというより、元々新聞記者なんです。

なるほど。それじゃあ、詳しいわけだ。しかし驚いたね。作家さんにインタビューされるとはね……で、何だっけ？　今年一番の事件？　何と言っても、殺人の時効撤廃《じこうてっぱい》だね。

——仕事に直接関係する話ですね。

あまり大きい声で言いたくないけど、本当なら来年時効になる殺人事件の捜査本部に入ってるんだ。俺は最初からかかわってたわけじゃないけど、何とも複雑な気分だね。

——どんな事件ですか？

そんなに難しい事件じゃないんだよ。十四年前、練馬区で夫婦二人が殺された強盗殺人だ。

——覚えてます。当時は、外国人の犯行じゃないかって言われてましたよね。

確かにそれ臭いんだよな。でも、はっきりした証拠は出てない。どうも初動捜査の段階で、何か重大なヘマがあったようなんだ。そういうことは、仲間内でも言わないものだけど……とにかく、犯人の目処《めど》が全くついてなくて、捜査は完全に行き詰まっている。

——いつから捜査を担当してるんですか？

今の部署に来てからだから、一年前かな。その事件ではもう、うっすらと時効を覚悟してたけどね。

——嫌なことを聞きますけど、犯人不明のまま時効になるのって、どんな気分ですか？

それは分からないなあ。幸いなことに、俺は今まで担当した事件が時効になったことは一度もないんだ。それがいきなり、時効間近で手がかりの少ない事件を押しつけられて、正直、むかついたよ。あんたなら分かると思うけど、解決できない事件っていうのはあるんですよ。ほとんどが警察のミスで、犯人が上手く隠蔽工作できたケースなんてまずないんだけどね。人を殺したら、アリバイ工作したり現場に細工したりなんてできないもんだ。

——冷静でいられませんからね。

そうそう。まあ、練馬の事件も迷宮入りして時効成立は間違いなし——そういう捜査を担当させられると、正直言って腐るよね。時効の時には特捜にいないように、何とか異動させてもらおうと思ってたぐらいだ。

——でも、時効がなくなった以上、永遠に捜査できるわけですよね。

そうなんだけどね、なかなか難しい……偶然に期待している部分もあるよ。例えばあの現場では、犯人も怪我していたようで、家族のものじゃない血液が採取された。ＤＮＡ型も分かってるけど、照合対象がなければ手がかりにならないだろう？　ただし、これから何かの機会に他の事件で捕まった人間のDNA型が一致すれば——強い証拠になるけどね。

——確かに偶然に頼ることになりますけど、時効さえなければ、そういう可能性もないではないですね。

もちろん、発生から五十年も六十年も経つと、実質的には時効撤廃も意味がなくなるんだけどね。犯人が死んでいる可能性も高くなるし。そもそもあの件は、外国人が犯人かもしれない……あの頃、中国人の窃盗団が活発に動いていて、家に侵入した手口が似てたんだよね。もしもそうなら、とっくに帰国してるだろう。そして真犯人が海外にいたら、逮捕できる可能性はゼロだね。

——結局、時効撤廃もあまり意味がないということですか。

いや、被害者遺族の感情を考えれば、大事なことだよ。親や子どもを殺されて、たった十五年で犯人が逃げ切るってのは、どう考えても理不尽だよな。でも、警察が永遠に捜査することが分かれば、関係者も多少は気が楽になるんじゃないかな。だから俺たちも、これからは未解決事件に対して新たな心構えで臨まなくちゃいけないだろうね。

——警察にも新しい時代が来るわけですか。

そういうこと。俺みたいなオッサンはともかく、若い連中は大変だろうね。駆け出しの頃に担当した事件を、退職するまでずっと捜査する、なんてこともあり得るんじゃないの？　そういうの、小説のネタにならないかな。

——四十年ぐらい続く大河ドラマですね。

俺が若かったら、耐えられないかもしれないけどね。遺族の思いを何十年も背負い続けるのはきついぜ。

二〇一〇年　秦野《はたの》玲《れい》（31歳　会社員）

一月に二人目が生まれたんですよ。

——ご家族の構成は？

夫と、上が三歳の男の子、下が女の子です。

——手間がかかって大変ですね
ああ、でも……私はそんなには……もちろん母親ですから、当然子どもの世話はするんですけど、基本的には会社に復帰してフルタイムで働いています。

——ということは、子育てはご主人が？

そうですね。イクメンを自称してますので……実際、一生懸命やってるんですよ。男の人にしては気が回りますし、丁寧ですしね。そういうところは素直にすごいなと思います。

——今年は、政府が『イクメン』を公式認定した年でしたね。

イクメンプロジェクトですね。今のところ夫の目標は、そこで『イクメンの星』に選ばれることだそうです。それで最近は、自分で子育ての様子を紹介するホームページを立ち上げて、同じように育児をする男の人たちとの交流も始めました。女性って、子育てについてはだいたい母親や先輩ママに聞いたりして学ぶじゃないですか。そういう人が近くにいない時は、ネットで質問したりするんですけど、そうすると全然違うアドバイスが返ってきたりして、かえって混乱するんですよね。

——結局、人それぞれですからね。

男性で子育てを積極的にやっている人の場合は、聞く相手がもっと少ないでしょう？　私たちの親世代だと、まだ子育ては母親の仕事、というのが当たり前でしたからね。自分の母親に聞くのは恥ずかしいみたいだし、聞かれた方もきっと困っちゃいますよね。

——確かに、母親には聞きにくいですよね。父親は何も知らないだろうし。

それで、同じような仲間のコミュニティを作ったんです。ミクシィやフェイスブックじゃなくて、実名で信頼できる人間同士の集まり……今、子育てしている父親は結構多いですからね。分からないことがあると、私に聞くより先に、そういうところでの知り合いに確認してます。もしかしたら育児に関しては、私よりも知識豊富かもしれません。何だか変な感じがしますけどね。家に帰っても、子どもがすっかり夫になついていて、上の子なんか、私に向かって『この人誰？』みたいな顔をするんですよ。

——秦野さんご自身は、フルタイムで働かれているんでしたね？

そうです。

——お仕事は？

ＩＴ系の小さい会社です。私は九年目ですけど、もう古株になってるんですよ。

——ゆっくり産休を取っている暇もないんですか？　小さい会社だと、大会社に比べて福利厚生は充実していないですよね。

同じ規模の会社に比べると、いい方だと思いますけど……今回は、私が自分で『すぐに戻りたい』と言ったんです。産休前に進めていたプロジェクトがあって、別に自慢するわけじゃないけど、私が戻らないとプロジェクトがストップしたままになってしまうので。それに私自身、このプロジェクトは絶対に成功させたいんです。そのためには、どうしてもフルタイムで復帰する必要がありました。それで、代わりに夫が育休を取ると言ってくれて。

——男性も、育休は一年ですよね。

ええ。

――ご主人、年明けぐらいには復帰ですか。

それが、会社、辞めちゃったんですよ。

――え？

どうしても責任持って育てたいって。保育園が見つからない場所に住んでいるんで仕方ないところもあるんですけど、育児にハマっちゃったとしか言いようがないんです。もう一年延長もできたけど、何としてもずっと自分で子育てしたいって。極端ですよね。

――こんなこと聞いていいかどうか分かりませんけど、生活は大丈夫なんですか？　今のところ、あなたの収入だけが頼りなんですよね。

不安ですけど、昭和の時代に戻ったと思えば……お父さんが一人で働いて、子ども二人を育てるのって、普通だったじゃないですか。収入源が男から女に変わった、ということだと考えています。こういう家族、これからも増えるかもしれませんよ。

――家族のあり方はますます多様化するんでしょうね。

もしかしたらうちの夫は、本当に単なる子ども好きかもしれませんけどね。三人目も欲しいって言い出してるんですけど……どうしましょう？

二〇一〇年　木《き》村《むら》貴《たか》子《こ》（75歳　主婦）

愛知の豊川で、怖い事件がありましたでしょう？　一家のうち二人が殺されて、三人が怪我させられた事件。

――引きこもりの長男が起こした事件ですね。

あれが本当に怖いんです。どこで起きてもおかしくない事件ですよね。

――殺人事件の五割以上は、家庭内で起きているというデータもありますが……あ、すみません、勘違いだったら申し訳ないんですが、引きこもりの問題を抱えていらっしゃるとか？

そうなんです。息子が四十八歳になるんですけど、もう二十年近く、まったく家の外へ出ていないんです。

――差し支えなければ、何があったか教えていただけませんか？

最初の原因はたぶん、仕事で失敗したことなんです。息子は国立大学を出て、普通に就職しました。仕事はコンピューター関係で、私どもにはよく分からない内容でした。最初は普通に仕事をしていたんですけど、就職して五年目に、何か大きなミスをしたようで、それ以来、会社へ行ったり行かなかったり……そういう状態が一年ぐらい続いて、結局辞めてしまったんです。それからずっと、家を出ていません。

――お金は……生活費の面倒も見ているんですか？

最初は、息子にも余裕がありました。趣味もない子でしたから、辞めた時にはそれなりに貯金もあったんです。それを毎月少しずつ取り崩して『生活費だ』って入れてくれました。でも、そんなのはいつまでも続きませんよね……今は、私たちが面倒を見ています。

――ご主人ももう、仕事はされていないんじゃないですか？

年金と貯金を取り崩しています。苦しいですけど、しょうがないですね。

――誰かに相談できなかったんですか？

私はそうしたかったんですけど、主人が……主人は、製薬会社で役員までやった人なんです。ですから世間体も気にして……幸い、収入も普通の家に比べれば少しはよかったですから、何とかなったんです。でも今はもう、お金も危なくなってきました。今更親戚にも相談できませんしねえ。

――息子さんの今の生活パターンはどんな感じなんですか？

完全に昼夜逆転しています。朝方に寝て、起きだすのは午後遅くで、それから徹夜……体にも悪いんですけどね。基本的には自分の部屋に籠もったきりで、食事も私が部屋の前まで運びます。お風呂なんかは、私たちが寝ている間に済ませているみたいですけど……もう何年も、話もしていません。

――向こうから何か言ってくることもないんですか？　必要なものとか、あるでしょう。

買い物ですか？　インターネットで済ませているみたいで、時々荷物を受け取っています。

――そういうお金は……。

やっぱり、私たちが出しています。月に何万円か、小遣いとして渡しているんです。もう二十年もずっとそんな感じなので慣れましたけど、不安なんですよ。私たちもこれから、体が動かなくなるでしょうし、お金もいつまでも続かないし……それに最近、様子がおかしい時があるんです。

――どんな風にですか？

夜中に急に大声を上げたりとか……それに、一人で外へ出ることもあるようです。近所のコンビニなんかへ行ってるみたいなんですけど、それも逆に不安なんですよ。外で何か、事件でも起こしたら……。

――でも、暴れたりすることはないんですよね？

今のところは、です。将来のことは分かりません。愛知の事件なんかを見ると、うちの息子もどうなるか……いつ問題が起きても不思議じゃないと思うんです。

――心配し過ぎじゃないんでしょうか。

せめて話ができればいいんですけど、こちらが話しかけても何も答えないし、部屋のドアに鍵はかけっぱなしだし。食事がなくなっていなければ、本当に生きているかどうかも分からないぐらいです。

——最近は、こういう問題で悩んでいる家族も多いようですね。

そういうニュースもよく見ます。気をつけてチェックしてるんです。でも、参考にならないんですよ。昔からこういう問題はあったみたいですけど、引きこもる事情は、それぞれなんですよね。上手く社会復帰できた人もいるようですけど、うちの息子は……とにかく、もう何年も残されていないと思うんですよね。私たちは後は死ぬだけですけど、その後息子がどうなるか……。

二〇一〇年　大島《おおしま》隆善《りゅうぜん》（25歳　大学院生）

実家の床が沈み始めたんです。

——ピアノか何かですか？

いや、本なんです。

——本が重くて床が沈む？　それは相当な量ですね。

築四十年で、床も相当へたってるんでしょうけど、壁との間に隙間が空いているのに気づいてびっくりしました。少しだけ自分のマンションに引き取ったんですけど、焼け石に水ですね。今度は自分のマンションの床が沈むんじゃないかって心配です。賃貸ですから、出る時に面倒になるかもしれませんね。

——どうしてそんなに本があるんですか。

親父も本好き——大学で教えているんで、資料としての本もたくさんあるんですよ。それでも、半分ぐらいは大学の研究室に置いてあるわけですから……実際に何冊あるかは、まったく見当もつきません。まあ、親父の本好きを、僕も受け継いだんでしょうね。

——大学院での専攻は何なんですか？

日本近代文学です。金にはならないですね（笑）。研究用の本以外にも、自分の趣味で買う本もありますから、きりがないんですよ。あ、すみません、堂場さんの本はないんですけど……。

――それこそ趣味の問題だから（笑）。

それで、今年はｉＰａｄに飛びついたんですけどね。

――ああ、タブレットの。紙の本を電子書籍に置き換えようということですか。

持ってる本は全部、電子書籍化したいんです。タブレット自体が、だいたい文庫本を開いたのと同じサイズなんで、あれならまあまあ妥協できるかな、と。電子書籍は、本の『保管場所』の問題を解決してくれるかもしれませんよね。

――音楽に次《つ》いで、書籍もいよいよ電子化ですかね。

でも、電子書籍がどれだけ普及するかはまだ分かりませんよね。結構前から、電子書籍が紙の本をあっという間に凌駕《りょうが》するって言われてたでしょう？　ところが実際には、なかなか普及は進んでないんですよね。

――紙の本の手触りの方がいい、という人も多いですよね。

その辺は感覚の問題ですよね。電子書籍の普及が遅れるとしたら、出版社から取次、そこから書店へという日本の書籍流通のあり方が壁になるんじゃないかな。一冊の本が消費者の手に届くまでって、かなり複雑な経路があるじゃないですか。

――確かに。

そういうのを飛ばして電子で流通させるのは、なかなか難しいみたいですね。それこそ、まったく新しいプラットフォームが必要なんじゃないですか？　読む方――リーダーに関しては、どんどん新しい技術ができてくると思いますけどね。リーダー専用のＫｉｎｄｌｅが日本に本格的に入ってきたら、また大きな流れができるかもしれません。

――出版不況と言われて久しいですけど、我々にとっても重大な問題ですよ。

電子書籍、売れてるんですか？

――いやあ、売り上げ全体の一パーセントにもならないですね。

じゃあ、まだ収入源として頼りにはできないですね。

――今、紙の本がなくなったら、飯が食えないな（笑）。

電子書籍が紙の本に取って代わるには、まだまだ長い時間がかかると思いますけど、今は――あまりいい言葉じゃないけど、『自炊《じすい》』を始めたんですよ。

――紙の本を、自分で電子化する。

本は、結局中身ですからね。装丁も大事ですけど、僕みたいに研究書中心の人間にとっては、中身がちゃんと読めれば問題ないんですよ。今、毎週末に十冊ペースで古い専門書を電子化してるんですけど、なかなか終わらないですね。それに、父親には大反対されてまして……自分の本は絶対電子化させないって言い張るんですよ。

――紙の方がいい、ということですか。

電子化する時って、本をバラすじゃないですか。一ページずつスキャンしてたら時間がかかってしょうがないから、背を切ってバラバラにして、一気にスキャンするわけです。それがどうしても許せないって言うんですよ。

――確かに、本を壊すわけですからね。

嫌なのは最初だけで、僕はもう、慣れましたけどね。このまま床が沈むのを待つか、本を捨てるか、電子化するか。選択肢は三つに一つなんですけど、父親はフリーズしてます。本を捨てるのって、自分の読書習慣――これまでの人生そのものを否定するみたいなものなんですかねえ。そうこうしているうちに、また新しい本が増えたりして、きりがないですよ。

二〇一一年　井川康生《いがわこうせい》（35歳　会社員）

やっぱり、東日本大震災ですね。

——あの時はどこにいたんですか？

銀座です。ちょうど銀座駅で地下鉄を乗り換える途中で、日比谷線のホームに行ったところでいきなりどん、ときて。やばいと思いました。停まっている地下鉄の車両が縦揺れして……あんな光景、初めて見ましたよ。地下鉄は停まってしまったし、携帯はつながらないし、とにかく会社へ行かなきゃいけないと思って地上に出て、そこで逆に拍子抜《ひょうしぬ》けしました。何でもなかったんですよね。建物が崩壊するまではいかなくても、窓ガラスが全部落ちてるとか、停電で信号が停まって道路が大渋滞しているとか、そんな感じを想像していたのに、まったく普通だったんですよ。その時点では普通に歩けたんで、日比谷にある会社まで急いで戻りました。みんなでテレビを観ているうちに、東北地方の大変な被害がだんだん分かってきて、帰宅命令が出たんです。それが夕方五時ぐらいだったかな。

——帰れたんですか？

さっさと帰ろうと思って会社を出たんですけど、あれは大失敗でしたね。その頃に会社を出た人が多かったのに、当然電車は動いていなかったから、日比谷通りにはもう人が溢れ始めていたんです。車もまったく動かなくて、道路は駐車場みたいになってました。

——自宅はどちらなんですか？

東横線の祐天寺です。日比谷から十キロもないから、二時間ぐらいで帰れるかと思ったんですけど、とにかく歩道が人で一杯で全然前に進めなくて。歩き始めてすぐに日が暮れてきて、これはマジでやばいと思いました。たまたま家が近い同僚がいたんで、話しながら帰ったんですけど、会社を離れたのは大失敗でした。メールは全然つながらないし、ネットの情報は遅いし……会社にいたら、テレビで状況を確認できたと思うんですよね。それに、分かりやすい大通りばかり選んで歩いたせいで、遠回りになってしまって。麻布十番辺りに着いた時にはもう午後七時を回っていて、腹は減るし、寒いし……しょうがないんで、開いてたイタリアンの店に入りました。

――普通に営業している店も多かったですよね。

あれ、帰れない人がいるのを見越して開けてたんでしょう？　おかげで助かりましたけどね。店の人がテレビを持ち出してくれて、そこに集まって飯を食って、酒を呑んで……大変な地震だけど、東北のことだし、そんなにひどくはならないだろうって想像してたんですけど、津波の映像とかを見ると愕然としましたね。二人でワインを一本空けたんですけど、全然酔えませんでした。そのうち、自分は何やってるんだろうって落ちこんでしまって。東北の人が生きるか死ぬかの時に、何で俺は酒なんか呑んでるんだろうって自分が嫌になって、ものすごく間違ったことをしているような気分になりました。結局、一時間ぐらいでその店を出て、家に辿りついたのは午後十時ぐらいでした。

――東京もパニックでしたよね。

恥ずかしい話ですよ。そんなに大きな被害が出たわけじゃないのに、あの日の東京は完全に麻痺してましたよね。俺も何だか慌てちゃって、歩道が空いたら走ってましたからね。帰ったら家族も無事でほっとしたんですけど、何だかじゃりじゃりした気持ちが残りました。土曜と日曜は日用品を買い漁《あさ》ったんですけど、スーパーにもいきなり物がなくなって……あれ、何だったんでしょうね。東京って、本当に災害に弱いですよね。原発のこともあったし、安全なところに引っ越そうかって考えたぐらいです。少なくとも、嫁と息子は実家の九州にでも行かせようかなって。俺、生まれが大牟田《おおむた》なんですよ。あそこなら地震も原発も心配ないだろうし。だけど結局それはできなくて、家族三人でずっと東京にいますけどね。いつ地震がくるか分からないから、ちゃんと備蓄するようになったし、月に一度は会社から歩いて帰って、避難路を確認するようにしてます。でも、本当に地震が起きたら、またみっともなくパニックになるんでしょうね。東京って――東京に住んでる人って、本当に弱いですよね。覚悟はできたと思ってるんですけど、実際に地震が来たら、それどころじゃないでしょう。でもあの日……今でも不思議です。途中で寄った店で、皆心配そうにテレビでニュースを観ながら、普通に酒を呑んで飯を食ってたんだから。いつもの光景なんだけど、いつもの状況じゃないみたいな。今考えても、あの日の自分は、どこか別の世界にいたみたいな感じです。どうしたらこんな嫌な気持ちにならなかったか……今でも分からないですね。

二〇一一年　所真美《ところまみ》（31歳　IT会社社員）

iPhone 4Sに買い替えたばかりです。便利ですよ。Siri、試しました？

――いや、まだスマホにしてないんですよ。

えー、マジですか？　今年の夏ぐらいから、周りも一気にスマホになりましたよ。

――使い慣れてるものがあるので、今すぐ変える必要がないんですよ。

でも、スマホは絶対便利ですよ。ガラケーの頃なんて、どうしてあれで満足してたのか、今になったら全然分かりません。

――何が便利なんですか？

うーん、一言で言うのは難しいんですけど、もう携帯『電話』じゃないってことですかね。電話というより、ほとんどパソコンじゃないですか。パソコンでできることは、だいたいスマホでできます。

――でも、画面が小さいし、ビジネスには使えないんじゃないですか。

全然大丈夫ですよ。慣れです、慣れ。

――いつの間に、皆スマートフォンになったんでしょうね。

iPhoneが日本で発売されたのが、二〇〇八年だったかな？　同じ頃にアンドロイドのスマートフォンも出てきて、流行り始めたんですよね。今年になって急に売れ始めた理由は分かりませんけど、地震の影響もあるかもしれませんね。情報収集するにも、ガラケーより絶対便利ですから。

――持ち歩けるパソコン、という感じですね。

そうですね。私は企画部門にいるので、営業の人ほど外に出ることはないんですけど、食事してる時とか、誰かと呑んでる時にも、すぐに仕事に戻れるから便利なんです。ワープロ文書も表計算ソフトのファイルも読めるので、ちょっとした仕事ならその場でできます。とにかくガラケーに比べると、文字入力が圧倒的に楽なんですよ。ガラケーって、親指が痛くなるんですよね（笑）。あと、アプリは本当に便利です。誰でも簡単に作れるから、新しいもの、役にたつものがたくさん出てきてますからね。ゲームとかにハマっちゃうと、時間がなくて大変になりますけど。

――その辺に、ちょっと違和感を覚えるんですよね。

何がですか？

――パソコンって、ブラウザ上で何でも処理できる方向に振ってきたじゃないですか。ゲームもオフィス系のソフトも、高速通信環境があればブラウザ上で使えるから、余計なソフトを入れる必要がない。

スマホの通信速度を考えたら、それはまだちょっと無理かもしれませんね。考え方の違いというより、環境の違いじゃないですか？　でも私は、特に不便は感じたことがないですよ。とにかく今までみたいに、重いノートパソコンを持ち歩く必要がなくなったのが大きいです。これでやっと、パソコンから解放されましたよ。

——ビジネスが変わる感じですか。

ビジネスだけじゃなくて、遊びもです。パソコンって、なかなか一人一台にならないじゃないですか。でも、携帯電話はもう一人一台の時代になってるし、これからガラケーが全部スマホに置き換わるのは間違いないですよ。何ていうか、今までのモバイルって、かなり無理をしてた感じがあったけど、これからいよいよ本格的なモバイル時代がくるんじゃないですかね。

——ただ、スマホで仕事っていうのも……そもそも、文字入力がフリック入力でしょう？　ちょっと馴染めそうにないな。QWERTY入力に慣れてるんで。

私もパソコンではQWERTY入力ですけど、フリック入力にもすぐに慣れますよ。日本語の入力が、英語なんかに比べて複雑なのは間違いないですけど、結局は慣れの問題ですから。

——ちょっと自信がないですね。スマホにするかどうかは、結構分かれると思うな。人間、慣れたものから離れたくないでしょう？

嘘だと思って、一回使ってみればいいんですよ。入力方式が気になるなら、スマホ用のキーボードもありますから。それを持ち歩いていても、ノートパソコンをカバンに入れるよりは全然軽いじゃないですか。一度使ったら、すぐに手放せなくなりますよ。とにかくスマホが普及すれば、本格的なモバイル時代が絶対来ます。仕事でもゲームでも音楽でも動画でも、パソコンでやれたことはスマホでもできるわけですから。画面の大きさですか？　それも慣れちゃいますよ。それにそのうち、いろいろなサイズが出てくるはずですから……あの、そんなに愛着がある電話って何なんですか？

——ブラックベリーです。

え？　それは珍しいですね。

――よく、少数派だってからかわれますよ。

でも、そもそもブラックベリーもスマートフォンじゃないですか。ｉＰｈｏｎｅに替えても、そんなに違和感ないはずですよ。

二〇一一年　中村美由紀《なかむらみゆき》（39歳　警察官）

東京の事件じゃないんですけど、滋賀の中学生の自殺……あれはショックでした。

――警察官でもショックですか。

私にも小学校六年生の娘がいますから、人ごととは思えないんですよ。

――警察的には、自殺とすると扱いが難しいんじゃないですか？　捜査も強引には進められないし。

基本的には、事件なのか事故なのか……自殺なのか判断して、自殺と分かれば、そこから先の捜査は難しいですね。こういういじめ自殺は、さらに難しいです。学校でのいじめが原因の自殺って、いわば閉じた世界での出来事でしょう？　亡くなった子が日記のような形で詳細な記録を残していたとしても、立証は極めて困難なんですよ。

――しかしこの件については、市教委の調査が手ぬるいという批判もあります。やはり警察がきちんと捜査して、実態を明らかにすべきではないですかね。

それは他県の話なので何とも言えないですが……私の経験では、子どもが絡んだ事件は、捜査が非常に難しいんです。捜査対象も子どもだったりすると、さらにデリケートな扱いが必要になります。

――こういう風に、いじめが自殺に発展するケース、昔からありましたよね。

ええ。私は警察官になってからずっと少年事件を担当していたので、自分でもいろいろと見てきました。個別の事件については話せないことも多いですけど。

――分かります。でも最近、いじめがより陰湿になってきた感じがしませんか？

直接的な暴力や言葉によるいじめだけじゃなくて、ネットを使ったいじめまでありますからね。

――学校裏サイトとか。

あれが顕在化《けんざいか》したのは二十一世紀になってからでしたね……大問題ですよ。個人に対する誹謗中傷《ひぼうちゅうしょう》もデマも流れるし、そのせいで転校せざるを得なくなったケースも少なくありません。何というか……ネットだと、実社会とは別の人格を操る子も少なくないですね。そういう裏サイトに人の悪口を書いた子たちに話を聴いてみたことがあるんですけど、会うといかにも今風の、弱気で大人しい子ばかりなんですよ。どうして裏サイトに書き込みなんかするのかって聞くと『ストレス解消だ』って。今の子は、私たちが子どもの頃に比べると、確かに強いストレスに晒されていると思いますけど……大変なのは分かるけど、はけ口はいつでも、自分より弱い人間に向くんですよね。

――そういうのが自殺につながったりするわけですから、無視はできませんよね。

とはいえ、対策は難しいんです。基本は学校の中で起きることなので、警察が介入するのは今でも好まれません。やっぱり、話が大袈裟になるのを嫌う人は多いんですよ。校内で暴力を振るわれたりしたら、警察としては捜査すべきなんですけど、それがなかなか発覚しない――教師に訴えても無視されたり誤魔化されたりして絶望的になって、そこから先に進めない子もいます。先生や友だちが助けてくれないと、警察に相談する勇気も出ないんですよ。

――何があっても、声を上げるべきなんでしょうね。

それができたら、すぐに手を差し伸べられるんですけど……どんな理由があれ、自殺は防ぎたいんです。生きていれば何とかなるわけですし、子どもさんを失ったご家族の悲しみは大変なものですからね。私もいろいろな被害者家族に会いましたけど、そういうケースが一番辛いです。

——確かに……適当なことは言いたくないですけど、想像はできますよ。

ああいうことには、いつまで経っても慣れないですね。こっちも精神的にきついです。でも、警察が最後の防波堤にならなければならないこともあるので。いろいろ考えて、仕事を変えました。

——少年犯罪ではなく、ですか？

被害者支援の方です。子どもを亡くした親御さんの力になりたくて。

——被害者支援室ですね。

よくご存じですね。PR不足で、世間にあまり知られていないんですけど。

——新聞記者でしたから、警察の動きには注目していました。

マスコミの人にも、もっと私たちの活動に注目して欲しいですけど……そうだ、作家なら、被害者支援をテーマに書けないですか？

——それは……正直に言えば、ちょっと地味な話ですよね。

でも大事なことなんです。小説なら、たくさんの人が読んでくれそうじゃないですか。

二〇二二年　後藤美佐《ごとうみさ》（65歳　主婦）

うちの息子、今年とうとう四十歳になったんですよ。それが今年一番の事件ですね。でもまだ独身で……晩婚化の典型的な例ですよね。

——ご家族の構成は？

私と主人と……主人は今年六十八歳になりました。定年まで電機メーカーに勤めていて、今は年金暮らしです。生活に困ることはないですけど、息子のことだけが気がかりですね。一人息子で、今まで女性にご縁がなくて。親としても、何だか申し訳なくてねえ。

——それは息子さんの個人的な問題かと思いますが……。

日本は本格的に、人口減少社会に入ったでしょう？　今年、総務省が発表したじゃないですか？去年——二〇一一年に、本格的に人口が減り始めたって。晩婚化と少子高齢化は、これからどんどん進むんでしょうね。私たちはいいですよ？　でも周りが……うちも子どもは一人だけだったし、その一人息子は結婚しないし。

——仕事が忙しいんじゃないですか？　晩婚化が進んでいますから、私の周りでも四十歳で独身は珍しくないですよ。

仕事というより、趣味かしらねえ。

——ああ、結婚して家庭を持つよりも、自分のやりたいことをずっと続けたいと思う人も少なくないですよね。結婚すると、趣味も自由に楽しめなくなるし。

そういうことなんですかねえ。昔からいろんなことに手をつけては、だいたい五年間隔で飽きて、次の趣味を見つけるんです。学生の頃はサバイバルゲームに凝っていて、就職してからはバイク、山登り、渓流釣り……今は、自転車ばかり乗ってます。お陰で、四十歳にしては痩せてて健康なんですけど、女性に関心がないのがねえ……。

——引きこもって出会いがないならともかく、そんなに外に出る趣味ばかりなのに、出会いがないんですかね。

臆病なのかもしれませんね。私たちの頃は、離婚するのは結構大変なことで、一度結婚したら、多少辛いことがあっても我慢、我慢でした。でも今は、結婚生活で我慢するのなんか、流行らないのかしら。息子も、そういうことはよく言うのよ。知らない人間と一緒に暮らして、相手に合わせるのは無理だって。だからそもそも結婚しないで、自分一人で好きに生きた方がいい……そういうもんでしょうかねえ。

——今は趣味がたくさんありますからね。趣味の仲間と結婚でもすればいいのかもしれませんが。そうそう。そういう人もいるでしょうって散々勧めたんだけど、趣味が合うから結婚するわけじゃないって言うんですよ。あの世代の考えは理解できませんね。

——確かに、私より年下の世代の結婚観は、少し理解が難しいですね。

もちろん、結婚の仕方や家族のあり方なんて、時代によってどんどん変わるんでしょうけどね。昔はお妾《めかけ》さんのいる人も珍しくなかったし……ああ、今はお妾さんなんて言っちゃいけないわね。でも、そろそろ孫の顔も見たいのよ。

——分かります。

うちのこともそうだけど、お友だちと話をしていても、子どもが結婚しないという話はよく聞くわね。だから、これからはますます人口が減るでしょうし、将来が心配だわ。日本はどうなっちゃうのかしらね。移民の受け入れが必要だ、なんて話もあるけど、それもどうなのかしら。今でもコンビニなんかに行くと、外国人の店員の人、たくさんいるでしょう？　実際にはもう、移民社会になってるんじゃないかしら。

——田舎だと、昔から嫁不足で、東南アジアから花嫁さんに来てもらう話はよくありましたよ。

それも何だかねえ……あらやだ、話してるうちにだんだん心配になってきちゃったわ。人口が減って、外国人が増えて……人口減少社会っていうより、人口構成が変わるような世の中になるかもしれないわね。

——そうかもしれません。

あなた、お子さんは？

——ああ……うちはいないんですよ。

あら、そう。じゃあ、一人しか生まなかった私も、あなたも、人口減社会の原因になっているわけね。

――そう言われると多少責任を感じますが……。

せめて息子には、何とか結婚してもらいたいわ。あなた、誰か自転車好きで、三十代以下の女性に知り合いはいない？

――ええと……いないでもないですね。

あら、そう？　この際、お見合いでも何でもいいから、無理にでも女性に引き合わせたいわ。どうかしら？　お名刺、いただける？

二〇一二年　安《やす》岡《おか》良《りょう》太《た》郎《ろう》（63歳　コンビニ経営）

うち？　東麻布。いや、麻布ったって、そんなにいいところじゃないよ。大江戸線が開通するまでは、陸の孤島みたいな場所だったから。本当に不便でねえ……。

――でも、東京タワーの地元じゃないですか。

そうそう。ガキの頃に建設が始まって、あの頃はうちの近くに高い建物がなかったから、一日一日高くなっていくのがよく見えたんだよね。あれは、ワクワクしたなあ。ちょうど高度経済成長期の頃で、テレビ放送も始まって、新しい時代がくるのが実感できた。その象徴が東京タワーで、足元に住んでることは誇りだったよ。ただ、完成してしまうと、特に何とも思わなくなったけどね。結局、展望台に登ったのも、できてから二年ぐらい経ってからじゃなかったかな。

――近過ぎると、かえって行かないものですよね。

そうそう。それと、観光名所として定着しちゃったから、何だか行くのも恥ずかしくてさ。後で聞いたんだけど、開業翌年の一九五九年には、年間来場者が五百万人を超えてたそうだよ。今でも三百万人ぐらいいるそうだけど。

――登ってみて、どんな気持ちでした？

　自分が高所恐怖症だって分かった（笑）。それまで、高い建物に登る機会もなかったからさ。いやもう、小便ちびるかと思ったよ。今でも、ビルの五階以上になると駄目だね。今やってるコンビニは、親の代に酒屋だったのを商売替えして、ついでに家もビルに建て替えたんだけど、高所恐怖症だから四階建てに抑えたんだ。東京タワー？　その後一回も登ってない（笑）。でも、やっぱり地元のシンボルで、誇りでもあるよね。俺たちが金を出して建てたわけでもないんだけど。

――確かに（笑）。

だけど今年は、すっかりスカイツリーに話題を奪われちまったね。こっちとしては、そんなに気分はよくないな。新しい電波塔が必要なのは分かるけど、何も、東京タワーの二倍も高いツリーを建てなくてもいいじゃないか。何だか見せつけてるみたいでさ。

――やっぱり、『抜かされた』感覚はあるんですか。

　さっきも言ったけど、俺たちが金を出したり、自分で建てたわけじゃないんだよね。でも確かに……そうだね、東京タワーの地元の人間としては、複雑な気分だね。

――東京のシンボルが変わってしまった、みたいな。

　でも、東京タワーはちゃんと残ってるしな。取り壊しなんていう話が出たらまた別だけど、まあ、ちょっとでかい後輩ができた、ぐらいの感じですよ。そういう風に自分を納得させてるんだけどさ（笑）。でもさあ、スカイツリーって、何だか不格好じゃないかい？　あれじゃあ、単なる棒じゃないか。あれだけ高いと、建築上の制限とかもいろいろあるんだろうけど。

――それで、スカイツリーへは行かれたんですか？

ああ、行った、行った。孫が見たいっていうから仕方なくさ。敵情視察の意味もあるけど（笑）。あの、東京ソラマチっての？　あそこでクソ高い飯を食ったよ。

――高所恐怖症を克服して、登ったんですか？

まさか。そっちは女房に頼んだよ。何も、高いところに上がって寿命を縮ませることはないやね。孫は興奮してたけどさ……『東京タワーより格好いい』なんて言って、これはちょっと、教育的指導をしなくちゃいけないね。そう言えば孫は、まだ東京タワーには登ってないんだよな。今度、連れていってやらないと。もちろん、上に登る時は女房に任せるけどさ。ま、とにかく、俺は今でも圧倒的に東京タワー派だね。何しろ、エッフェル塔より高いってのが最初の売りだったんだから。エッフェル塔の高さを超えるっていうのは、なかなかインパクトが強いだろう。

――デザインがエッフェル塔に似てる、なんて言われましたけどね。

フランスの人は、何も気にしてないんじゃない？（笑）。存在すら知らないかもね。東京タワーがいつまで残るか分からないけど、とにかく『あった』という記憶が大事だと思うんだよね。日本は、とにかく古い建物が残らないじゃない。『木と紙でできた建物ばかりだから』っていうけど、地震のリスクもあるでしょう？　そんな中で、東京タワーは半世紀以上も健在なんだから、大したもんですよ。もちろんスカイツリーは、もっと長く残るかもしれないけどね。まあ、二つとも、ある時代の東京を象徴する建物ということでしょうな。いや、俺はあくまで東京タワー派だけどさ。さっきも言ったけど、東京タワーは高度成長期やテレビの普及っていう激動の時代の象徴でもあるわけでしょう？　スカイツリーには、そういう分かりやすいドラマがないんだよね。

二〇一三年　横山海斗《よこやまかいと》（18歳　大学生）

ああいうの、バカッターって言うみたいっすね。

――ああ、悪ふざけの画像や映像をツイッターに上げることね。

夏休みに、友だちがやらかしちゃったんですよ。バイト先の喫茶店で、一度ゴミ箱に捨てたホットケーキを客に出したんです。別に大丈夫だろうって……それを動画に撮影してツイッターに上げたんですよ。

――それはちょっとひどいな。

すぐにバズって、店に問い合わせとクレームの電話が殺到して、もう滅茶苦茶だったらしいっすよ。そこ、四十年ぐらいやってる店で、マスターももう七十歳かな？　相当参っちゃったみたいで、結局一ヶ月後に店を閉めたんですよ。

――マスターは悪くないのに。

それで、損害賠償請求をするなんて言い出しましてね。そりゃあ、マスターは収入がなくなったわけだから、そういうことをしたくなるのも分かるけど、いくら何でもやり過ぎじゃないですかね。

――でも、店の経営者にとっては、死活問題ですよ。

いやいや、たかが悪ふざけですよ？　クレームの電話を入れてくる奴なんて、その店に来ることもないでしょう？　全然関係ないし、地元の人間でもないんだから。鹿児島から電話がかかってきたって、マスターは呆れてました。でも真面目な人だから……相手にしなけりゃいいのに、ついつい謝ってね。それが一日中続くんだから、商売にもならないっすよね。電凸《でんとつ》してくる奴もひどくないすか？　ツイッターがバズったから、正義の味方になろうとしてわざわざ電話してくるなんて、馬鹿でしょう。結局は、単なる暇潰しじゃないのかな。

――それも褒められた話じゃないけど、そもそもの原因は、悪ふざけした方にあるからね。悪ふざけのレベルじゃなくて、業務妨害で犯罪になってもおかしくない。

そんなもんすかねえ……だけど、ちょっと大袈裟じゃないですか？　店に電凸してくる連中もおかしいけど、もっとやばいのはネットの特定班ですよ。あの連中、あっという間に個人情報を丸裸にしますからね。実名と住所、スマホの番号までネットで晒されて、えらい目に遭いましたよ。スマホにも、知らない番号から何度も電話がかかってきて、結局契約し直しです。無駄な金がかかってしょうがない。

――他に何か、具体的な被害でも？

それはないけど、今後もいつ何があるか分からないから、ビクビクものですよ。それにこの前、マジで弁護士に呼び出されて……例の損害賠償の話でした。マスター、本気で損害賠償を請求するつもりみたいですね。あれって、裁判とかになるんですかね。

――話し合いが折り合わなければ、そういうこともあると思うよ。

裁判ねえ……負けたら、払わないといけないんすかね？　ちょっと悪ふざけしただけで金を取られるなんて、ひどくないですか？　無視しておけば大丈夫っすよね。

――だけど身元も特定されてるから、無視もできないだろうね。

そうか……これからどうなるかな。人生が滅茶苦茶になっちまう可能性もありますよね。

――そういう可能性があるっていうことを、予想しておかないとね。誰が見てるか分からないんだから。

でも、有名人でもない人間のツイッターなんか、誰も見ないでしょう。フォロワーなんて、三十人ぐらいしかいないし。

——それでも何かの拍子で情報が広がってしまうのがネットの世界だから。

バイト先での悪ふざけなんて、昔からよくあったんじゃないすか？

——あったよ。もっと悪質な、それこそ犯罪行為もあった。それが、ネットで拡散したりしなかっただけだね。

迂闊にツイッターもできないっすよね。結局弟も、アカウントを削除して即座に逃亡ですよ。しかし、怖いっすよね。バズってやばいってなって、次の日にはアカウントを削除したのに、もう身元を特定されてるんですから。本当に、暇な奴っているんすね。

——ちょっと待って……君、嘘ついてないか？

？

——最初は友だちだったのに、今は弟になっている。それにマスターの話も弁護士の話も、又聞きじゃなくて、自分で直接見聞きしたことみたいだった。もしかしたら、悪ふざけしてツイッターに投稿したの、君じゃないの？　今までの話、君の実体験じゃない？

あ、すんません。急ぐんで……。

——ちょっと——。

二〇一三年　浅野文雄《あさのふみお》（69歳　無職）

東京オリンピックねえ……まあ、やるんでしょうね。

——開催決定しましたからね。この話、あまり盛り上がらないですか？

そうなんだけど、今年一番の事件というと、やっぱりオリンピックの開催決定でしょうな。

——あまり嬉しそうじゃないですね。

天邪鬼《あまのじゃく》なんですよ。この前——一九六四年のオリンピックの時は、東京が騒がしくなるのが嫌でしてね。当時、私は二十歳で大学生だったんですけど、大会期間中、大学を休んで東京を離れてました。関西の方にね。

——旅行ですか？

旅行というか、とにかく東京を逃げ出したくてね。期間中丸々だから、二週間ぐらいだったかな？　夏の間にバイトして金を貯めて、そいつをたっぷり使って関西見物をしてやろうと思ってね。実際は、向こうで知り合った連中と麻雀ばかりしてましたけどね。バイトで稼いだ金を、二倍に増やしましたよ（笑）。で、オリンピックが終わった後で、悠々と帰って来ました。

——どうして東京を離れたんですか？　オリンピックが気に食わなかったんですか？

オリンピック自体がどうこういうわけじゃなくて、東京がガラリと変わるのが何だか嫌でね。私、終戦の前の年に生まれたんで、空襲の記憶は全然ないんですよ。実際、生まれたのは母親の疎開先の栃木でしたしね。でも、東京に戻って来てからは、日々変わる姿を、子どもながらにずっと見続けてきたんです。それがあまり、気持ちがいいものじゃなくてねえ。大空襲に遭う前の東京の姿を知ってるわけじゃないけど……特に東京オリンピックに向けた工事というのが、あまりにもやり過ぎな感じがしたんですな。一番ひどかったのは首都高かな。高層ビルもそうだけど、ああいう風に東京の空を切り取ってしまうのはどういうものかね。

——オリンピックに合わせた無軌道な開発に対する抗議、みたいなものだったんですか。

多少はね。でも、抗議するんだったら、そもそも『オリンピック反対』の署名集めでもやるべきだったのに、中途半端な抵抗だったね。今回の東京オリンピックでは、もう少し反対の声が上がると思ってたんですけどねえ。結局、オリンピックみたいな大イベントになると、反対しにくくなってしまうのかもしれないね。

――確かに、反対の声はあまり表に出てきませんでした。マスコミが報じないというより、実際にそういう声が少ない感じです。

本当は、オリンピックなんかに金を使ってる場合じゃないと思うんですけどねえ。東京は世界に誇る大都市だけど、予算の限度はあるわけだし、正直、東日本大震災が起きた後は、多くの人が、東京の防災対策にもっと力を入れるべきだと思うようになったはずだけどねえ……。

――前回のオリンピックの時は、どんな雰囲気だったんですか？

基本的には、日本国中がウェルカム状態だったね。やっぱり、日本が無事に復興した象徴としてのオリンピックという意義があったからでしょう。でも今回は、大義名分が何もないんですよねえ。東日本大震災からの復興って言われても……それなら、東北を会場にしてやるべきでしょう。それに、オリンピックに使う金があるなら、復興予算に回すべきだ。一番心配なのは、海外からトップアスリートがたくさん来ている最中に、地震が起きることですよ。どんなパニックになるか、想像しただけでぞっとするね。

――基本的に、東京オリンピックにはあまり賛成ではないんですね？

それは、ねえ……。

――だったら今回も、関西に脱出ですか？　海外という手もありますよね。

まあ、そうなんだけど、今回は東京に残ろうかなって。

――方針変更ですか？

いや、もう日本でオリンピックをやることもないかもしれないし、死ぬ前に一度、生《なま》で観ておいてもいいかな、と思ってるんですよ。

――チケットの入手は大変でしょうけどね。

そこは何とか頑張りましょう。とにかく今回は、前回と違って、白けた態度はやめようと思います。別に、一生懸命盛り上げようってわけじゃないけどね。

——本番近くになると、世間も一気に盛り上がるでしょうけどね。

そうそう。ただ、自分がそれに巻きこまれるのはやっぱり嫌でね。日本人は同調圧力に弱いっていうけど、まさにその通り……オリンピックなんて、その最たるものでしょう。アメリカでは、デンバーオリンピックが住民の反対で開催返上になったそうだけど、日本ではそういうのはあり得ないかねえ。

二〇一三年　市《いち》川《かわ》拓《たく》郎《ろう》（27歳　会社員）

今日、会社辞めてきたんですよ。大晦日にやっと……四年いましたけど、体重が十キロぐらい減りました。学生時代はアメフトをやってて、自分で言うのも何ですけど、結構いいガタイしてたんです。それが、一日十八時間ぐらい働いて、運動している暇もないと、体は萎《しぼ》むんですね。

——差し支えなければ、職種を教えてもらえませんか？

ああ、まあ、外食系なんですけど、社名は勘弁してもらっていいですか？　どこで話が漏れるか分からないし、辞めても安全とは思えないんですよね。追いかけられそうで。

——いわゆるブラック企業ですよね。どうしてそういう会社に？

ぶっちゃけて言えば、就活で失敗したんです。外食産業には興味もなかったんですけど、そこは大量採用してたんで、何とか滑りこんで……今考えると、大量採用してるってことは、それだけ辞める人間が多いってことなんですよね。

——どんな仕事でした？

最初は店舗に出されました。新卒の正規社員は、サブマネージャーの肩書きがついて店に行くんですけど、やってる仕事はバイトと同じです。朝七時に出勤して、閉店の十時まで……それから反省会や清掃があって、店を出るのは毎日十二時近かったですね。バイトが休むと僕たちがヘルプに入らなくちゃいけなくて、休みなんてあってないようなものでした。そこに一年いて、本社に上がる時はほっとしたんですけど、実際には本社の方がひどかったです。店をブロック別に分けて担当するんですけど、ブロックの売り上げは全部担当の責任になりますからね。毎朝ミーティングで前の日の売り上げが発表されて、成績が悪いブロックの担当者はその場で分析と反省を言わされて、上が納得しないと、ミーティングは二時間も三時間も続くんです。考えてみれば、その時間で対策を練るなり、店に行って指導するなりすればいいのに、無駄ですよね。でも、上司に叱責されて、時には暴力もあるようなミーティングをやってると、だんだん感覚が麻痺してくるんです。とにかくノルマはきつかったですよ。外食産業ですから、担当が頑張ってもできることなんてたかが知れているのに、とにかくお前らの責任だ、の一点張りでした。出張も多かったし、常に報告を義務づけられていて、会社に完全に縛られている感じでした。

——よく四年も我慢しましたね。

成績がよければ給料にも反映したので……でも、いいことはそれだけでした。成績が悪いと給料も安くなるし、『罰金』の名目でさらに引かれるんです。一度その流れにはまってしまうと、それが当たり前になるというか……抜け出せないですよね。

——どうして辞めようと思ったんですか？

今年主任になって、部下ができたんです。そうしたらいつの間にか、自分が嫌だったこと——成績が悪い人間を怒鳴りつけたり、しつこく報告を求めたり、無理な休日出勤を強いたり……平気でそんなことをやるようになってたんです。それで、秋に部下が一人……自殺しました。遺書もなかったんですけど、どうして死んだか……俺は手を上げたことはなかったけど、当然会社の責任ですよね。ところが会社は、絶対に責任を認めようとしないで、家族に説明する仕事を俺に押しつけたんです。もしかしたら自殺の責任まで俺に取らせるつもりかと思って、怖くて。冗談じゃないですよね。

――自分の態度が、実際に自殺の動機になったとは思いませんか？

それは……いや、そう思いたくはないです。俺自身は、その部下とは上手くやってたんですよ。だけど上の係長がとんでもない男で、成績が悪い人間を平気で殴ったりしてました。そいつも何度も殴られて、俺はどっちかというと慰《なぐさ》める立場だったんです。とにかく、死ぬなんて思わなかったからびっくりで……あれで目が覚めたんです。俺もいつか追いこまれて死ぬかもしれないし、逆に誰かを殺すことになるかもしれない。だから逃げ出したんです。ただ、辞めるならとんでもない目に遭わせる、と脅されましたけどね……結局、退職金も何もいらないからって、逃げ出したんです。明日から無職ですよ。正月なのに。

――そんなにひどい会社を告発する気はないんですか？

もう関わり合いになりたくないんです。それに、ああいう会社はいくらでもあるんですよ。一つ潰れても、また他の会社が出てくるでしょう。ああいう会社を作る人のメンタルって、どうなってるんでしょうね。会社として成功したいというより、人の上に立って威張るのが好きなだけなのかなあ。とにかく、ブラック企業はもうこりごりですよ。

二〇一四年　高崎《たかさき》章雄《あきお》（56歳　商店主）

今年はやっぱり消費税だよね。あれには参った……十七年ぶり？　五パーセントになったのって、一九九七年だっけ？　ずいぶん長いこと、五パーセントだったんだね。五パーセントの時代は、区切りがよかったよねえ。八パーセントになってからは一円玉のお釣りが多くなっちゃって、いろいろ面倒ですよ。何だか三パーセントの時代を思い出すね。消費税導入って、平成元年だっけ？　もう四半世紀も経つんだ。

——ご商売の方には、特に影響がありましたか？

うちなんか、そもそも絶滅寸前だから(笑)。街場の電気屋がどれだけ大変か、分かる？　おたく、最近街の電気屋で何か買いましたか？

——そう言えば、買ってないですね。

ね？　そうでしょう？　昔は電池一個、電球一つも街の電気屋で買ってもらってたんだけど、今はそういうのはスーパーやコンビニでも売ってるし、大きい家電なら大型量販店には敵《かな》わない。悔しいけど、値段の競争になったら勝てるわけないからさあ。うちみたいなところは、これからは順番に消えていくんだろうね。うちも、店は残せないだろうな。息子は普通のサラリーマンだから、真面目に勤めれば食いっぱぐれることはないだろうし、将来が見えない電気屋を継ぐことはないよ。うん、息子にはもう、そういう風に話している。

——駆けこみ需要はあったんじゃないですか？

ああ、それはね……引き上げが四月だったから、直前の二月、三月は、それなりに儲けさせてもらったよ。大きい家電なんかはさっぱりだったけど、ＬＥＤ電球や乾電池をまとめ買いしてくれた人はそこそこ多かったね。だけど、その反動で四月以降はさっぱり……正直、これを機会に店を閉めようかと思ったぐらいですよ。うちみたいに小さな店が苦しんでると、意外に大きな影響が出るんだよね。この前新聞で読んだんだけど、ＧＤＰが急落したんだって？　いやいや、そんな不思議そうな顔しないで。街の電気屋のオヤジだって、そういうことには関心があるんですよ。ＧＤＰって、六割が個人消費なんだってね。消費税が上がって消費が冷えこめば、ＧＤＰ全体が伸びなくなるでしょう。年収五百万円の世帯で、年間の負担が七万円増える、なんていう計算もあったよね。それじゃあ、財布の紐《ひも》も硬くなりますよ。何だか、相変わらずデフレって感じだ。ちょっとでも買ってもらわないと、こっちはあっという間に立ち行かなくなるんだけどねえ。

——ダメージは大きかったんですね。

そうそう。でもこれで、また増税するってんでしょう？　あれ、延期が決まったのって先月だっけ？　あくまで延期で、中止じゃないからね。次は十パーセントなんだろうけど、その時どうなるか、考えただけで怖いね。嫌なのはさ、増税で増えた分が、どこへ回されてるかよく分からないことだよね。年金や医療費に使うって話だけど、それがはっきり見えないから困る。本当に、福祉の充実につながるわけ？　何だか、どこかに消えちまってるような感じがして不安だよね。

——街の商店には厳しい時代が続きますね。何か、対策はあるんですか？

ないよ。あればこっちが聞きたい（笑）。まあ、取り敢えずサービス業として使ってもらうしかないな。うちなんか、『電球が切れた』っていう一人暮らしの年寄りの家に、わざわざ電球を替えに行くからね。それぐらい細かいサービスをしないと、見放されちゃうんですよ。細かい仕事ばかりで金にもならないんだけど、お得意さんがいなくなったらどうしようもないからね。今は、一見《いちげん》さんが大きなテレビや冷蔵庫を買ってくれるような時代じゃないんですよ。とにかくこれからは、街の電気屋は年寄りを大事にしないとね。歳を取ると、でかい家電量販店に行って品物を選ぶのも面倒臭くなってくるから、そこで街の電気屋の出番なんです。テレビが壊れたって相談がくれば、うちで新しいものをすぐに用意します、ってな具合にね。そうやっていけば長くつき合いができるでしょう？　まあ、お客さんがいなくなるより先に、こっちがくたばっちまうかもしれないけどさあ（笑）。うちも親父の代からもう六十年も、目黒で店をやってるから、まだまだお得意さんもいるし、もうちょっとは頑張らないとね。

——でも、息子さんには跡を継がせないんですよね。

それとこれとは別問題さ。俺も甘いのかもしれないけど、息子には苦労させたくないじゃない？会社員の安定した生活を捨てる必要はないんだよ。もちろん今は、どんなに大きな企業に勤めていても、安泰とは言えないけどさ。ま、いずれにせよゆるゆると商売を畳《たた》んでいくしかないだろうね。あと何年、持つかねえ。

二〇一四年　安田智花《やすだともか》（27歳　ジムトレーナー）

ソチまで行ったんですよ。

——オリンピックですか？

ええ。羽生君《はにゆう》が金メダルを取るのを、どうしても生で観たくて。

——とうとう、男子フィギュアにも金メダリストが誕生しましたね。

待望の金メダルですよ。平成で一番人気が上がったスポーツって、フィギュアスケートだったと思いません？　サッカーもJリーグが始まってワールドカップに出たし、日本人大リーガーも生まれたけど、フィギュアが一番だったと思います。一つ一つ、積み重ねてきたんですよね。

——浅田真央《あさだまお》ちゃんは、残念でしたけどね。

あれは……試合だからしょうがないんですよ。でも、フリーであれだけ巻き返せる選手なんて、真央ちゃん以外、世界に誰もいないでしょう。ショートで十六位って、普通の選手なら心が折れますよ。実際、そんな風に見えたけど……あんな風に放心状態になった真央ちゃん、初めて見ました。それがフリーで自己ベストを出すんですから、やっぱり普通の選手じゃないですよ。真央ちゃんも苦労してたから……私は、バンクーバーの銀メダルよりもずっと感動しました。

――そして羽生選手ですね。

もう、別次元でしたよね（笑）。何か、フィギュアスケートの選手として全てを持ち合わせている感じじゃないですか。ルックスも含めて完璧です。おばさまたちが追いかけ回したくなる気持ちも分かりますよ。

――オリンピック連覇もあるかもしれませんね。

そうですね……でも、フィギュア選手の全盛期は短いですからね。そういう意味では、真央ちゃんはずいぶん長く頑張ったと思いますよ。

――さっきも話が出ましたけど、今までたくさんの選手の積み重ねがあって、日本のフィギュアのレベルがここまで上がったんですよね。

男子だったら、本田武史《ほんだたけし》さんから髙橋大輔《たかはしだいすけ》さんの流れですね。髙橋さんがバンクーバーで銅メダルを取った時にもすごいと思いましたけど、その前に、ソルトレークで本田さんが四位に入って、下地を作ってますから。やっぱり強い選手が出てきて、それに憧れる子どもたちが競技を始めると、全体に底上げされてレベルが上がるんでしょうね。

――男子は、今は最高でしょうね。

日本が世界トップレベルじゃないですか？　平昌《ピョンチャン》で、羽生選手の二連覇、本当にあるかも。

――フィギュア選手の全盛期は短いという話でしたけど。

でも考えてみたら、羽生君、まだ若いんですよね。

――女子はどうですか？　浅田選手がこれからどうするか、分かりませんけど……次の若手が出てきますかね。

それは期待してますけど、まだ四年後ですからね。世界も、日本を倒そうと必死になってくるでしょうし。でも、フィギュアは相手と直接戦うスポーツじゃないですからね。

——自分がどんな滑りをするかが大事、ですね。

採点競技の基本はそれです。だから、ライバルの弱点を突くんじゃなくて、自分のレベルをどうアップさせるか……フィギュアの世界って、ちょっと特殊なんですよ。同じコーチや振付師と練習していても、国際大会ではライバル同士になるんですから。

——ずいぶんフィギュアに詳しいんですね。

あ、私も中学生まではやってたんですよ。結構いい線行ってて、真央ちゃんほどじゃないですけど、オリンピックもいけるかなって、一瞬思ったことがあります。

——やめたんですか？

背が伸び過ぎて、体重も増えて……それで、膝をやられたんです。やっぱりジャンプは、下半身にダメージが蓄積されるんですよ。だから体重には気をつけてたんですけど、背が伸びたらどうしようもないじゃないですか。

——確かにそうですね。でも、その時の経験を生かして、今はトレーナーということなんですね。

本当はフィギュアを教えたかったんですけど、私自身がまともに滑れない、ジャンプもできない状態だと、教えられないですよね。

——ええと……今思い出したんですけど、私、たぶん二十二年前にあなたのお母さんにインタビューしてます。伊藤みどりさんの銀メダルを見て、娘がスケートを始めたって。

ああ、はい、はい。確かに母が、変なインタビューを受けたことがあるって言ってました。これも時の流れっていうことなんですかね。面白いですね。

二〇一四年　木村康一《きむらやすいち》（65歳　飲食店経営）

――大晦日なのにお仕事なんですか？

渋谷でワインバーをやってるんだ。これ、名刺、どうぞ……他に赤坂と新宿でも、別業態の呑み屋をやってます。渋谷は特に、開けておけばお客さんは入るからね。大晦日だって商売になるんですよ。しかし渋谷は、いつの間にこんな騒々しくなったのかね？　今年のハロウィーンの騒動、見た？

――ここにいたわけではないですけど、ニュースで観ましたよ。

いやもう、すごかったのよ。夕方、店を開ける時には、もうスクランブル交差点からセンター街にかけて、人で一杯になっててさ。うちの店は道玄坂の一本裏にあるんだけど、何だか騒がしいから表に出てみたら、歩くスペースもないほどだったんだ。

――サッカーの大きな試合がある時なんかは、今までもスクランブル交差点は大騒ぎでしたよね。『DJポリス』とかが出動してな。警察も大変だよねえ。まさか、あんな混雑の整理をする羽目《はめ》になるなんて、想定してなかったんじゃないの？

――そうですね。渋谷は昔から若者の街ですけど、こんな風に大勢が集まることなんて、あまりなかったですよね。

まあ、俺はもう渋谷に五十年近くかかわってるけど、若者の街になったのは七〇年代……それまでは、まだ闇市の雰囲気が残る街だったんだよ。それにしても、ハロウィーンってのは、何なのかね。本当は、コスプレして騒ぎ回るようなイベントじゃないよな？

――収穫祭みたいなものですね。

クリスマスと同じような感じなんだろうけど、アメリカだと、こういう騒ぎにはならないんだろう?。

——仮装はありますけど、大騒ぎという感じではないと思います。

日本人っていうのは、海外の習慣を平気で受け入れて、換骨奪胎《かんこつだったい》して自分のものにしてしまうからね。ある意味柔軟、ある意味節操がない……しかしハロウィーンは、こっちにはいい迷惑だよ。

——普段よりお客さんが入って儲かるんじゃないですか?

いやいや、とんでもない。俺たちは関係ないよ。あいつら、路上で、友だち同士で写真を撮り合って喜んでるだけだろう? こっちには全然金は落ちないんですよ。翌日なんか、街中ゴミだらけでさ。朝から営業してるところなんかは、掃除が大変だったらしいよ。でも、うちのシャッターも壊されてて、損害大ですよ。わざとじゃないかもしれないけど、結構でかく凹《へこ》みやがってさ。誰に文句を言っていいか分からないから困る……その後、防犯カメラをつけたよ。

——そんなことで金がかかったらたまらないですよね。

そうだろ? 渋谷なんか、別にこれ以上人が集まってもらわなくていいんだよ。そうでなくても混んでて、治安も悪くなってるしな。うちなんか、大人向けのワインバーなんだけどさ、最近明らかに客層が変わって若くなったね。でも若い連中は、ワインの楽しみ方も知らないから困るよ。

——今年の騒ぎで、スクランブル交差点も全国区になりましたね。

観ててごらん、来年はもっと人が集まるから。それも、結構遠くから来る人が多いと思うよ。何なんだろうねえ。人がたくさんいるところは面白いと思う心理もあるのかね? それに、ハロウィーンの時にスクランブル交差点にいれば、テレビに映るかもしれないし。この騒ぎは、マスコミにも責任があるよ。『大騒ぎです』って流すと、自分も行こうって思う人間が、必ず一定の数はいるんだから。

——テレビもそうですけど、自分たちで写真を撮ってインスタにアップしたりするんですよ。

そういうのもよく分からないなあ。まあ、元々渋谷は騒がしい街だったから、百が百十になったぐらいの感じでしょう。しかしこういう騒ぎ、しばらくは続くんだろうね。商店街でも、何か対策を立てた方がいいんじゃないかっていう話が出てるよ。

——人が来なくて困ってる商店街もあるのに、ある意味贅沢な話ですよね。

そうなんだけど、実害もあるんだから、たまったもんじゃないよ。外国人も多くてさ、何だか日本じゃないみたいなんだ。それが悪いわけじゃないけど、来年はハロウィーンの日は休みにしようかと思ってますよ。

——でも今度はイースターで騒ぎになるかもしれませんね。

何だい、それ。

——キリスト教の復活祭です。騒ぐようなお祭りじゃないんですけど、騒げれば何でもいいという人も多いでしょう。

いやいや、冗談じゃないやね。休業日が増えちまう。

二〇一五年 平本明奈《ひらもとあきな》（29歳 ショップ店員）

あ、すみません。大丈夫です。話せます。

——泣いてましたけど、いいんですか？ 無理にお話ししなくても大丈夫ですよ。インタビューに応じてくれるかどうかは、お任せしていますから。

大丈夫です。ちょっと話したい感じもするし。

——はい……今年一番印象に残った事件を聞いているんですけど……。

今泣いてるのが、今年一番の事件でした。

――どういうことですか？

大晦日なのに、ちょっと喧嘩しちゃって。くさくさして、出てきたんですよ。

――ああ、こういうタイミングで喧嘩は辛いですよね。せっかく明日は正月なのに。その喧嘩は……。

引っ越すかどうかという話なんです。このところずっと、同じ話で何度も喧嘩して。

――引っ越しということは、結婚ですか？

結婚はできないんですけどね。

――それはどういう……。

結婚って、異性間でするものでしょう？

――ああ、そういうことですか。

こんな話、聞きたくないですよね？　面倒臭いでしょう。

――いや、確かにこれは、今年の大きな事件の一つですね。もしかしたら、渋谷区のパートナーシップ証明のことですか？

そうなんです。ちょっとした一歩にはなりますよね。もちろん、法律そのものがすぐに変わるわけじゃないでしょうし、パートナーシップ証明は婚姻届の代わりになるものでもないですけどね。自治体がこういうことをやっているって宣伝できれば、少しは環境も変わるでしょう。

――多様性、ということですよね。

それは言葉の問題だけで……性差は、人間の根幹に関わることですから、そう簡単には誰もが理解できるものじゃないと思います。私たちだって、必ずしも理解しているわけじゃないですよ。そういう感覚があるというだけで……いろいろ難しいです。

――渋谷区の取り組みについては評価しているんですか？

別に、役所のお墨《すみ》つきがないと生きていけないわけじゃないけど、いろいろ不便じゃないですか。それが多少解消されるのは、いいことですよね。例えば入院する時とか、家を買う時とか、それこそ死んだ時とか。今は、いろいろ難しいんですよ。もちろん、パートナーシップ証明書があっても、他の人たちが異性の夫婦と同じに扱ってくれる保証はないんですけど、やらないよりはましでしょう。こういうことを一つずつやっていけば、いずれたくさんの人が理解してくれるんじゃないですかね。

――評価している割には浮かない顔ですね。喧嘩したせいですか？

この証明書、実はかなり垣根が高いんですよ。基本的には、二人とも渋谷区居住、かつ住民登録があることが条件なんです。

――住民登録だけしている人も少なくないですよ。

居住実態がないと難しいんですよね。パートナーシップ証明書をもらう人ってそんなに多くないから、何かと目立つでしょう？　『お前、住んでないじゃん』って言われたら、アウトじゃないですか。

――なるほど……。

それに、配偶者がいないことも条件なんですけど……。

――どちらかが結婚されてるんですか？

相手が。それこそ仮面夫婦で、私と出会ってその苦しみから逃《のが》れられたなんて言ってくれるんですけど、夫婦関係はまだ続いていますから。

――うーん、難しいですね。二重結婚は駄目、というのと同じことでしょうか。

そんな感じだと思います。だから今日も、旦那さんとの離婚はどうするんだ、渋谷へ引っ越しできるのかって……毎回同じことで喧嘩になるんです。

——でも、人生において結婚と住む場所は、一番大きな問題じゃないですか。

そうなんですよね。せっかく証明書が取れるようになったから利用したいんですけど、今の状態だと動きようがないんですよ。

——せめて、他の自治体にも広がるといいですけどね。

そんな簡単にはいかないでしょう。渋谷って、そういうことに鷹揚《おうよう》っていうか……元々ごちゃごちゃした街でしょう？　だから、いかにもこういうことをやりそうな感じですよね。でも他の街は、ちょっと事情も雰囲気も違うんじゃないですか？

二〇一五年　高岡《たかおか》令《れい》（40歳　通訳）

離婚して、帰国したんです。あ、重大事件ってそういうことじゃない？

——個人の問題じゃなくて、社会的な問題でお聞きしています。

でも、重要なことなんです。結婚してから、アメリカと日本を行ったり来たりしてたんですよ。いえ、元旦那は日本人で、私も日本国籍です。旦那の仕事の関係で、しばらくアメリカに住んでたんですけど、今回、五年ぶりに本格的に日本に帰って来ました。そうです、元旦那はアメリカに捨ててきちゃったんですけど（笑）、そうですね……あ、あれです。重要なことと言えば、マイナンバー。

——今年から導入されたんですよね。

その情報、全然チェックしてなかったんですよ。帰って来て親に言われて、初めて『そうなんだ』って分かって。二月に目黒に家を借りて、先月通知カードが届きました。でもあれ、何のためにあるんですか?

——基本的には、社会保障、税、災害対策の三分野で使うみたいですよ。

あ、そうなんですか。私にはほとんど関係ないですね。

——私はもう、税金関係で税理士から言われましたよ。納税の時に必要になるみたいで。

じゃあ、私もちゃんとしておかないと駄目ですね。フリーは税金の処理が大変だし。

——私は全部税理士にお願いしてますけど、基本的に、申告する時の手間はそれほど変わらないみたいです。

何だ、そんなに便利になるわけじゃないんですね。

——どちらかというと、行政側の処理が簡単になる、ということのようですよ。

アメリカの社会保障番号と似たようなものですかね。

——あれは、納税している人に与えられている番号、ということですよね。

そうですね。でも、マイナンバーよりはずっと浸透してますよ。普通に身分証明書として使われているぐらいですから。マイナンバーって、どうなんですか? そこまで浸透している感じがしないんですけど。

——そうですね、私も通知カードはもらいましたけど、マイナンバーカードはまだ申請していません。マイナンバーカードには顔写真も入るので、身分証明書としても有効になるみたいですけどね。日本で身分証明書というと、何となく運転免許証という感じですけどね。

——アメリカではどうなんですか? 車社会だから、免許保有率はアメリカの方が高い感じがしますけど。

そうでもないですよ。私は、アメリカでは運転しなかったんです。ニューヨークに住んでいたので……あそこは、東京以上に車は必要ない街ですから。ニューヨークの地下鉄網を完全に把握《はあく》したら、もう車なんか絶対に必要ないですね。それより、変な電話があったんですよ。

——どういうことですか？

マイナンバーのセキュリティに五十万円かかるっていう話で。おかしいなと思ってすぐに切りましたけど、詐欺か何かですよね？

——ああ……そういう電話、多いみたいですよ。個人情報や銀行の口座情報なんかを聞き出そうとする狙いみたいですね。

タイムリーな話題に乗っかって、馬鹿なことをする人がいるんですね。あ、そう言えば、ちょっと前に住基カードなんてありませんでした？　私が結婚した頃かな？

——ありましたね。一応、マイナンバー制度が始まって、発行は停止されたみたいです。でもあれ、そもそも八百万枚ぐらいしか発行されなかったみたいです。

人口の一割以下、ですか。大したことなかったんですね。

——あれは、市町村や特別区——自治体のサービスにしか関係してませんから。転入出の手続きや、住民票や印鑑証明の交付が簡単になるぐらいのものですからね。

そんなの、頻繁《ひんぱん》に使うものじゃないですよね。でも、マイナンバーが導入されても、日本はまだ個人情報の扱いは縦割りですよね。ちょっと不便な感じもするけど。

——保険証とかパスポートとか運転免許証とか、それぞれが紐づけられていませんからね。でも、全部一元管理になると、それはそれで嫌な感じがしませんか？　国に個人情報を全部握られることになるじゃないですか。

いろいろ便利だとは思いますけどね。

——それがどこかに流出したらと考えると、ちょっと怖いですね。個人情報が一括して分かっちゃうわけだから。

確かにそうですね。

——情報流出が問題になってるんだから、その辺は……。

セキュリティだけはちゃんとして欲しいですね。日本って、その辺の意識が低いし。

二〇一五年　畠《はた》田《だ》絵《え》都《つ》子《こ》（31歳　ショップ店員）

——今年一番の事件ですか……個人的にびっくりしたことでもいいですか？

もちろんです。

——二月に、うちの店に急に、中国人のお客さんが一斉に買いに来たんです。

——それまでは、そういうことはなかったんですか？

たまにありましたけど、そんなに大変なことはなかったです。でもあの時は、朝から晩まで中国人のお客さんばかりで、お得意の日本人のお客さんが入れなくて大変だったんですよ。

——何がそんなに売れたんですか？

スニーカーです。去年から、ヨーロッパのメーカーに別注したオリジナルモデルを売り出したんですけど、それを全部買われて、一日で在庫がなくなりました。

——何でそんなに人気だったんですか？

後で分かったんですけど、中国のツイッターみたいなの……何でしたっけ？

——ウェイボー？

ああ、それそれ、それです。誰かがうちのシューズを買って、そこで紹介したら、ものすごい話題になったみたいです。人口が多いから、情報の広がりも日本よりすごいんでしょうね。うちの会社、全国に二十店舗あるんですけど、私がいる渋谷店以外でも、全店舗でそのスニーカーが一日で売り切れました。今考えると、春節だったんですよね。とにかく、びっくりしました。

――いわゆる爆買《ばくが》いっていうやつですね。

爆買いは知ってましたけど、家電量販店や化粧品、ファストファッションなんかの話だとばかり思ってたんです。ビルの前にツアーバスを乗りつけて、中国の人がどっと降りてくるの、あちこちで見ますよね？　でも、うちみたいにハイラインの商品が多い店では関係ないと思ってました……完全に思い込みでしたね。うちだけじゃないんですよ。この前、時計を修理に出しに、銀座のお店に行ったんです。そうです、これはいい時計で……五年に一度はちゃんとメンテナンスに出さないといけないいんですよ。別に贅沢じゃないですよ？　前の会社を辞めた時に、自分に対するご褒美《ほうび》みたいな感じで買っただけですから。店員さんと話して時計を預けたんですけど、話しているうちに何か言葉が変だなと思って、名札を見たら『劉《りゆう》』さんでした。

――中国の方？

そうです。前に……五年前にその店で買った時は、店員さんは全員日本人だったはずなんですけど、いつの間にか中国人の店員さんが働いていたんです。話を聞いたら、中国からの旅行者が高い時計も買っていくから、その対応のために雇われたそうです。何か、びっくりしちゃいました。時計なら高いから、値段からしたら一点だけでも爆買いですよね。お金は落ちるから、私たちみたいな仕事をしている人間にとってはありがたい話なんですけど、ちょっと違和感があるというか。マナーもちょっと……あれだし、日本人のお客さんがお店に入りにくくなってるのが申し訳なくて。

――分かりますけど、貴重なお客さんではありますよね。何だかんだで、日本人は高級なものをあまり買わなくなったでしょう。

そうなんですよねえ。でも、場所と人が変わっただけかもしれませんね。

――変わった？

遅い夏休みでハワイに行ったんですけど、オアフ島は、高級ブランドのお店がたくさんあるんですよね。そこで日本人が大勢、買い物してるんです。

――ああ、昔からアメリカやフランスでブランド品を買い漁る日本人って、よく馬鹿にされてたみたいですね。

中国の人が日本で爆買いするのって、私たちが昔やってたことそのままなんですね。でも、ハワイには日本人だけじゃなくて、中国の人も一杯で……もう、日本だけじゃなくてハワイにも進出してるんですね。友だちがパリに遊びに行ったら、お目当のブランドのお店が中国人観光客に占領されていて、結局欲しいものを買えないで帰ってきたそうです。そのうち、日本人は、中国人に追い出されちゃうかもしれないですね。

――そうしたら、今度は国内回帰するかもしれませんよ。

そうだといいんですけど、物を買う行動……ブームって、全然読めないじゃないですか。だから、もしかしたら中国の人も、日本で買い物しなくなるかもしれませんよね。そうしたら今度は、どこか別の国の人が爆買いしてくれるといいんですけど……私たちはあくまで商売ですから、売れるなら相手は誰でもいいんですよ。

二〇一六年　緒川美羽《おがわみわ》（18歳　高校生）

初めて選挙に行きました。

――今年の参院選？

十八歳選挙権で初めての選挙だったので。

――周りはどうでした？　投票した人、結構いました？

あ、でも、七月の投票の時には、クラスの中で十八歳になってたのは十人ぐらいだったんですよ。

——そうか、高校三年生だから、まだ十七歳の人もいるんだね。

担任の先生は、『国民の義務だから』と言って、選挙権のある人は絶対に投票に行くようにって言ってたんですけど、どうかな……実際に選挙に行ったのは、十人のうち五人ぐらいだったと思います。

——十八歳全体の投票率が五割を少し超えたぐらいだから、だいたい平均的だね。

急に選挙に行けって言われても、困りますよね。候補者のことも全然分からないし、政策って言われても……。

——確かに、政党全部のマニフェストをチェックして、そこから考えるのは大変だ。

高三ですからもう受験の準備に入ってるし、そこまで詳しく調べている暇なんか、なかったんですよ。

——結局、何をポイントに投票したの？

うーん、何となく。何となくとしか言いようがないですよね(笑)。でも、大人の人もそんなものじゃないんですか？　特に参院選なんて、何をチェックポイントにしていいか、分からないじゃないですか。

——ということは、投票できるようになっても、あまりいいことはなかった？

そうですね。ちょっと面倒な感じ……でも、義務ですから。今回、選挙権が十八歳に下がって注目を浴びたじゃないですか？　だから絶対に行かなくちゃっていう気になったんですけど、最初の一回を行ったから、今後も選挙に行くのは習慣みたいになるかもしれませんね。

——友だちの反応は？

同じような感じだと思います。選挙に行く前に皆で『どうする？』って相談したんですけど、別にどうしようもないですよね。昔だったら、選挙権ってすごく大事なものだったでしょう？　それこそ民主主義の基本だから。日本で男女とも投票できるようになったのって、戦後じゃないですか。

——戦前は、男性で二十五歳以上、それにある程度税金を納めている人っていう条件もあったからね。

それも変な基準ですよね。戦後に、二十歳以上の男女っていう風になった時は、どんな感じだったんでしょう？

——さすがに、五十三歳の人間には、それは分からない(笑)。今回は、それから七十年以上経っての大変化ですね。

今、全体に選挙の投票率って低いですよね。

——選挙の種類にもよるけど、そうだね。だいたい低いね。

選挙権ってどんどん範囲が広がって、そのおかげで選挙が身近なものになってきたんですよね？　女性も投票できるようになった時の投票率って、ずいぶん高かったんでしょうね。でもそれが当たり前になると、ありがたみもなくなって、投票率もどんどん落ちてくる感じなのかなあ。

——争点がはっきりしていて選挙が盛り上がれば、だいたい投票率は上がるけどね。

そんなもんなんですか？　選挙って、行かなくちゃいけないものだと思うんですけど……権利じゃなくて義務ですよね。

——じゃあ、次の選挙も、投票に行きますか。国政選挙じゃなくて、地元の区議会とか区長選、東京都知事の選挙もあるだろうけど。

そうですね。あ、でも、来年から大阪に行く予定なんですよ。

——進学で？

合格すれば、ですけど。父親が単身赴任で、去年から大阪に行っているんです。しばらく帰ってこないみたいですから、私が向こうの大学に合格したら、母親と一緒に引っ越そうって話をしてるんです。

――だったら、次の選挙には気をつけて。

どうしてですか？

――選挙は、住民票のあるところで投票することになってるから、東京に住民票を残したままだと、大阪では投票できない。実は私も、最初の選挙には行けなかったんですよ。学生の時だったけど、住民票を田舎に置いたままだったんで。

そうなんですね……。

――今回の選挙でも、十九歳の投票率は十八歳よりも悪かった。大学生は、住んでいるところに必ずしも住民票があるとは限らないから、こういうことになるんだよね。

選挙って、やっぱり面倒ですね。もっと気軽に投票できるようにすればいいのに。

二〇一六年　河合英介《かわいえいすけ》（83歳　無職）

ああ、渋谷は本当に疲れるねえ。昔から騒がしい街だったけど、この何年かは異常じゃないかね。まともに歩くだけで、体力を使い果たすよ……で、何だっけ？　今年一番大きな事件？　もちろん、天皇陛下のおことばですよ。あれは、勇気のおことばだったね。

――『全身全霊をもって象徴の務めを果たしていくことが、難しくなるのではないか』という内容でしたね。

人間ってさ、いつまでも元気でいたいと思うんだよね。もちろん歳をとれば病気にもなるし、体の自由も利かなくなる。それでも何とか人の役にたちたい、そうすることによって社会から落ちこぼれないようにしたいと切に願うようになるんですよ。

——何となく分かります。

いやいや、あなたはまだ若いから、そういうことは実感できないでしょう。自分から『降りる』と言うのは、本当に勇気が必要なことなんですよ。正直、私もあのおことばでがっくりきてしまってね。実は私、天皇陛下とは誕生日が一日違いなんですよ。昭和八年十二月二十四日。

——クリスマスイブですか。

それはあまり関係ないけどね（笑）。とにかく子どもの頃から、『お前は皇太子様より一日だけ年下だから』って散々言われて、こっちは勝手に親近感を抱いていたんだけど、無礼な話だよね。まあ、それは戦前のこと……戦後は、堂々と話せるようになったけどね。

——天皇陛下とまったく同じ時代を歩いてきたわけですね。

他にも共通点があるよ。終戦時に、陛下と同じ日光に疎開していたんだ。しかし、すごい時代だったね。戦後の日本の復興もずっと見てきたし、バブル時代もバブル崩壊後の不況時代も、大きな災害も……いろいろあったねえ。

——まったくです。同い年の天皇陛下が譲位というのは、やはりショックですか。

もちろん。でも、お気持ちは分かるんだよね。陛下は二回も手術を受けられてる。実は私もそうなんだ。一回は心筋梗塞、次は大腸ガン……どっちも致命的じゃなかったけど、その時期もたまたま陛下と同じ頃でね。陛下も頑張っていると思って、何とか乗りこえたんだ。ただ、俺と違って陛下はやっぱり偉いよね。俺は元々、家業で煙草屋をやってたんだけど、さすがに七十五でやめて、店は閉めたからね。煙草が嫌われるようになったせいもあるけど……どうも自営業者は、どんなに元気でも七十歳ぐらいが一つの壁みたいだね。七十まで元気に働いて、その後にぱったり、みたいな話をよく聞くよ。俺が七十五まで頑張れたのは、本当に陛下のおかげだよ。何度もご病気されて、お年のこともあるのに、いろいろなところに行かれて、たくさんの人に会われてね。東日本大震災の被災者を訪問された時とか、ニュースを見ているだけで泣けたよねえ。ただ会って、話をするだけで、相手に生きる勇気を与えられる人なんて、今の日本では天皇皇后両陛下ぐらいでしょう。

――私は、皇太子殿下とほぼ同じ世代ですけど……。

そういうの、感じない？

――あまりないですね。

世代の違いっていうことかねえ。我々世代は、天皇陛下と一緒に、苦しい時代を生き延びてきたっていう意識が、多かれ少なかれあるんだよ。あんたたちの世代は、ずっと平穏な時代を生きてきたわけだしね。

――でも、天皇陛下が生前退位されるショックは何となく分かります。

そうかい？

――喩えとしてはどうかと思いますけど、自分と同年齢のスポーツ選手が引退する時って、急に自分も年取った感じになってがっくりしますよね。あの感じに近いですかね。

それも陛下に失礼だけどね。我々の世代にとって、天皇陛下はそこまで身近な存在じゃないから。何というか、やっぱり象徴でしょう？　象徴が何かっていう定義も難しいけど、まあ、とにかく象徴なんだよ（笑）。でも、あなたの言う感覚は分からないでもないな。俺、菅原文太《すがわらぶんた》と同い年なんだけど、亡くなった時は結構なショックだったね。八十を過ぎれば、いつお迎えがきてもおかしくないんだけど、俳優さんとかってずっと元気なイメージがあるじゃない。

――確かにそうですね。

ただ俺の場合、スポーツ選手で言えば同い年の金田《かねだ》正一《まさいち》も中西太《なかにしふとし》も健在だからね。あの二人が元気な限り、俺もまだまだやっていけそうな気がするんだよ。でも、天皇陛下のお顔を見る機会が減るのは辛いなあ。同い年なのに、自分の父親に会ってるような気分になるんだよ。本当の父親は、とんでもない雷オヤジだったんだけどさ（笑）。

二〇一六年　石山《いしやま》佐織《さおり》（42歳　大学准教授）

SMAP、今日解散なんですよね。

——そうですね。四半世紀で幕、ですね。

SMAPのような活動をするアイドルは、まだ歴史が浅いんですね。そもそもアイドルの定義自体が難しいんですけど、『スター』と同義でアイドルという言葉が使われるようになったのは、六〇年代でした。男性アイドルの場合は、『御三家』から始まって、グループサウンズも、アイドルとしてとらえていいと思います。八〇年代から現在に至るまでは、男性アイドルを牽引《けんいん》したのはジャニーズ事務所と言っていいでしょうね。

——失礼ですが、ご専門は何なんですか？

広く言えば日本芸能史です。こういうのを扱う研究者はまだ多くないんですけど、芸能の各分野には、長い歴史を持つものもありますから、研究対象としてはなかなか興味深いんですよ。例えば演劇や映画、お笑い——特に関西の漫才の歴史なんかは、比較的真面目に研究されていて、文献もたくさん出ています。いわゆるアイドルの歴史も半世紀を超えるんですから、きちんと系統だてて研究されるべきだと思うんですけど、まだキワモノ扱いですね。

——その中で、九〇年代以降の男性アイドルの象徴がSMAPということですか。

そうですね。それ以前の男性アイドルは、基本的には歌とお芝居——テレビの歌謡番組が主戦場でした。それと、テレビドラマや映画ですよね。ところがSMAPの場合は、冠番組がバラエティだったりして、新しい可能性を開いたんです。アイドルって、元々大衆の憧れの的でしょう？　そういう人たちが体を張って笑いを取ったりすると、一気に身近な存在に感じられるんです。

――分かります。

あ、これは一つ言わせて欲しいんですけど、今のバラエティ番組って、イコールお笑い番組みたいなイメージを持つ人が多いですよね。でも元々のバラエティっていうのは、歌ありドラマありコントあり……『バラエティ豊か』っていう言葉があるでしょう？　まさにその通りで、一つの番組の中で、振り幅大きく、いろいろな内容を放送していたんです。

――私は覚えてないですけど、『シャボン玉ホリデー』なんかですよね？

そうですね。私も生《なま》では観ていませんけど（笑）。『シャボン玉ホリデー』は、お笑いの要素がかなり強かったそうですけど、それ以前の番組は、まさにいろいろな要素が詰まっていたそうです。

――テレビの変化と、ＳＭＡＰの解散に、何か関連性があるんでしょうか。

ネットの影響で、テレビも以前のように『メディアの王様』というわけにはいかなくなりました。ただ、その辺に関しては、もう少し分析してみないと分かりませんね。ネット発のアイドルというのもありますし……ただ、ネット発であっても、その活躍がテレビやスポーツ紙などの既存メディアで取り上げられることで世間が知るようになる――増幅効果というのもあるんですよ。

――確かにそうですね。

ＳＭＡＰに関しては、やはり時間経過というのが大きな要因だと思います。全員が四十代になって、これからの活動や人生をどうするのか考えるようになるのは、普通だと思いますよ。不惑《ふわく》って言いますけど、実際、四十歳ぐらいが人生の転機になることは多いですからね。男性アイドルのあり方について、一石を投じたのは間違いないと思います……ごめんなさい、ＳＭＡＰに関しては、分析にキレがないんです。（笑）。

——どういうことですか?

あまり興味がない対象なら冷静に分析できるんですけど、デビューの時からファンなんですよ。高校二年生——十七歳の時でしたから、はまるの、分かるでしょう?

——ああ、なるほど。

SMAPがデビューした頃って、アイドルブームがちょっと下火《したび》になっていて、追いかけるべき相手も少なかったんですよね。そこへ出てきたSMAPは、かなり新鮮でした。売れ始めたのはちょっと後でしたけど、彼らが出ている番組は全部チェックして、だんだん売れていく様子を見るのは楽しかったですねえ。ライブは、関東近郊でやったものはほぼ全部行ってます。

——これからは、追いかける対象がいなくなるんですね。

確かに、新しい推しも見つからないんですよね。ただ、二十五年も楽しませてくれたんだから、今はお礼を言うしかないです。でもこれは、研究者としてはチャンスかもしれません。今までは、思い入れが強過ぎて冷静になれなかったんですけど、これからはきちんと分析できると思います。近々、ちゃんとした研究書を出しますからね。

二〇一六年　山口暁人《やまぐちあきと》（53歳　会社役員）

会社って難しいもんですね。三十年も勤めてきて、今年は一番実感しました。

——何かあったんですか?

女性活躍推進法。

——ああ、今年施行《しこう》でしたね。

会社が大きく方針転換しましてね。法律的には、女性活躍の状況把握と課題分析、行動計画の策定、情報公開の三本柱なんですけど、それは法律的な問題だけで、他に会社としてやることも……社長が妙に張り切っているんですよ。

――社長が女性とか？

いや、男です。うちの会社は、女性の役員は過去に一人か二人いただけで、現在も、部長以上の管理職もほとんどいないんですよ。

――業種は何なんですか？

家電メーカーです。

――ああ……伝統的な業種の方が、女性の管理職登用は遅れていますよね。

ＩＴ企業なんかの方が、少しはましかもしれませんね。とにかくうちも社長が号令をかけて、年明けの異動第一弾で女性の幹部登用を一気に進める、と言い出したんです。しかも役員も出したいと。私も、人事担当の役員として頭が痛いです。

――役員は、会社の経営に直接関わることになりますからね。

うちは、女性社員の割合はそれほど低くないんですよ。いわゆるＭ字カーブも、同業他社に比べてもさほどきつくない。

――三十代の出産・育児期に女性の就業人口ががくんと減る問題ですね？

その辺については、昔から積極的に取り組んできたんです。会社としても手厚くやってきましたし、男性社員の育休取得率も平均以上ですから。女性にとって働きやすい会社だとは思うんですけど、役員となるとまた話が別なんでしょうね。正直今行き詰まっていて、時間との戦いになってるんですよね。六月の役員人事の季節に向けて、年明けには大まかな方針を出さないといけないので。

――誰を役員にするか、ですか？

いや、それはもう最初から目星がついていて、一人は納得してもらいました。納得というか、積極的に受けてもらいました。

——その人は、どういう人なんですか？

宣伝部の部長で、入社以来宣伝・広報一筋です。マスコミとのつながりも強いし、ちょうど宣伝担当の役員が役職定年になるので、そのポジションに収まるのに問題はないんですよ。本人はずっと独身を通してきて「私は仕事と結婚した」と言っているぐらい、やる気満々ですしね。男女雇用機会均等法が施行される前に入社して、男社会の中でずっと苦労してやってきた人だから、プライドもやる気も人一倍なんですよ。問題はもう一人で。

——どんな人ですか？

それこそ、男女雇用機会均等法の一期生——一九八六年入社です。会社も、最初からマーケティング畑に置いて、以来そこ一筋で、男性に混じって普通に仕事をしてきたんですよ。結婚して、子どもも二人いて、でも仕事は人並み以上にこなして……マーケティング部の部長になったのも、当然だと思います。育休で二年休んでいるし、子育ても大変だったのに、よくここまで上がってきたと思いますよ。

——優秀なんですね。そういう人だと、役員に抜擢されたら喜びそうな感じがしますけど。

男ならね。でも彼女は、現場一筋なんです。それで平成の時代を駆け抜けてきたわけです。

——拒否されてるんですか？

役員になると、現場の仕事には触れなくなるでしょう？　あくまで現場にいて、定年まで仕事をしたいということなんですよ。

——ああ、なるほど。確かにそういう人、いますよね。

『役員として、責任ある立場で会社を支えてくれ』って説得するしかないんでしょうけど、現場が好きで、現場の仕事に誇りを持っている人に、その説得は効果がないでしょうね。しかも部下にも慕われていて、彼女が部長を離れたら、マーケティング部は大混乱する……でも、永遠に部長で置いておくわけにはいかないし、悩ましいですよ。

――部長の役職定年もきますからね。

女性は登用したい、でも本人が拒絶している……彼女が今回拒絶したら、後に続く人もやりにくくなると思うんですよ。まあ、役員の立場から言わせてもらうと、会社のために、自分の好きな仕事を犠牲にするぐらいの気持ちはあっても当然だと思うんですけどね。これまで散々、会社からは世話になってきたわけだし。

――そういう理屈で押せばいいんじゃないですか?

いやあ……自分の女房をそんな感じで説得できると思います?

二〇一七年　浜野貴志《はまのたかし》(41歳　ルポライター)

座間《ざま》の事件なんだけど、あれはやばかったですね。やばいっていうか、理解不能だな。

――九人を殺害して、遺体をバラバラにした事件ですね。

事件取材は長いんですよ……もう二十年ぐらいになるけど、あの事件には困ってます。とにかく、まだ頭の中で整理できないんですよ。今までも、やばい事件はかなり取材してきて、慣れてるつもりだったんですけどね。

――例えばどんな事件を?

神戸連続児童殺傷事件、和歌山毒物カレー事件、附属池田小の児童殺傷事件、秋葉原の無差別殺傷事件とか……今考えてみるとひどい事件ばっかりですけど、今回のは特にひどかったですね。去年の津久井やまゆり園の入所者殺害事件も凄まじかったけど。

——そもそもどうして、事件取材専門のライターになろうとしたんですか？

一連のオウム真理教事件がきっかけですね。あの時大学生で、事件取材に興味を持って……新聞社も受けたんですけど、入社試験で失敗して、週刊誌のフリーライターで拾ってもらって今に至ってます。

——最近は特に忙しいんじゃないですか？　大量殺人が増えてる感じだし。

ああ、確かに。人の命が軽くなったっていうか……だけど、動機面は見事にバラバラですよね。

——一般には理解できない、裁判にもかけられないような容疑者も多いですね。

でも、座間の事件の場合は、個別の事件それぞれでは、何となく理屈は通ってるんですよね。額はともかく、全部の事件で被害者から現金を奪っている。殺すついでという感じもないではないけど、一応、動機らしい動機もあるわけで……。

——死体を損壊したのは、隠すためとはいえ、理性的とは言えませんけどね。

人を殺した時点で、もう理性的じゃないでしょう。いや、理性をなくすから殺すのかもしれないけど。ただ、この事件はアメリカの連続殺人と通じる感じがしますよね。殺すのが楽しいから殺しているような。でも、もっと爆発的な感じかな、九件全部が、今年の事件でしょう？　一年にも満たないうちに九人も殺すなんて、アメリカでもないんじゃないですか？

——大量殺人というより連続殺人……でも、この件は大量殺人でもある。

大量殺人という意味では、去年のやまゆり園の方が近いかな。大量殺人っていうのは、一時にたくさん殺すことでしょう？

——確かに。いずれにせよ、何となくアメリカ的な殺人が増えてきたのは間違いないですよね。

あの、津山事件はご存じでしょう？

——岡山県で、三十人が殺された事件ですね。

あれって、長い間、日本の大量殺人の典型みたいに言われてたじゃないですか。でもこれからは、ワン・オブ・ゼムになるんでしょうね。平成になってから、大量殺人が珍しくなくなったし、これからはもっと増えそうな感じがするな。

——そうですか？

社会に埋もれちゃってる人っているじゃないですか。どうも、平成の大量殺人を見てると、そういう人たちが犯人になってるケースが多いんです。オウム真理教の事件はちょっと違うけど。あれは大量殺人っていうより、テロでしょう。

——確かにそうですね。

こういうの、つまらない見方かもしれないけど、地下のマグマみたいに、社会の中で不満が溜まってる気がするんですよね。俺は犯罪心理学者じゃないから学術的なことは言えないけど、何だかそんな気がするんですよ。

——じゃあ、今後もこういう大量殺人を行う犯人はまた出てくると？

あると思いますよ。それも、自爆テロみたいな事件が出てくるんじゃないかな。

——自爆テロ？

行き詰まってどうしようもなくなって、自殺しようとしても一人で死ぬのは怖いから、周りの人を巻きこんで自分も死ぬ、みたいな。いい迷惑ですけど、せめて自分の名前だけでも残したい、なんて考える人もいるんじゃないですかね。

——確かにいい迷惑ですね。

そういうのはない方がいいけど、本当に、嫌な予感がするんですよ。でも、難しいな。犯人を逮捕しても、まともな取り調べもできないようだったら、さっさと死んでくれた方がいいような気もするし、たとえ訳の分からない動機を聞かされて頭が混乱するにしても、ちゃんと逮捕して取り調べするべきなのか。いずれにせよ、命を――自分の命も他人の命も軽く考える人間が、これからもっと増えてくるのは確かでしょうね。

二〇一七年　近田文香《ちかだふみか》（35歳　主婦）

藤井《ふじい》君、すごかったですよね。

――藤井聡太《そうた》君……いや、藤井四段って呼ばなくちゃいけないですね。去年が、公式戦史上最年少勝利でしょう？　そのまま二十九連勝ですからね。通算五十勝の最年少記録も……どうしたらあんな風になるんでしょうね。

――どうでしょうねえ。私は指し方が分かるぐらいで、どうやったら将棋が強くなるかは、全然分かりません。

おかげで、長男が研修会に通い始めました。

――何歳ですか？

八歳です。

――八歳で研修会に通い始めたということは、将来有望じゃないですか。やっぱり、目指すのはプロですか？

それは分かりませんけどね。ただ、本人は藤井君大好きで、藤井君みたいになりたいって言ってますから、やりたいだけやらせてあげようかなって。本当に強くなると、いろいろ大変みたいですけどね。

――誰に手ほどきを受けたんですか？

おじいちゃん――私の父です。やっぱり将棋が好きで、アマチュアの全国大会に出たこともあるんですよ。アマ四段です。

——すごいじゃないですか。

五歳の頃に駒の動かし方を教えて、『筋がいい』って喜んで、一生懸命教えてました。近くに住んでるので、毎日のように指してましたよ。他にもいろいろ習い事をやらせてみたんですけど、結局夢中になったのは将棋だけです。幼児向けの英語教室に行かせたこともあったんですけど、『将棋だけやりたい』って言われちゃって。こと将棋に関しては、すごく頑固なんですよ。頼もしいんですけど、変に意固地な子になると困るなって……でも、同じ学校で研修会に通っている子が何人かいるので、友だちもできて、喜んでます。ちょっと前だったら、そこまで将棋に打ちこんでいる子って、あまり多くなかったですよね。

——やっぱりブームですかね。

でも、主人が反対してるんですよ。

——将棋よりスポーツをやった方がいいとか？

そうですね。子どもなんだし、習い事なら体を動かすものの方がいいだろうって。運動神経、悪そうなんですけどね。でも、そもそもの理由は……。

——体を動かした方がいい、ということじゃないんですか？

いえ、もう人間が将棋を指す意味はないって言うんですよ。極論だと思うんですけど、主人の言い分だと、人間は、将棋ではコンピューターに勝てないんだから、意味がないって……。

——確かに、プロ棋士が負けることも珍しくなくなりましたね。

だから、いずれ人間同士の対局なんか、誰も興味を持たなくなるって言うんです。

——ご主人、IT系のお仕事ですか？

はい。ゲームの開発をしてます。将棋は自分でも指していたんですけど、ゲームを作っているうちに、自分自身が指すことには興味がなくなってしまったみたいで。それに今は、囲碁の方に興味が向いているみたいですね。囲碁は将棋よりもずっと複雑なので、研究しがいがあるみたいです。あの、局面っていうんですか？　盤面の様子？　囲碁は、それが無茶苦茶たくさんあるそうです。十の百七十一乗って言われてもよく分からないんですけど、観測可能な宇宙の原子の総数よりずっと多いから、これからの研究が楽しみだって――主人の受け売りですけどね。

――でも、ＡｌｐｈａＧｏがプロ棋士に勝ちましたよね。

ディープラーニングがどうこう……主人は分かってるみたいですけど、囲碁にもコンピューターにも詳しくない私にはさっぱりですね。まあ、主人曰く、ゲームを作ってるだけじゃなくて、それこそディープラーニングとかニューラルネットワークとかの研究に直結してるんで、将来的にはＡＩ開発に役立つそうです。ゲームを作っているのに、やっぱりＡＩの話が出てくるんですよ……そういう時代なんでしょうね。

――でも、人間の娯楽としては、囲碁も将棋も続くと思いますけどね。コンピューターにやらせるより、自分の頭を使って対局する方が、楽しいんじゃないですか？

主人は、人間同士の対局なんて意味がないって言ってますけど……何だか、ちょっと悔し紛れみたいな感じなんですよ。

――悔し紛れ？

息子と将棋をやっても、もう全然勝てないんです。その代わりにゲームに走るのも分かりますよね。

二〇一七年　マーク・ハミルトン（51歳　米誌特派員）

ああ、日本語で大丈夫。もう、日本に住んで十年になります。

——では、先ほどの『忖度《そんたく》』の件なんですが。

あれは、英語に訳しにくいね。私は何となく感覚で分かりますけど、他のアメリカ人記者に説明するのが非常に難しい。

——日本人独特の空気感というか、『空気を読む』ことの意味が分かっていないと、忖度は理解できませんよね。

私も分かっているかどうか……私が日本に来た頃に、『KY《ケーワイ》』という言葉が流行っていたけど、あれも何のことか分からなかった。結局、『空気が読めない』というのは、今考えると忖度できない人のことを指して言っていたんじゃないだろうか。とにかく、一連の森友《もりとも》・加計《かけ》問題については、アメリカ人の記者たちは首を捻《ひね》っていたよ。記事も書きにくかっただろうね。

——あなたはどうだったんですか？

私も同じですよ（笑）。やはり、十年住んだぐらいでは、日本のことは分からない。

——忖度は本当にあったんですかね。

それは、日本人であるあなたの方が分かっているでしょう。

——私も記者ではないので、ニュースで見た以上のことは分かりません。

なるほど……しかし忖度は、必ずしも悪い意味ではないでしょう。本来は、相手の立場を慮《おもんぱか》って気を回し、何も言われなくても配慮してあげる——いかにも日本的な、しかも肯定的なニュアンスで使われていたはずですよ。

――それがいつの間にか、上の人間の意図を推し量る、という否定的な、卑屈な意味で使われるようになった。

そういう意味では、忖度は日本だけの話じゃないんですよ。

――アメリカでもあるんですか？

権力に対しておもねる気持ち、権力者を気分よくさせて、自分もその恩恵にあずかろうとする気持ちは、万国共通じゃないでしょうか。私だって、上司がどんな原稿を欲しがっているかを察して取材することは、よくありますよ。

――アメリカだったら、本音をぶつけ合って、常に議論している感じがしますが。

いや、アメリカにも議論を嫌う人はいますよ。特に権力の高みに登った人は、イエスマンだけを求める。その結果、大きな失敗を犯してしまうことも珍しくない。アメリカ政府だって、これまで何度も間違った決断をしてきましたよ。ベトナム戦争がその代表です。湾岸戦争や、二十一世紀になってからの対テロ戦争も、後世に検証されれば『失敗だった』という評価を得ることになるかもしれない。

――まさに歴史の話になるわけですね。

私は、間違った判断は何回も――何十回もあったと思っている。本来、これはあり得ないことなんですよ。大統領個人はともかく、そのスタッフにはアメリカ最高の頭脳が選ばれているはずなんです。だから、どんな出来事に対しても正確に情報を収集して対策を講じ、正しく判断する――そうなるはずでしょう？

――ところが何回も失敗があったわけですね。

どういうことだと思います？　流されるんですよ。どんなに優秀で冷静な人間でも、大統領を前にすると、冷静な判断力を失う。最高権力者の大統領が『白』と言ったのに、『黒』と言い返すのは、簡単ではないですよ。自分も権力中枢にいるのだから……と考えると、冷静な判断ができなくなるのかな。

——結局、権力者は世界中どこでも同じということですか。

絶対的権力は絶対に腐敗する——これは真理なんだろうね。忖度というのも、世界共通の認識かもしれない。権力者の取り巻きが、揉み手しながら上のご機嫌を取るのは、歴史の中でずっと繰り返されてきたことじゃないかな。だからと言って、許されていいことじゃないけど……正直に言わせてもらえれば、日本ではこの件に関してマスコミの追及が甘かった。

——確かに、中途半端でした。

森友・加計問題は、ネットでも話題沸騰だったでしょう？　でも結局、ネット上で真相が明かされることはなかった。それはそうだよね。ネットユーザーは、どんなに真実を明かしても金をもらえるわけじゃないし、後ろ盾もないから命がけでは調べない。今回の一件の最大の問題は、マスコミの力が弱くなったことじゃないかな。昔だったら、もっと激しい報道合戦で、真実がどんどん暴かれていたでしょうね。

——確かに昔の方が、マスコミ主導で政治のスキャンダルが暴かれることが多かったように思います。

だからこの件は、マスコミの取材能力の劣化と考えるべきかもしれない。あるいは、マスコミが誰かに『忖度』したんだろうか？

二〇一七年　菊池保志《きくちやすし》（37歳　運送業）

マイカーを買い替えたんですよ。そうしたら、急にあおられるようになって。

——あおり運転ですか？

何なんですかね？　あおられやすい車種ってあるんですかね？　マジで怖いんですよ。

——車は何なんですか？

いや、普通の車ですよ。日産のエクストレイル。とにかく、大きめの車が欲しかったんで。

——ああ、体、大きいですからね。狭い車だときついでしょう。

そんなに飛ばすわけでもないし、運転マナーはいい方だと思うんですよ。週末にゴルフに行くんで、高速はよく使うんですけど、今年はもう三回……四回かな？　あおられて、マジでビビりました。

——追越車線を延々と走ってたとかじゃないんですか？

確かにそれ、あおられる原因になることが多いみたいですよね。でも、そういう走りはしないように気をつけてるんですけどねえ。仕事で車を運転している時は、そういうことはないんですけど……六月に、東名であおり運転が原因で事故が起きたじゃないですか？　あれ、ひどかったですよねえ。

——あおり運転は前から問題になってたけど、あれだけ大きな事故——事件になったのは初めてですからね。

ネットで見ると、あおり運転で怖い目に遭ったっていう話は結構あるみたいですね。普通に運転しているだけなのにあおられる——あおられる方は原因が分からないことが多いみたいです。ちょっとしたことで怒る人が多くなったんですかねえ。

——昔から、『ハンドルを握ると人格が変わる』っていう言い方もあったけど。

今は皆、ストレスが溜まってるんですかね。ちょっとしたことで我慢できなくなって危ない運転をするんだから……だけど、分からないなあ。下手したら自分も事故に巻きこまれるかもしれないって、想像できないんですかね。東名のあおり運転事故なんて、滅茶苦茶じゃないですか。あれが起きてから、慌ててドライブレコーダーをつけましたよ。

——でも、運転する機会が多いと、いろいろ心配ですよね。

そうなんですよ。まあ、自分の身を守るためにはまず情報収集ですかね。あおり運転された人たちが、ネットでその車のナンバーを公開しているサイトがあるんです。要するに、『危険ナンバー』の情報を共有しようっていうことですよ。プライバシーの侵害かもしれないから、あまりいいこととは言えないですけど、こういうのも一種の抑止力になるんじゃないですかね。

——ただ車を運転しているだけなのに、そんなことまで気にしなくちゃいけないのは窮屈ですよね。

しょうがないですよ。実際、高速で車を停められたことがあったんです。幅寄せ、蛇行運転で前を塞《ふさ》がれて、最後は車線を斜《なな》めに塞ぐような格好で停止して……こっちも停まらざるを得なかったんですよ。向こうの運転手が降りてきて、あれはマジでビビりました。

——どうやって逃げたんですか？

いや、こっちの顔を見た瞬間に、向こうが勝手に車に戻って走って行っちゃったんですけど……。

——ああ、そうか。向こうは逆に、あなたを見てビビったんじゃないですか？

そうですかねえ？　そんな凶暴な顔をしてるとは思わないけど。

——身長、体重は？

百八十五センチ、百キロです。だからでかい車が欲しかったんですけどね。

——何かスポーツをやってたんですか？

ずっと柔道を……オリンピック代表候補になったこともあります。

——そのせいじゃないですか？　因縁をつけて、一発殴ってやろうと思って車を降りてきたら、相手はあなたみたいにでかい人だった——それは、ビビって逃げますよ。

じゃあ、柔道をやってたことにもメリットがあったんですね。耳が潰れて格好悪いなって思ってたんですけど。でも、俺なんか特殊ケースだろうから、誰でもこういうわけにはいかないでしょうけど。

――そのうち、助手席に乗るビジネスができるかもしれませんね。

用心棒とか？

――冗談に聞こえるかもしれないけど、昔は実際にタクシーが用心棒を乗せてたこともあったそうですよ。タクシー強盗がやたら流行ってた時期があったそうで。

強盗もうそうだけど、誰があおり運転をやってくるかも全然分かりませんからね。本当に嫌な時代だと思いますよ。

二〇一八年　ロバート・ブラウン（77歳　無職）

いやいや、君かね。まったく久しぶりだ。この前会ったのは？　二〇〇一年？　なんと、十七年ぶりじゃないか。

――お久しぶりです。よく分かりましたね。

元々、人の名前と顔を覚えるのは得意な方でね。

――日本人の顔は全員同じに見えるんじゃないですか？

とんでもない。あれから私は、毎年一回は日本に来るようになって、すっかり日本にも慣れたし、日本で野球を観るのが楽しみでね。去年は初めて甲子園にも行ったよ。日本の高校野球はレベルが高いねえ。今回は、岩手県に行ってきたんだ。ショーヘイ・オオタニの生まれ故郷を見てみたくてね。いやあ、寒かった。あんな寒いところで、よくオータニのような選手が育ったものだね。

——彼は規格外ですよ。今年一番印象に残った選手ですか?

もちろん。彼の試合を観に、わざわざアナハイムまで行ったよ。そこで彼がホームランを打つんだから、私には運があるんじゃないかね。

——そうですね。彼の二刀流(two-way)は、アメリカではどんな風に見られてるんですか?

そりゃあもちろん、びっくりさ。最近の野球は分業化がどんどん進んでるから、ピッチャーは投げるのが専門、というのに我々も慣れている。彼はそういう状況に一石を投じる存在だね。

——ベーブ・ルースの再来と言う人もいました。

ベーブは最初ピッチャーで、それからバッターとして成功した。一九一八年にはピッチャーとして十三勝、ホームランを十一本打ってホームラン王になったけど、デッド(飛ばない)ボールの時代だから、たった十一本打っただけでホームラン王になれたわけだ。本数なら、今年のオータニの方が上じゃないか(笑)。野球は時代によって変わるから、一概に昔と今の成績を比較することはできないが、オータニはベーブ並みの活躍だったと言っていいと思うよ。

——ずっとこのまま二刀流がベストなんでしょうか。

それはまだ分からないなあ。本人の希望もあるだろうけど、チームがどんな選手を欲しがっているかにもよるだろうね。ただ、一つだけ言わせてくれないか? オータニを二刀流と呼ぶのは構わないけど、それは同じスポーツの中だけの話で、競泳の個人メドレーのようなものだ。本当の二刀流というのは、ボー・ジャクソンやディオン・サンダースのような選手のことだよ。

——アメフトと野球の両方で活躍した選手たちですね。

聞けば日本では、一つのスポーツを始めると、他のスポーツには一切手を出さないそうじゃないか。

——ええ。アメリカでは冬はアメフト、夏は野球、という人も多いそうですね。

そうそう。だから、学生時代には二つ以上のスポーツで活躍する選手も珍しくない。もちろん、プロで通用するレベルに達する選手は少ないんだけどね。いずれにせよボーやディオンこそ、本当の二刀流と呼ぶべきで、オータニは『万能野球選手』じゃないだろうか。これで、DHではなく守備にもつけば、本当に『万能』だね。

――イチローと同じようにファンになりましたか？

もちろん、もちろん。イチローは神秘的なところがあって、それがいかにも日本人的だったけど、オータニはシャイで笑顔が可愛い。自分の息子――孫みたいに見えて、応援が楽しいねえ。ただねえ……一年目からあの怪我は痛いね。せっかくいい一歩を踏み出したのに、たぶんピッチャーとしては今後一年以上は投げられないだろう。そこがイチローとの違い――というより、ピッチャーと野手の違いなのかな？　日本のピッチャーは、アマチュア時代から投げ過ぎだと、よく言うじゃないか。私も甲子園の試合を生《なま》で観て、その意味がよく分かったよ。あれだけ大きな大会で注目を集めるなら、監督だって徹底的に投げさせたいだろう。選手だって同じじゃないか。ただそのために、高校時代に投げ過ぎて、後に大きな怪我につながる――そういうことが多いんじゃないか？　大リーグに来た日本人選手が、何人も大怪我をしているのは、日本での投げ過ぎが原因じゃないだろうか。私は日本の野球も大好きだが、そこだけは疑問だね。今、大リーグで『日本人だから』と注目することはなくなったけど、ピッチャーが肘を痛めたりすると、ああ、日本で投げ過ぎたんだ、と思ってしまう。決していいことではないよね。スポーツは、怪我するまでやるものじゃないよ。

二〇一八年　宮尾《みやお》正一《しょういち》（71歳　無職）

いやあ、今年は暑かったねえ。東日本では、観測史上最高だったでしょう？　毎年毎年暑いから、昔だったら『猛暑』って言われてたのが、今ではこれが普通になってる感じだけど、それにしてもきついね。

――災害もひどかったですね。

七月豪雨ね。いったいどうしちゃったのかねえ。異常気象なんだけど、異常じゃなくてよくあること、ぐらいに感じられるようになってきたでしょう。しかしこう暑いと、体がきついよね。昔は『猛暑の年は冬が寒い』とか言ってたけど、冬もずっと暖冬だもんね。やっぱり、地球温暖化の影響だろうかねえ。

――二〇一〇年代になってから、夏はずっと暑い感じですよね。

最近は開き直って、暑いのを売りにする、みたいになってるじゃない。熊谷《くまがや》だっけ？　今年も四十一・一度で最高記録を更新したでしょう。そんなことで記録を更新してもしょうがないと思うけど、こう暑いと売りにしたくなるものかねえ。日本で一番暑い街に、わざわざ暑い季節に観光に行く人はいないと思うけど。何だか自棄《やけ》になってるような感じだよね。百年後ぐらいには、今より平均気温が五度ぐらい高くなって、東京でも夏は四十度が普通になったりしてね。それで、『二〇一〇年代が全ての始まりだった』なんて話になるのかな。

――それも、あながち突拍子もない想像じゃないかもしれませんね。

とにかく、暑いせいでこっちは辛い目にも遭いましたよ。

――と言いますと？

古い友だちが熱中症で亡くなってね。それも家の中で。

――エアコンを入れてなかったんですか？

そうなんだよ。三年前に奥さんを亡くして、古いマンションで一人暮らしだったんだ。男ってのはさ、歳取ってから連れ合いを亡くすと、普通に生活するのも面倒になってくるんですよ。それに老人になると、気温の変化に鈍感になるからね。『節電』とか『省エネ』とか言って、クソ暑いのにエアコンをつけないで我慢している人間は、結構多いんですよ。

——部屋が暑くなって、それで熱中症ですか……最近、そういう話もよく聞きますよね。

いくら水を飲もうが、四十度にもなる部屋の中でじっとしてたら、体にいいわけないやね。

——その辺は、気をつけてるんですか？

うちは幸い、長男家族と暮らしてるからね。孫がまだ小さいから、家の中の温度も適切に保ってますよ。ジイさんには寒いかなと感じることもあるけど、そういう時は一枚多く着ればいいわけだから。暑くて死ぬよりはましでしょう。

——自己防衛しないといけないですね。

こんなことまで気を遣わないといけなくなるとは思わなかったけどねえ。本当は、夏は涼しいところへ避暑へ行けばいいんだろうけど、そこまでの金はないし。いっそのこと、七月、八月は東京の会社は全部休みにしたらどうなのかね。東京をヒートアイランド化してるのは、エアコンの熱なんじゃないの？

——それはあるかもしれません。

しかしさあ、地球温暖化防止なんて盛んに言ってるのに、効果あるのかね。日本だけじゃなくて、ヨーロッパとかも異常気象なんでしょう？　地球全体が、どこかおかしくなってる感じだよね。俺はもう、そんなに長生きしないからいいけど、あんたたち若い人は大変だね。

——若くないですよ、もう五十五歳ですから。

あらら、そうなの？　もっと若い人は、この暑さに順応して、体が変化しちゃったりしてね。そういうのも進化というんだろうか。

——環境に順応するという意味では、そうかもしれません。

しかしさ、この前何かの記事で読んだんだけど、このまま気候変動が続くと、氷河期による影響がなくなるんじゃないかっていう話だよ。温暖化と氷河期が重なったら、どんな風になるのかね。上手く打ち消し合って、ちょうどいい具合になるんだろうか。

——どうなんでしょうねえ。そもそも次の氷河期……氷期は五万年後っていう話もありますけど。

そんな先の話だと、俺たちには何の関係もないか。まあ、うちの息子なんかは、このおかげで仕事になってるけどね。

——何のお仕事なんですか？

繊維関係の開発をやってるんだ。ほら、すぐ汗が乾くとか、夏でも暑くない服とか、最近売れてるでしょう？　そういうのに使う繊維の研究をしてるんですよ。とにかく忙しいみたいだけど、それがいいことなのか悪いことなのか。

二〇一八年　迫田《さこた》友晴《ともはる》（37歳　会社員）

今日は仕事じゃないですけどね。

——大晦日……もう冬休みじゃないですか。ご家族と一緒じゃないんですか？

まあねえ……あの、今年、働き方改革関連法が成立しましたよね。

——一連の働き方改革を裏づける法律ですね。

これで、来年からいろいろ大変なんですよ。残業時間の規制も始まるし。

——実質的には、もう企業の努力は始まってますよね。

そうそう、うちもそうなんですよ。去年から、残業と休日消化についてはかなりうるさくなってきて、今は定時を過ぎると巡回が来ますからね。

——巡回？

総務の連中が、各部を回って声をかけるんです。そいつらは、その巡回をやってることで、毎日三十分ぐらい残業してるんですけどね。

——大きい会社なんですか？

大きい……中小ではないですね。四百五十人ぐらいかな？　とにかく『残業を減らせ』の声が出てきて、総務の連中はむしろ大変になりましたよ。いきなり『定時に帰れ』って言われても、仕事を全面的に見直さないと無理ですよね。

——業種は何なんですか？

広告代理店です。代理店の中では小さい方ですよ。

——広告代理店だと、残業や休日出勤も当たり前ですよね。

電通の過労死自殺、大問題になったでしょう？　あれでうちの上層部もショックを受けたみたいで、いきなり『働き方改革だ』とぶち上げたんですよ。嫌な予感がしたんですけど、その通りになりましたね。残業はするな、だけど売り上げは落としちゃいけない……そうすると、仕事のやり方を抜本から変えないといけないんですけど、そんなこと、一朝一夕にはできないですよね。

——そうですね。マスコミ関係は、そういうのが一番苦手な業種かもしれません。

まあ、ゆっくりやっていくしかないんでしょうけど、他社の動きも気になりますしねえ。最近、朝早く出社するようにしたんですよ。もちろん、手当てもつかない時間外なんですけど、とにかく朝の一時間で雑務を全部終わらせておかないと、仕事が回らないんです。残業はほとんどしてませんけど、何だかなあ、という感じですよね。

——でも、家族と過ごす時間は増えたんじゃないですか？

いや、それがまあ……なかなか上手くいかないんですよね。そんなに早く家には帰れませんよ。

――残業もしてないのに？

うちの嫁、会社の同僚だったんですよ。だから、帰りが遅いのが当たり前だと思っていて。今、四歳と一歳の子どもがいて、会社は辞めて専業主婦をやってるんですけど、家事や子育てには僕を当てにしてませんからね。正直、僕もそういうのはさっぱりだし。早く家に帰っても、手伝いができないとかえって足手まといになるじゃないですか。

――じゃあ、どうしてるんですか？

会社を出て、いつも二時間ぐらい時間を潰してから帰るんです。これ、困りますよね。小遣いが増えたわけじゃないから……でかい本屋で上から下まで見て回ったりとか、家電量販店で買いもしない家電を試したりとか。あと、煙草をやめたんで、その分の金でカフェに入って、スマホで動画を見て時間を潰したりしてます。

――何だか、かえって時間がもったいないですね。

そうなんですけど、いきなり仕事を奪われたみたいな感じでしょう？　残業して当たり前だったから、会社が終わった後の趣味の時間とか、家族と過ごすこととか、まったく考えてなかったんですよ。情けないですけど、日本のサラリーマンなんて、みんなこんな感じじゃないですかね。皆が皆、リア充で趣味を楽しんでるわけじゃないし、家に帰れば帰ったで、いろいろ面倒なことがあるし。結局、残業に追われていた頃と同じような時間の使い方をするしかないんですよ。

――毎日二時間、週五日、それが年五十二週で、五百二十時間ですか……。

そう細かく言わないで下さいよ。五百二十時間もあったらかなり生産的なことができそうだけど、そのためには投資――金が必要だし、そもそもやることを見つけなくちゃいけないでしょう。何だか、昭和の時代のサラリーマンみたいですけど、平成になっても、勤め人のメンタリティはそんなに変わってないかもしれないですね。サラリーマンが本当に変わるには、まだ十年、二十年必要なんじゃないですか？

二〇一八年　沖田稔《おきたみのる》（38歳　高校教諭）

日大の悪質タックル問題、ありましたよね。あれ、衝撃でした……あれだけじゃないですね。どういうわけか今年は、スポーツ界の不祥事ばかりで。

——レスリングや体操のパワハラ、ボクシングの不正疑惑……確かにいろいろありました。

何なんでしょうねえ。確かにスポーツ界って閉じた世界ですし、それぞれ独自の習慣がありますから、外から見ると一見おかしなことが、その中では常識として平然とまかり通っていたりしますけどね。今までは表に出なかったのが、今はいろいろな形で世間に知られることになった、というだけじゃないですか。

——ネットで拡散することもあります。

辛い思いをしている当事者は、何とかそこから逃れたいと思うんでしょうね。実情を知ってもらうためにネットを利用する……これもまた、結構辛いですよね。

——そうですね。スポーツだけじゃなくて、他の世界でもそういう形で不祥事が噴出していますね。

狭い世界にいると、自分が知ってることだけが常識だと思っちゃうんですよね。外に出て初めて分かる、みたいな。スポーツの世界には、純粋培養みたいな人、いるでしょう？　選手として活躍して、その後指導者としてもずっと関わり続けて。そういう人は、世間一般の常識を知らないままなんでしょうね。

——結局内部情報が流出して、世間の批判を浴びて問題になる、と。

こうやって膿《うみ》が出れば、是正されるチャンスになるかもしれないですけど、当事者は傷つきますからねえ。そもそも東京オリンピックだって、招致《しょうち》に関する疑惑があるんだから、何をか言わんや、ですよ。スポーツの世界でトップとも言えるオリンピックでも不正があるんだから、他のスポーツも……という感じじゃないですかね。

――どうしたら、こういう不祥事がなくなると思いますか？

一概には言えませんよね。それぞれのスポーツに、それぞれの事情と伝統があるので、これだけやっておけば全部ＯＫ、ということはないでしょう。問題が生じた時に、徹底的に話し合って解決策を探るしかないんじゃないですか。ただ、そもそも問題が表に出にくい……それこそ大怪我したりとか、パワハラ、セクハラの極端なケースが出たりしないと、問題だとも思わない人が多いですよね。あの、スポーツ選手が、指導者を『先生』と呼ぶことがあるの、知ってます？　あれって、何か違和感ないですか？　学校の先生と生徒でもないのに、『先生』……競技以外の精神的な支えでもあるということなんですかね。

――そうですね……まあ、問題が明るみに出るのは悪いことじゃないとは思いますけどね。痛《いた》し痒《かゆ》しでもあるんですけどね。痛し痒しと言うのも変ですけど、私も気をつけないといけないなと思うんですよ。それを痛感させられた一年でした。

――何か、スポーツ関係の……部活の顧問とかですか？

都立高でサッカー部の監督をしてます。うちは比較的自由というか、上下関係もあまりないチームなんですけど、今年の一連の不祥事の影響か、ちょっときつい練習を課すと、選手が『パワハラだ』って言うんですよ。きつい練習とパワハラは全然違うんですけど、そう言われるとどきりとしますよね。それで、どうしても練習が緩くなりがちで……今年のチームはいい選手が揃っていて、そこそこ上に行けるかと思ったんですけど、二次トーナメントの一回戦敗退でした。例年通りの練習ができていれば、二回戦までは楽にいけたと思うんですけどねえ。

——選手は、冗談のつもりで言ってるんじゃないんですか？

そうだとは思いますけど、今の時代、冗談だと思っていたら本気だった、ということもよくありますからね。三年近くつき合っても、高校生の本音はなかなか分からないですよ。学校側から『無理な指導はしないように』『高圧的な態度は取らないように』ってしつこく言われてますし、指導も転換点に来たのかな、と思いますね。私が現役の頃は、鉄拳制裁もごく普通でしたけどね。

——私も覚えがありますよ。

昔はあれが当たり前だったと言う人もいるでしょうけど、その考えが既に閉鎖的で、他の世界の人には理解できないものかもしれません。考えてみれば私も、小学校の時にサッカーを始めて、それからずっとサッカーにかかわっているわけですから、世間知らずなのかもしれませんね。それに学校で教えていると、どうしても外の世界を見る機会がなくなって、いつの間にか狭い視野でしか物事を見られなくなってたんですかねえ。

二〇一九年　原《はら》達《たつ》夫《お》（66歳　元会社社長）

そう、毎年恒例で、大晦日に明治神宮に行くんですよ。大晦日の夜から元旦にかけては混むんで、混む前——大晦日の昼に。一年を反省して、気持ちを新たにしようということです。反省することばかりで嫌になりますけどね。まあ、今年一番の事件といったら、やっぱり『令和《れいわ》』への改元でしょうね。新聞で『十大ニュース』のアンケートをやるでしょう？　あれでもトップはどれも改元だったよね。当然といえば当然……時代が一気に変わる感じですからね。まあ、実際には何も変わってないいんだけど。昭和から平成になった時の方が、変化が大きかった感じがしません？

——あの時は、天皇陛下の崩御《ほうぎょ》で元号が変わったからですかね。

確かにねえ。昭和の終わりって、とにかく自粛自粛で、酒を呑んでるだけでも悪いことしてるみたいな感じだった……CMが放送中止になったりして、やり過ぎじゃないかって思いましたね。例の『空気を読む』？　KYか、あれって平成になってから言われるようになった言葉だと思うけど、昭和の頃から日本人は空気ばかり読んでたんだろうね。こういうのは、元号が変わっても変わらないんじゃないかな。日本人の特徴なんでしょうね。

――平成はどんな時代でしたか？　三十年以上もあったから、簡単に振り返るのは大変かと思いますが。

そうねえ……いろいろなことがあったなあ。平成の初めの頃は、バブル景気ですごかったよね。うちの会社も、本業以外に不動産と株で、なかなか景気がよかったんですよ。それがバブル崩壊で駄目になって、ひどい目に遭った。所詮中小企業なんで、地力がなかったですからね。ただ、バブル末期っていうのは、銀行もバンバン金を貸してくれたから、何とかなったわけです。あれ、銀行もひどいよねえ。うちは何とか免れたけど、貸しはがしなんかが原因で倒産した同業の会社も、ずいぶんあったんですよ。

――確かに銀行はひどかったですね。

まあ、うちの場合はそこまでひどいことにはならなかったけど。ただ、その後で人を集めるのが大変になってね。

――企業側が採用を絞ってた時期もありましたよね。それこそ就職不況で。

こっちも業務を縮小して、かつかつでやってた時期が長かったから、新人なんか採れないじゃないですか。親父が社長だった頃には、毎年高卒の新人を三人か四人採って、じっくりと一人前に育ててたんだけど、そういう余裕もなくなりましてね。とにかく、現有戦力で細々と……ただ、結構辞められたなあ。私のやり方に不満を持つ人も多かったんでしょうね。今となったら、反省することばかりですよ。

――就職不況が一段落したら、今度は逆に新入社員を集めるのが大変になったんですね。

そうそう。特にうちみたいに小さい会社はね。大企業が人を集めるのは楽なんですよ。結局学生は、会社の大きさと名前に惹かれるものだから。でも、誰も彼も大企業に入れるわけじゃないのにねえ。マッチングエラーっていうやつですか？　うちなんか見向きもされないで、人材確保が大変でした。

――会社は、畳《たた》まれたんでしたね？

ええ。工作機械メーカーっていうのは、いろいろ難しくてね。景気の影響をもろに受けるし……最終的には、中国の景気後退の波が大きかったですね。新人はなかなか集まらないし、昔からやってくれている社員は高齢化するし、会社としての寿命がきたってことなんでしょうね。親父が作った会社を潰すのは申し訳ないんだけど、こっちも歳なんでね……この辺が限界でした。

――残念でした……ちょっと待って下さい……ええと、メモを確認したいんですけど……あの、あなたのお父さん、原昭一さんじゃないですか？

何で知ってるんですか？

――三十年前、平成元年の大晦日に、このスクランブル交差点でお父さんにインタビューしたんですよ。確か、あなたに会社を継がせて、これからは楽隠居だ、なんて言ってました。

そうなんですか？　それはすごい偶然ですね。結局親父は、九六年……平成八年にガンで亡くなりました。会社が傾いていくのを見ながら体調を崩して、悔しかったでしょうね。申し訳ないけど、何もできなかった……それは今でも心残りですね。とにかく平成は、いろいろなことがありました。いろいろあり過ぎて、なかなか整理がつきませんよ。今後は平和であることを祈るだけですけど、そうもいかないかなあ。大きな地震は絶対くるだろうしね。

「まさか、本橋が亡くなるとはな」

私はウーロン茶を一口啜って気持ちを落ち着かせた。

学生時代からの友人、本橋が亡くなったのは、元号が令和に変わる直前、今年の四月だった。週刊誌の記者からキャリアをスタートさせて、三十歳で文芸編集者に転身し、以来その道一筋。私は本橋の社からも何冊か本を出しているが、彼が担当になったことはなかった。

彼が闘病していることは、去年の暮れに初めて知った。毎年恒例、三十年以上も続いていた大晦日の会合をキャンセルして、私に病状を打ち明けたのだった。

すい臓ガン。

「サイレントキラー」とも呼ばれるこのガンは、前兆なしに本橋を襲った。発見された時には手遅れと言われている通り、告知と同時に余命宣告を受けた。本橋も頑張ったのだが、今年の春についに力尽きてしまった。

身内だけで行われた葬式に、私は無理矢理参列した。約束の原稿を渡せなかった後悔……こんなことなら、もっと早く渡しておけばよかった。あいつの最後の仕事として、私の小説を担当してもらえばよかった。

「本当に、びっくりしました」現在の私の担当編集者で、かつては本橋の部下でもあった加藤奈々《かとうなな》が相槌を打ち、グラスを口に運んだ。呑んでいるのはハイボール。今年三十一歳の彼女は、よく呑む。そして乱《みだ》れない。私はとっくに――作家デビューした三十七歳の時に酒はやめてしまって、今夜もウーロン茶だ。禁酒して、既に二十年近くになる。

「取り敢えず、これを受け取ってくれ」

私はＵＳＢメモリを差し出した。受け取った奈々が、しげしげと眺める。

「そう言えば、こんな形でもらうの、初めてですね。いつもメールですよね」

「俺もＵＳＢメモリで渡すのは初めてだよ。取り敢えず、最後のインタビュー――君に会う直前に聞いた話も入れである。できたてほやほやだ」

「お預かりします」奈々がさっと頭を下げ、バッグにUSBメモリをしまった。「でも、本当に百本あるんですか？」

「正確には百人分で百二本だ。実際にインタビューした人は、この三倍ぐらいいるけど」

「面白い話をセレクトしたんですね」

「好みの話というべきかもしれない。だから、スポーツ系が多いかな。とにかく読んでみてくれ。これが本になるかどうかは、俺にも分からない。君に判断して欲しい──本橋の代わりに」

「持ち帰って編集部で相談します……でも、三十年以上前の約束を果たすなんて、すごいですね」

「自分でもよく続いたと思うよ。残念なのは、この約束をした本橋が、令和を迎えられなかったことだ。最初に話をした時は二人とも二十代で、平成を丸々生きるのが当たり前だと思ってたけどな」

「堂場さんにとって、平成ってどんな時代だったんですか？　この中に、何か作家としての見解や解釈も入っているんですか？」

「いや。そういうのを入れると安っぽくなる気がしてね。読んだ人が考えてくれれば、それでいいと思うんだ」

「なるほど……判断は読者に委《ゆだ》ねる、ということですか。どうします？　令和の終わりに、またまとめますか？」

「まさか」私は苦笑した。「その頃、俺は何歳なんだろうな。八十はとうに過ぎてるだろう。君だって、定年退職しているかもしれない」

「定年は七十歳になっているかもしれませんけどね。令和をまとめた本――興味はありますね。本橋さんとの約束は果たしたんだから、私ともここで約束しませんか？」

「いつまでインタビューできるかね……君が手伝ってくれればできるかもしれないけど」

「それも面白いですね。何十年も同じことを続けるのって、大変だけど、長期間の目標があるのはいいことですよね」

勝手なことを……苦笑しながら、私はこれから先、人生の後半に思いを馳《は》せた。もしかしたら彼女の言う通りかもしれない。長いスパンで時代を見届ける――そういう目標は悪くない。

編集部から

堂場瞬一氏から受け取った原稿の扱いについて、編集部では侃々諤々《かんかんがくがく》の議論を続けた。問題は一つ。

「これは小説なのか？」

堂場氏は作家であり、主な創作のフィールドはあくまで小説である。インタビューを生のまままとめただけの原稿を小説と呼ぶのは無理がある。だったらノンフィクションなのか？　しかし「平成」だけがテーマのインタビュー集をノンフィクションと呼ぶのもふさわしくないのではないか、という意見が多数だった。

編集部では、無理にジャンル分けをせず、特に説明も加えずに、この原稿を一冊の作品として出版することを決めた。タイトルは、堂場氏と相談の上『インタビューズ』とした。この本が小説なのかノンフィクションなのか、判断は読者に委ねられることになる。

堂場氏のたった一つの希望は、最後に献辞を入れることだけだった。

本書を我が友、本橋尚紀に捧ぐ。

本書はフィクションです。

堂場瞬一（どうば・しゅんいち）

一九六三年茨城県生まれ。二〇〇〇年、『8年』で小説すばる新人賞を受賞。警察小説、スポーツ小説など多彩なジャンルで活躍。著書に「警視庁追跡捜査係」「警視庁犯罪被害者支援課」「ラストライン」シリーズ他、『八月からの手紙』『傷』『誤断』『Ｋｉｌｌｅｒｓ（上・下）』『バビロンの秘文字（上・下）』『メビウス』『動乱の刑事』『決断の刻』『ザ・ウォール』他多数。

インタビューズ

二〇二〇年一月二〇日　初版印刷
二〇二〇年一月三〇日　初版発行

著者　堂場瞬一
装幀　坂野公一＋吉田友美（welle design）
装画　Shutterstock.com
発行者　小野寺優
発行所　株式会社河出書房新社
〒一五一－〇〇五一
東京都渋谷区千駄ヶ谷二－三二－二
電話　〇三－三四〇四－一二〇一［営業］
〇三－三四〇四－八六一一［編集］
http://www.kawade.co.jp/

組版　KAWADE DTP WORKS
印刷　株式会社暁印刷
製本　株式会社暁印刷

Printed in Japan
ISBN978-4-309-02855-2

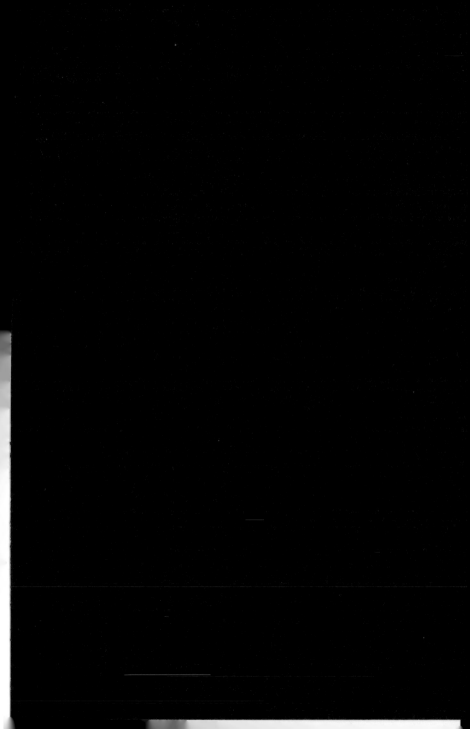